LEUCHTTURM, LACHS UND LEICHE

Dieses Buch ist ein Roman. Handlungen und Personen sind frei erfunden. Ähnlichkeiten mit lebenden oder toten Personen sind nicht gewollt und rein zufällig.

HELEN KAMPEN

LEUCHTTURM, LACHS UND LEICHE

URLAUBSKRIMI

emons:

Bibliografische Information der Deutschen Nationalbibliothek
Die Deutsche Nationalbibliothek verzeichnet diese Publikation in der Deutschen Nationalbibliografie; detaillierte bibliografische Daten sind im Internet über http://dnb.d-nb.de abrufbar.

FSC
www.fsc.org
MIX
Papier aus verantwortungsvollen Quellen
FSC® C083411

Umschlagmotiv: iStockphoto.com/Rike_
Umschlaggestaltung: Tobias Doetsch
Gestaltung Innenteil: César Satz & Grafik GmbH, Köln
Lektorat: Christine Derrer
Druck und Bindung: CPI – Clausen & Bosse, Leck
Printed in Germany 2017
ISBN 978-3-7408-0060-4
Urlaubskrimi
Originalausgabe

Für meinen Mann, der sehr gelitten hat.
Alles wird gut. In Liebe.

Prolog

Sie stand in der Küche und starrte auf den leeren Messerblock, danach auf die Messer, die in Reih und Glied vor ihr lagen. Sie nahm das gerillte Brotmesser in die Hand und umklammerte dessen Griff so fest, als hinge ihr Leben davon ab. Prüfend drehte und wendete sie es, bevor sie mehrmals in die Luft stach. Sie drückte so fest zu, bis sich die Fingernägel schmerzhaft in ihre Hand bohrten. Mit dem Daumen und dem Zeigefinger fuhr sie dann über die Klinge und hörte dabei einen dumpfen Ton. Nachdenklich steckte sie es wieder in den Messerblock. Es eignete sich nicht für ihren Plan.

Als Nächstes nahm sie das Fleischermesser in die Hand. Die Klinge war deutlich spitzer. Schärfer. Gefährlicher. Als sie dieses Mal mit ihren Fingern über die Schneide fuhr, erklang ein leises, angenehmes Zischen. Für eine Sekunde schloss sie die Augen, konzentrierte sich auf die Klinge zwischen ihrem Daumen und ihrem Zeigefinger. Das Messer hatte seine Bedrohlichkeit verloren. Sie spürte nahezu weichen Sand. Das war gut. Beruhigend.

Wie würde es sich anfühlen, wenn sie dem Mann, den sie so sehr hasste, dieses Messer in den Bauch rammte? Darin herumstocherte wie ein Chirurg während einer Operation. Oder ein Metzger beim Schlachten. Würde das Blut aus seinem Bauch herausschießen wie das Wasser in einem Gebirgsbach und anschließend in alle Richtungen spritzen? Könnte sie den Druck auf das Messer beibehalten? Dabei zuschauen, wie er sich auf dem Boden wand wie ein halb zertretener Regenwurm?

Sie steckte auch dieses Messer zurück. Als Letztes nahm sie sich ein kurzes, spitzes vor. Schärfer als alle anderen. Auch mit diesem machte sie Trockenübungen. Könnte sie sich ihm zum richtigen Zeitpunkt von hinten nähern und ihm mit einem Schnitt die Halsschlagader durchtrennen? Würde er dabei Schmerzen erleiden, sie mit gequälten Augen anblicken und still um Erlösung betteln?

Um effizient zu sein, würde sie schnell sein müssen. Leise und behutsam würde sie das Überraschungsmoment nutzen. Damit er nicht bemerkte, dass sie ihn überwältigte.

Langsam schüttelte sie den Kopf. Zeitpunkt, Dauer, Sauerei. Alles Dinge, die sie nicht beeinflussen konnte. Das wäre zu leichtsinnig. Sie steckte auch das letzte Messer zurück in den Holzblock. Erstechen war keine Alternative. Sie hatte nur einen Versuch. Einen einzigen gottverdammten Versuch, um diesen verhassten Mann ins Jenseits zu befördern.

Freitag

»Nizza ist eine Stadt der Schönen und Reichen. Wer hier Geld verdienen möchte, muss ähnlich einfallsreich sein wie der Drahtzieher der Eismafia.« Amadea setzte erleichtert einen Punkt hinter ihren Artikel und schrieb »Ende« darunter.

Sie schaute auf das glitzernde dunkelblaue Wasser. Zufrieden kostete sie erneut von dem Veilcheneis, das sie von der Eisdiele in der Rue de la Poissonnerie mitgenommen hatte. Eine Kugel für drei Euro. Wie sollte sich das eine Familie mit drei Kindern leisten, wenn jedes zwei Kugeln verlangte? Das waren schlappe achtzehn Euro, ausschließlich für den Nachwuchs.

Sie klappte ihren Computer zu, verstaute ihn in ihrer überdimensional großen Designerhandtasche und winkte ein Taxi heran. Schnell weg hier. Nach Hause zu ihren Liebsten. Ein Fahrer hielt an, machte sich aber nicht die Mühe, auszusteigen. Stattdessen drückte er lediglich auf einen Knopf und ließ damit den Kofferraum aufschwingen. Amadea schüttelte den Kopf und war somit gezwungen, ihren großen Koffer allein einzuladen. Bekam er eben kein Trinkgeld, selbst schuld. Sie stieg ein, grüßte ihn freundlich und nannte ihm den Flughafen als Ziel. Nun grinste auch der Fahrer kurz und setzte den Blinker.

Sie war froh, dass sie ihre Reportage wie geplant zu Ende gebracht hatte und in den nächsten Stunden nach Hause fliegen konnte. Die vergangenen Monate waren sehr stressig gewesen. Sowohl für sie als auch für ihre Familie. Seit sie für ihre erste große Reportage nach der Elternzeit vor mittlerweile mehr als einem Jahr einen Mordfall auf Norderney mit den Problemen der ostfriesischen Insel verbunden hatte, hatte sich vieles verändert. Das Magazin, das bis dahin ein reines Naturmagazin gewesen war und mit sinkenden Verkaufszahlen gekämpft hatte, hatte sich rundum erneuert. »Terra« lebte mittlerweile den konstruktiven Journalismus, eine Art von Informationsjournalismus, bei dem die Zukunft im Vordergrund stand. »Terra« ging es bei der Berichterstattung weniger um die Frage, warum etwas in der Vergangenheit geschehen war, als vielmehr darum, wie dadurch die Zukunft beeinflusst wurde. Amadea hatte einen Hauch Sensation addiert, sodass die Artikel nahezu einzigartig geworden waren.

Sie war deshalb mittlerweile eine gefragte Frau. Wenn die Redakteure vom »Terra-Magazin« Wind von einer spannenden Geschichte bekamen, erhielt Amadea den Auftrag. Sie war zäh und ließ nicht locker, sie forcierte ein Bild für die Öffentlichkeit. Zeigte den Menschen einen Missstand auf. Ein Problem, das sich vor deren Haustür ereignete. Zwang sie zu einer Auseinandersetzung. Sie war als Kollegin geschätzt, eine, auf die man sich verlassen konnte. Obwohl sie Mutter war, war sie einsetzbar, wann und wo sie gebraucht wurde. Sie konnte ihren Schwiegereltern gar nicht genug danken, dass sie ihr meistens den Rücken freihielten.

Amadea konnte mit allen Problemen der Welt umgehen, doch ihre eigenen verdrängte sie allzu gern. Auf der einen Seite fand sie es toll, wieder richtig im Geschäft zu sein und gefragt zu werden. Doch auf der anderen Seite war sie so gestresst, dass sie nach jeder Reportage darüber nachdachte, ob sie selbst nicht zu kurz kam bei dem ganzen Spagat zwischen Mutterdasein und ambitionierter Journalistin.

Vor ihren Reisen organisierte sie den Tagesablauf der Zuhausegebliebenen. Die Großeltern kümmerten sich darum, dass Amadeas Kinder nichts vermissten, wenn sie ihrem Beruf – und damit ihrer Berufung – nachging. Auch sie hatten es begrüßt, dass Amadea sich während ihrer Elternzeit nicht ausschließlich um die Kinder bemüht hatte. Denn sie hatten bereits früh erkannt – viel früher als sie selbst –, dass ihr Leben als Hausfrau und Mutter sie nicht ausfüllte.

Das genervte Hupen des Taxifahrers und seine ungeplante Vollbremsung brachten Amadea zurück ins Hier und Jetzt. Vor dem Terminal hielt er an und öffnete mit einem Klicken den Kofferraum. Amadea bezahlte bar und verlangte eine Quittung. Auch beim Aussteigen am Flughafen musste sie sich selbst um ihren Koffer kümmern. Sie hatte keine Lust, mit dem unmöglichen Taxifahrer zu streiten.

Nun stand sie am Schalter der Fluggesellschaft. Die Dame am Check-in reichte ihr ihren Personalausweis über den Tresen.

»Je suis desolée, mais l'avion est plus tard.« Sie grinste wie ein Clown bei einer Aufführung.

Mist! Verspätung. Was, bitte schön, gab es denn dabei zu grinsen? Der war es offensichtlich egal, wenn Amadea erst mitten in der Nacht nach Hause kam. Sie konnte vermutlich nach Dienstschluss mit ihrem Motorroller in ihre Wohnung gondeln. Doch Amadeas Zeitplan war total getaktet. Sie wollten um drei Uhr in der Nacht in den Urlaub aufbrechen. Ihre gemeinsame Zeit war so kostbar, dass sie sie nicht zu Hause verbringen wollten. Zu Hause war immer etwas zu tun: kochen, aufräumen, putzen, Wäsche waschen. Der ganz normale Alltagswahnsinn. Zum Glück wohnten sie in einer Altbauwohnung und mussten nicht auch noch einen Garten bewirtschaften. Das hätte sie nicht ausgehalten. Sie freute sich schon auf den Leuchtturm auf Norderney, auf Lachs und viel Luft.

»Wie viel später fliegen wir?«, fragte Amadea.

»Je sais pas.« Erneut das Grinsen, das ihr Gesicht ausfüllte.

Amadea verdrehte die Augen und verließ die Schlange. Sie zückte ihr goldfarbenes iPhone und wählte die Nummer von zu Hause.

Erst nach sechsmaligem Läuten meldete sich ihr Schwiegervater.

»Bei König.« Er war völlig außer Atem, als hätte Henry sich wieder einmal einen Spaß gemacht und das Telefon versteckt.

»Was ist denn bei euch los? Nicht, dass du mir noch einen Herzanfall bekommst.«

»Alles gut. Wir waren auf dem Balkon und haben die Salate vor dem Hitzetod gerettet.«

»Ah ja. Okay. Wir müssen umdisponieren, mein Flieger hat Verspätung. Gibst du mir bitte mal Valentina?«

»Ja klar. Ärgere dich nicht. Du kannst es sowieso nicht ändern. Wir kommen hier schon klar.«

»Danke. Das ist nett.« Sie riss sich zusammen, denn innerlich schäumte sie fast vor Wut.

Die letzten Tage hatte sie in Nizza verbracht und keine Zeit zum Kofferpacken gehabt. Es waren Sommerferien. Sie wollten doch unbedingt vor Tagesanbruch aufbrechen. Amadea hatte so was von keine Lust, in der Hitze bei Köln oder Düsseldorf im Stau zu stehen, schon gar nicht mit zwei quengeligen Kindern im Auto.

»Hallo, Mama. Wann kommst du denn endlich?«, schnaubte Valentina ins Telefon.

»Das Flugzeug –«, begann Amadea.

»Verspätung?«

War ihre Tochter Hellseherin? »Ja«, gab sie kleinlaut zu.

»Wie immer.«

»Das stimmt nicht. Valentina, du musst mir einen Gefallen tun. Fang bitte schon mal an, die Koffer zu packen. Leg am besten alles für dich und deinen Bruder raus. Alles andere mache ich dann später, ja?«

»Och nee. Wir ernten gerade. Dazu habe ich keine Lust.«

»Bitte. Ich habe mich nicht darum gerissen, hier in Nizza festzusitzen.«

»Aber darum, zu arbeiten, schon. Das ist halt der Preis, den du bezahlen musst.«

Ihre Tochter mit ihren altklugen Sprüchen brachte sie manchmal an den Rand der Verzweiflung. Sie schnappte alles auf, was sie irgendwo hörte. Seit sie in der Schule war und lesen konnte, wurde es noch schlimmer.

»Glaub mir, Valentina. Du wärst nicht glücklicher, wenn ich zu Hause wäre.«

»Ich schon, aber du anscheinend nicht«, widersprach Valentina.

Das saß. Sie würde sich langweilen, wäre gereizt und hätte das Gefühl, nichts aus ihrem Leben gemacht zu haben. Diese Diskussion, die sie regelmäßig mit sich selbst führte, landete immer wieder beim gleichen Ergebnis: Auf der einen Seite hatte Amadea als Mutter ein schlechtes Gewissen, auf der anderen Seite stärkte sie ihre Position als Frau.

»Ach, Schatz, ich kann es eben gerade nicht ändern«, versuchte Amadea sich zu erklären.

Valentina schwieg.

»Schau, nächste Woche sind wir im Urlaub. Dann haben wir Zeit, ja?« Sie verabschiedete sich und steckte ihr verkratztes iPhone in die Tasche, bevor sie wieder auf die Anzeigetafel starrte. Wann würde sie endlich loskommen?

Wenige Minuten später wählte sie Georgs Büronummer. Zwar konnte er im Augenblick nicht helfen, weder zu Hause noch bei ihrer Verspätung, aber vielleicht ließ er sich darauf ein, die Anreise ein wenig zu verschieben.

»Georg, können wir nicht einfach einen Tag später fahren?«

»Nein.«

»Bitte. Ich sitze hier in Nizza fest. Ich habe keine Ahnung, wann ich nach Hause komme. Die Koffer sind nicht gepackt. Ich bin total gestresst. Ich kann heute Nacht nicht nach Norderney fahren.«

Amadeas Augen hatten sich mit Tränen gefüllt. Sie ging einige Schritte zu einer weniger belebten Ecke. Doch eigentlich war ihr im Moment egal, was die anderen Reisenden von ihr dachten. Sie musste nicht um jeden Preis die Form wahren. Nicht, wenn ihr alles zu viel wurde und sie nicht mehr wusste, wie sie Herr der Lage werden sollte.

Kein Mensch kannte sie. Das war einer der großen Vorteile als Journalistin. Die Leute lasen zwar ihre Reportagen, ihr Name stand in den Zeitungen, aber ihr Gesicht und ihre Person tauchten so gut wie nie in der Öffentlichkeit auf. Sie war nicht eine derjenigen, die sich auf den Empfängen tummelten oder in Talkshows saßen, als wäre dort ihr zweites Wohnzimmer. Im Gegenteil. Sie tat alles dafür, anonym zu bleiben. Dazu war ihr die Freizeit mit ihrer Familie viel zu wichtig.

»Amadea, ich habe mich für den Islandman angemeldet. Übrigens auch auf dein Drängen hin. Ich muss mich vorbereiten. Dringend.«

»Das kann doch aber noch einen Tag warten.«

»Kann es nicht. Ich bin diese Distanz noch nie im Meer geschwommen. Ich brauche jeden Tag, um zu trainieren. Sonst schaffe ich das nicht.«

Die Beharrlichkeit, mit der Georg konsequent seinen Sport betrieb, ging Amadea gehörig auf die Nerven. Einkaufen gehen, sich mit Freunden treffen oder das Abendessen kochen – alle Aktivitäten mussten sich seinem Trainingsplan unterordnen. Wenn sie ihm am Wochenende nicht genügend Zeit einräumte, damit er allein seinem Hobby nachgehen konnte, wurde er ungemütlich. Schlimmer noch: unausgeglichen.

Dann erinnerte sie sich an letztes Jahr, als er mitten in ein

Burn-out hineingeschlittert war. Wie die meisten, ohne es zu merken. Und später, ohne die Krankheit zu akzeptieren und sich Hilfe zu suchen. Wie lange hatte sie auf ihn eingeredet – das erste Mal während ihres letzten Urlaubs auf Norderney –, bis er endlich zugab, dass ihm alles zu viel geworden war? Die steigende Verantwortung im Job, die fehlende Freizeit, die ohnehin auf ein Minimum reduziert war, seit sie Kinder hatten, und die Beziehung, die sie nicht mehr pflegten, als wären sie frisch verliebt.

Norderney. Für sie war die Insel im Gegensatz zu früher nicht mehr ausschließlich ein Rückzugsort. Ein Ort des Friedens. Ein Ort der Ruhe. Die Insel hatte sich verändert. Und Amadea hatte sich auch verändert. Norderney hatte von dem positiven Charme der vergangenen Jahre etwas eingebüßt. Es war noch immer schön dort, und sie freute sich auf die Erholung, die sie am Meer hoffentlich finden würde. Doch seit sie mit ihren achtzig Prozent wieder nahezu Vollzeit arbeitete, war es schwieriger geworden. Ihre Gedanken kreisten ständig um das Thema ihrer nächsten Reportage. Manchmal fühlte sie sich, als hätte sie ihre Gelassenheit bei der Geburt an ihre Kinder abgegeben.

»Georg, bitte.«

»Möchtest du etwa, dass ich untergehe wie ein Sack Zement?«

Sie kannte den Unterton in seiner Stimme. Nicht gerade vorwurfsvoll, eher ernst mit einem Hang zur Ironie. Früher war Georg ein ausgeglichener Mensch gewesen. Dieser Ton hatte in seiner Art zu sprechen überhaupt nicht existiert. Es hätte ihn höchstens des Geldes wegen geärgert, wenn sie einen oder zwei Tage später losgefahren wären. Doch nun war ihm seine Erholung wichtig. Seine Auszeit. Dabei schien es ihm gleich zu sein, wie es ihr ging.

»Denkst du vielleicht auch mal an mich?«, unternahm sie einen erneuten Vorstoß.

»Was willst du mir damit sagen? Etwa dass ich ein Egoist bin?«

Verdammt noch mal, sie wollte doch nur, dass er auch mal wieder aus seinem Kokon herauskrabbelte, den er um sich gebaut hatte. Sich um sie kümmerte. Sie mit seinen starken Armen trug und nicht unter dem Gewicht zusammenbrach. Was nützte es ihr, wenn er fünfhundert Meter im Meer schwimmen konnte, schnell Fahrrad fuhr oder wie eine Gazelle lief? Nichts. Sie vermisste den alten

Georg, seinen Witz, seinen scharfen Verstand, seine unglaubliche Beobachtungsgabe, wenn sie wieder einmal blind war für wesentliche Dinge. Den Mann, in den sie sich verliebt hatte.

Sie schüttelte den Kopf und besann sich. Es war nicht der richtige Zeitpunkt, sie war nicht dran. Nicht jetzt. Auf gar keinen Fall durfte Georg einen Rückfall erleiden und in ein Loch fallen aus gereiztem Verhalten, Übersensibilität und argloser Schuld. Denn dieses Loch hatte die Strapazierfähigkeit ihrer Familie auf eine harte Probe gestellt.

»Ist okay. Wir fahren in der Nacht. Du kannst morgen schwimmen gehen. Ich bekomme das schon irgendwie hin. Schlaf wird sowieso total überbewertet«, verabschiedete sie sich mit einem übertriebenen Lachen.

Inmitten einer Horde grölender Schüler, die auf dem Rückweg ihrer Studienfahrt zu sein schien, sank sie in die Hocke, schloss für einen Moment die Augen und merkte, wie sich alles um sie herum drehte.

Verfolgte sie noch immer die Themen Kreativität, Offenheit, Flexibilität, die sie bei ihrer ersten Reportage in die Welt hinausposaunt hatte wie ein Priester seine Lehren?

***

Wenn Erstechen keine Lösung war, was war es dann? Sie überlegte in jedem freien Augenblick, welche Methode sie anwenden könnte, um diesen Mann umzubringen. Je schneller, desto besser. Doch die meisten Techniken kamen für sie überhaupt nicht in Frage: entweder mangels Verfügbarkeit oder mangels ihrer eigenen Fähigkeiten. Beim Erschießen kam sie nicht an die erforderlichen Waffen, zum Erdrosseln oder Ertränken fehlte ihr die notwendige Körperkraft. Überfahren oder von der Leiter stürzen schloss sie aufgrund des hohen Risikos, keinen Tod, sondern nur eine lebenslange Lähmung herbeizuführen, kategorisch aus. Was blieb dann noch übrig?

Vergiften! Gift war ihr sympathisch. Geräuschlos. Geruchlos. Mühelos. Kein großer Kraftaufwand. Die perfekte Mordmethode für Frauen.

Einfach einige Tropfen davon ins Glas. Warten, bis es wirkt. Und das war's dann. Der Gedanke an den leisen Tod gefiel ihr immer besser. Sie würde sich einarbeiten. In die Materie. Gift. Zeit. Sterben. Tod.

Zunächst recherchierte sie im Internet, und was sie erfuhr, zauberte ein Lächeln auf ihr Gesicht. Eisenhut, Engelstrompete, Goldmohn, Goldregen, Stechapfel, Oleander, Tollkirsche, Eibe. Alles wahre Giftpflanzen, die ihrer Bezeichnung alle Ehre machten. Einige davon hatte sie schon oft in heimischen Gärten bewundert, wie sie blühten und ihre Besitzer daneben auf der Terrasse saßen. Der Verzehr einzelner Pflanzenteile rief diverse Symptome hervor. Doch die Spanne reichte weit. Von einfacher Übelkeit über Bewusstseinsstörungen bis hin zum Tod.

Leider fand sie nirgends eine zuverlässige Angabe, wie viel von was zum Tod führte. Es standen zwar Einschätzungen dabei, aber wie sicher konnte sie sich darauf verlassen? Was, wenn sie ihm eine zu geringe Dosis verpasste und er nach wenigen Stunden wieder fit wäre? Dann würde er sie ans Messer liefern. Sie atmete laut aus, bevor sie ihren Computer ausschaltete. Auch hier war das Risiko zu groß, dass es nicht klappte.

Doch wie zum Teufel konnte sie ihn umbringen, sodass er auf jeden Fall tot war? Und keine Spur zu ihr führte?

Samstag

Die Strapazen von Nizza waren vergessen. Einzig geblieben war die Müdigkeit, die von ihrer frühen Anreise herrührte. Gefühlt waren sie gerade noch in Karlsruhe, befanden sich aber schon auf der Überfahrt nach Norderney. Sie hatten sich einen Platz auf dem Deck der Frisia IV ergattert. Besonders im Sommer zwängten sich die Fahrgäste nach oben, um den Ausblick, das Möwengeschrei und den Fahrtwind zu genießen.

Amadea spürte, wie das Salz um ihre Lippen brannte, als der Kapitän leicht beidrehte und die Fähre auf den Hafen zusteuerte. Die Nordsee war heute nicht sehr rau, und dennoch musste das Schiff gegen den Wind ankämpfen. Der Geruch von Dieselschwaden wurde allmählich durch den Geruch des Wattenmeeres abgelöst. Der Motor hörte auf zu rattern, und die Fähre glitt die letzten Meter elegant zum Kai. Mit einem Ruck stießen sie an die Betonwand. Amadea und die Kinder beäugten gespannt, wie ein Seemann in blauer Latzhose mit einem großen Schritt vom Schiff sprang und die dicken Seile an den mit Rost gezeichneten Eisenpfeilern befestigte. Sie hatten es geschafft. Der Urlaub konnte beginnen.

Nach einigen Minuten zerrte Amadea mit der einen Hand an ihrem Koffer und mit der anderen ihren zweieinhalbjährigen Sohn Henry die Gangway hoch. Er hatte sich strikt geweigert, in seinen Buggy einzusteigen, sodass sie nun ein plärrendes Kind hinter sich herziehen musste. Ihre siebenjährige Tochter Valentina hatte kurzerhand ihren Koffer in den Buggy gestellt und kämpfte sich damit die Rampe hoch. Georg war mit einem faltbaren Bollerwagen beschäftigt, in dem neben einem Laufrad, einem Kinderfahrrad und einem Koffer auch zwei Schaufeln, ein Sandeimer, mehrere Spielsachen und sein Neoprenanzug in einer Schutzhülle untergebracht waren.

»Nächstes Mal fahren wir wieder mit dem Auto rüber«, stellte Georg fest, als er am Drehkreuz angekommen war. »Dann kann ich wenigstens mein Rennrad mitnehmen und muss nicht mit einem geliehenen Inselfahrrad an einem Wettkampf teilnehmen.«

Amadea hatte wenig Mitleid mit ihrem mit dem schweren Bollerwagen kämpfenden Mann. Einige Aktenordner befanden sich im Koffer, sie selbst hatte deshalb auf einige Klamotten verzichtet. Erst gestern Abend hatte er ihr eröffnet, dass er entgegen seiner Vereinbarung auch in diesem Urlaub arbeiten würde. Ein bevorstehender Gerichtsprozess musste wasserdicht vorbereitet werden. Dafür hatte er zwar Mitarbeiter, aber er würde trotzdem Aktenberge wälzen müssen. Schließlich war er der leitende Ermittler in diesem Verfahren. Damit war ihr Wunsch, dass sie beide endlich mehr Zeit miteinander verbringen könnten, wie eine Seifenblase zerplatzt. Sie hoffte, dass Georg es vielleicht schaffen würde, nur tagsüber zu arbeiten, sodass sie wenigstens den Abend mit einer Flasche Wein ausklingen lassen konnten.

»Mit einem Rennrad kann das ja jeder. Hier geht es doch in erster Linie um den Spaß, oder nicht?«, entgegnete Amadea.

Sie verzichtete darauf, die schweren Akten zu kommentieren. Sie nahmen sich beide nicht viel, wenn es darum ging, in der begehrten Freizeit arbeiten zu müssen. Beide fühlten sich verpflichtet, auch in ihrem Privatleben erreichbar zu sein und notfalls zur Verfügung zu stehen.

»Moin«, begrüßte der Mann am Schalter der Stadt Norderney sie, bevor sie ihre Norderney-Card in den Automaten steckten und sich durch das Drehkreuz zwängten. Draußen lud ein Radlader gerade eine Palette voller Steine ab.

»Moin«, grüßte Amadea zurück. »Schön, wieder hier zu sein«, sagte sie lächelnd mit einem Blick auf die Großbaustelle, die bald in einem neuen Hafenterminal gipfeln würde. Dann würde eine überdimensional große Sandmuschel die Urlauber auf Norderney empfangen, mit schicken Cafés und einer Aussichtsplattform.

»Mama, Hause.«

Manchmal hatte sie den Eindruck, dass Henry nicht sprechen konnte. Im Gegensatz zu seiner Schwester, die bereits mit zwei Jahren Sätze mit mehreren Worten gebildet hatte, reduzierte sich seine Sprache auf das Wesentliche. Zwei Wörter waren die maximale Anzahl, die nacheinander aus seinem Mund kam. Er hielt es auch nicht für nötig, »Bitte« oder »Danke« zu sagen. Amadea überhörte diese Ansagen ständig und zwang ihn dazu, normal zu reden. Sie wollte seine Faulheit unter keinen Umständen unterstützen. So auch jetzt.

»Sieht wohl nicht jeder so«, meinte der Mann, während er mit dem Kopf in Richtung Henry nickte, der zurück auf die Fähre wollte und sich krampfhaft an dem Drehkreuz festhielt.

»Gestern konnte er es kaum erwarten«, sagte Amadea achselzuckend. »Da muss er durch. Und wir leider auch.« Sie wandte sich zu Georg um, der Mühe hatte, mit dem vollgepackten Bollerwagen durch den Seiteneingang zu kommen.

In diesem Urlaub war einiges anders. Sie hatten sich das erste Mal gegen eine Ferienwohnung direkt am Meer entschieden. Stattdessen hatten sie sich bei Amadeas Interviewpartner eingemietet. Sie hatte sich bereits im Vorfeld mit ihm und seinen neuartigen Ideen auseinandergesetzt. Bernhard Dechert hatte ein einzigartiges Konzept auf Norderney etabliert. Sie wollte alles von ihm wissen. Ihr war es deshalb wichtig, mit ihm unter einem Dach zu wohnen, um möglichst nahe an ihm dran zu sein. Schließlich bekam sie dazu äußerst selten die Gelegenheit.

Die zweite Änderung war, dass sie nicht mit dem Auto auf die Insel gefahren waren. Sie hatten es in den Frisia-Garagen in Norddeich geparkt und alles Gepäck bei sich. Zwar hatte Amadea beim Packen einiges zu Hause gelassen, was sie sonst im Urlaub dabeihatten, doch war es offenbar immer noch zu viel.

»Das nächste Mal fahren wir wieder mit dem Auto auf die Insel«, wiederholte Georg, als sein Schwimmanzug auf den Boden rutschte.

Auf Georgs Anspielung ging sie nicht weiter ein. Als sie die Menschenmenge vor dem Bus stehen sah, verdrehte sie die Augen. »Oh nein. Da passen wir nie rein.«

»Doch, Mama. Lass mich mal«, drängte sich Valentina vor und zerrte ihr Portemonnaie, das ihr um den Hals hing, heraus. Sie suchte ein wenig Kleingeld, bevor sie beim Fahrer in den Bus einstieg. Amadea konnte nicht hören, was sie sagte, doch nach einigen Sekunden drehte Valentina sich um und verkündete freudestrahlend: »Familie König, bitte hinten einsteigen.«

Im selben Moment öffnete der Busfahrer die Hintertür. Georg zwängte sich mit dem Bollerwagen hinein, bevor er Henry daraufsetzte und ihn festhielt. Valentina und Amadea standen so gequetscht, dass sie nicht umfallen konnten. Mit einem Ruck fuhr der Bus an. Alle hofften, dass er nicht durch die Straßen heizte wie jeder andere Busfahrer auf Norderney, sondern etwas Rücksicht auf seine Fahrgäste nahm. Doch damit hatten sie auf das falsche Pferd gesetzt. Wie ein Rennfahrer über den Parcours raste der Bus um die Kurven. Die Urlauber raunten und klammerten sich fest, doch der Mann fuhr unbeirrt weiter. Nach und nach hielt der Bus an verschiedenen Stationen an, bis er endlich in die Nordhelmsiedlung einbog. Mit einem Ruck stoppte er an der Haltestelle »Nordbad/Cornelius«, und Amadea war froh, endlich aussteigen zu können.

»Puh, was für eine Fahrt«, sagte sie, als sie Georg mit dem Bollerwagen half. »Hab mich kurz gefühlt wie im Bus zum Flughafenterminal. Die fahren auch so rasant.« Amadea warf sich ihre große Lieblingstasche über die Schulter.

»Ich sage doch, wir setzen das nächste Mal wieder mit dem Auto über. Das ist deutlich angenehmer.«

»So, wir sind jetzt keine Stunde hier, und du hast es schon dreimal gesagt. Ich gebe auf. Das nächste Mal fahren wir in der Tat wieder mit dem Auto auf die Insel und riskieren es, von der Polizei einen Strafzettel zu kassieren wegen unerlaubtem Befahren der Innenstadt.« Sie stellte sich breitbeinig vor Georg hin und holte tief Luft. »Eigentlich ist es ja auch egal, hundertfünfzig Euro zu bezahlen und das Auto dann stehen zu lassen, weil es hier eh nicht benutzt werden darf. Echt, da schicke ich zukünftig doch lieber einen Koffer voraus. Kostet fünfundzwanzig Euro und erspart uns diese lächerlichen Diskussionen.«

»Ja, ja. Amadea, ist ja schon gut. Komm wieder runter.«

Als hätte Georg mit seinen Worten auf einen Schalter gedrückt, änderte sich Amadeas Ausdruck. Sie atmete kurz tief durch, bevor sie den schwer beladenen Buggy auf die Straße schob.

»Die Busfahrt hatte trotzdem ein Gutes.«

»Was wäre das?« Georg zog die Augenbrauen hoch.

»Henry weint und jammert nicht mehr.« Sie hatte recht. Henry trottete mit einem zufriedenen Gesichtsausdruck und seinem Stoffelefanten hinter ihnen her.

Nach einigen Metern erreichten sie das Haus, in dem sie sich eingemietet hatten. Sie klingelten noch nicht. Stattdessen hielten sie beide einen Moment inne und schluckten. So hatten sie es sich nicht vorgestellt.

Als Amadea mit Bernhard Dechert telefoniert hatte, hatte er ihr eine schöne Ferienwohnung in einem angenehmen Haus versprochen. Ihr war zwar klar, dass das Haus noch nicht renoviert worden war, doch dass es so aussah, hatte er ihr nicht mitgeteilt. An vielen Stellen blätterte die Farbe ab, man konnte nur noch erahnen, dass die Wände einmal gelb gestrichen waren. Es hatte nichts von dem Charme der früheren Siedlungshäuser, die rechts und links davon standen und die offensichtlich in den letzten Jahren grundsaniert worden waren. Dunkelrote Backsteine, weiße Sprossenfenster und moderne Balkone aus Glas zeigten, dass die Besitzer mit der Zeit gingen und Wert auf Ästhetik legten. Doch wer definierte eigentlich den Ausdruck »schön« bei einer Unterkunft? Der Vermieter?

Sie konnte nur hoffen, dass sich der altbackene Stil im Inneren nicht fortsetzte. Und dass die sonstigen Versprechungen, die Bernhard Dechert ihr in Bezug auf ihre Reportage gemacht hatte, auch wirklich stimmten. Sie konnte es sich schließlich nicht erlauben, eine Geschichte abzuliefern, die durchschnittlich war. Nicht jetzt, wo es so gut für sie lief. Mit ihrer letzten Norderney-Reportage hatte sie einen großen Wurf gelandet und die Aufmerksamkeit vieler Kollegen auf sich gezogen. Sie stand nun unter Beobachtung, auch von Neidern.

»Worauf warten wir denn?«, fragte Valentina, bevor sie klingelte.

Einen Augenblick später sprang das Gartentor aus seiner Verankerung, und die dunkelbraune Eichenhaustür wurde geöffnet. Heraus rannten ein Junge und ein Mädchen im Alter von acht bis zehn Jahren. Neugierig liefen sie ihnen entgegen.

»Hallo«, sangen sie nahezu gleichzeitig. Sie stellten sich vor Valentina und begutachteten sie.

»Hallo«, grüßte sie zurück. Sogar Henry ließ sich zu einem Winken herab.

»Wie heißt du?«, fragten die beiden fremden Kinder. Auch dieses Mal hörte es sich an, als käme die Frage aus demselben Mund.

Waren das etwa Zwillinge? Der Junge ähnelte mit seinem braunen Lockenkopf Momo, die in der Verfilmung des gleichnamigen Buches von Michael Ende die Hauptrolle spielte. Auch das Mädchen hatte winzig gekräuseltes Haar.

»Valentina, freut mich«, meinte sie wie eine Große. »Das ist Henry«, stellte sie wie selbstverständlich ihren jüngeren Bruder vor. »Mama, Papa.«

Amadea war einerseits stolz auf Valentina, weil sie sich viel selbstbewusster als die meisten Kinder in ihrem Alter verhielt. Andererseits hätte sie sich gewünscht, dass sie in manchen Situationen mehr kindlichen Glauben und Vertrauen in sich trüge. Mit einer gewissen Naivität, die Amadea sich bis heute erhalten hatte, war es einfacher, durch das Leben zu gehen. Nicht alles musste geplant und durchdacht sein. Doch Valentina war anders als sie. Vorausschauender. Überlegter. In vielen Dingen nicht unbedingt wie eine Siebenjährige.

»Hallo«, begrüßten sie auch Amadea und Georg und wandten sich dann wieder Valentina zu. »Unsere Mama ist da, unser Papa nicht. Den haben wir seit gestern Morgen nicht gesehen. Der ist irgendwo beim Arzt.«

Nun kam ihnen eine Frau entgegen. Auch sie hatte einen Lockenkopf. Es war unschwer zu erkennen, dass sie die Mutter der beiden Kinder war.

»Familie König? Ich freue mich, dass Sie hier sind«, begrüßte die Frau in dem bunt gemusterten Jumpsuit sie mit einem Lächeln. »Ich bin Lea«, sagte sie, während sie ihre Hand ausstreckte.

Amadea nahm sie dankbar an. »Amadea. Schön, Sie kennenzulernen.«

Sie überlegte kurz, ob sie sich beschweren sollte. Ob sie sagen sollte, dass dieses Haus, und vermutlich auch die Ferienwohnung, ganz und gar nicht ihren Erwartungen entsprach. Dass sie etwas Anständiges wollten, nicht auf Matratzen schlafen, die das letzte Mal vor dreißig Jahren ausgetauscht worden waren. Doch sie beherrschte sich. Schließlich wusste sie noch nicht, wie es innen aussah. Beschweren konnte sie sich später immer noch.

Valentina und Henry hatten das riesige Trampolin entdeckt, das am Rand des Gartens stand. Gemeinsam rannten sie darauf zu. Sie interessierten sich weder dafür, dass die Farbe von der

Hauswand abblätterte, noch für das Alter der Betten, in denen sie schlafen würden. Sie tollten einfach nur herum. Ohne zu zögern, kletterten sie auf das Trampolin und lachten mit den beiden Dechert-Kindern.

Amadea freute sich für sie und entspannte sich ein wenig. »Wir bringen das Gepäck schon mal rein. Bleibt ihr hier?«, rief sie Valentina zu.

»Ja, Mama.« Valentina winkte aus der Luft, bevor sie wieder aufkam und ein weiteres Mal in die Höhe sprang. »Der Urlaub fängt schon super an«, schrie sie glücklich. Auch Henry wirkte vergnügt, ganz anders als noch vor wenigen Minuten.

Lea Dechert begleitete Amadea und Georg in das Haus. Durch einen engen Flur stiegen sie die mit beigem Teppichboden belegten Stufen nach oben, um in eine winzige Diele zu gelangen, von der drei Türen abgingen.

»Hier schlafen wir«, sagte Lea, während sie auf die linke Tür klopfte. »Und das ist Ihr Reich.« Wie in einem Zirkus öffnete sie die Tür mit einem kurzen Tusch.

Doch was Amadea sah, war keiner Fanfare würdig. Ein durchgesessenes Sofa mit Blümchenmuster stand neben einem Biedermeierschrank, in dessen Vitrine sich Gläser und Schüsseln sammelten. Auch hier war der Boden mit Teppich ausgelegt. Amadea wollte aufgrund der zahlreichen Flecken nicht einmal grübeln, wie viele Menschen bereits in dieser Wohnung ihren Urlaub verbracht hatten.

»Die Küche. Klein, aber fein«, sagte Lea, während sie die Tür mit den Glaselementen öffnete. Die Küche war ein Durchgangszimmer und ging vom Wohnzimmer ab. Sie war eng und ungemütlich. Die dunkelbraunen Küchenmöbel waren mit einer Fettschicht überzogen, und Tomatensoße hing zwischen den Fugen der hellbraunen Fliesen, sodass es Amadea beim bloßen Anblick schüttelte.

Urlaub war für Amadea das Größte. Deshalb achtete sie normalerweise bei ihrer Urlaubsplanung darauf, eine Ferienwohnung zu buchen, deren Zustand als modern durchging. Sie brauchten keinen Luxus und waren auch nicht bereit, dafür absurde Preise zu bezahlen. Aber gemütlich und vor allem sauber sollte es schon sein. Seit sie Kinder hatten, verbrachten sie viel mehr Zeit in der Wohnung.

Doch dieses Mal hatte sie sich selbst in den Schlamassel hineingeritten. Sie hatte gedacht, sie wäre durch die räumliche Nähe zu ihrem Interviewpartner auch näher an einer Geschichte dran, die sich für »Terra« eignete. Denn sie hatte in einem unbedachten Moment in der Redaktion verkündet, auch im Urlaub ein Thema bearbeiten zu können.

Innerlich verfluchte sie sich. Wie hatte sie sich darauf einlassen können, wo sie doch wusste, wie die Unterkünfte auf Norderney waren? Entweder renoviert und topmodern, mit hochwertigen Kaffeemaschinen, Boxspringbetten und W-LAN. Oder alt und modrig, mit Filterkaffeemaschinen, durchgelegenen Betten und Telefon mit Wählscheibe. So verschieden die Wohnungen ausgestattet waren, so unterschiedlich waren im Gegenzug die Preise, die aufgerufen wurden. Doch letztlich waren Preise immer relativ. Sie mussten im Verhältnis zu den zusätzlichen Kosten stehen, die sie während des Urlaubs hatten. Sie würde in dieser Küche keine einzige Mahlzeit zubereiten. Mit großer Wahrscheinlichkeit würden sie jeden Tag frühstücken gehen und abendessen womöglich auch. Außerdem würden sich in diesem Wohnzimmer keine gemütlichen Stunden verbringen lassen. Sie würden sich vorwiegend am Strand aufhalten und sich eher in der nahe gelegenen Cornelius Austernbar neben der Badehalle ausruhen.

»Gefällt es euch?«

Amadea überlegte, wie sie aus dieser Bredouille herauskam. Es war nahezu unmöglich, ad hoc eine Alternative zu finden. Es war Mitte August. Hochsaison. Norderney war ausgebucht. Wie sollte das gehen?

»Wo ist denn das Schlafzimmer?«, versuchte Amadea abzulenken und ignorierte dabei Leas Frage völlig.

»Ach, das hätte ich fast vergessen. Das ist hier hinten. Wie auch das zweite Zimmer. Ein spezielles Kinderzimmer haben wir nicht, aber die beiden können doch auch im zweiten Doppelbett schlafen, oder?«

Amadea folgte ihr zwar, doch sie spielte noch immer sämtliche Möglichkeiten durch, diese Ferienwohnung fluchtartig zu verlassen. Georg öffnete das Fenster und sah den Kindern beim Trampolinspringen zu.

Valentina sah ihn und winkte ihm. »Papa, das ist echt cool hier«, gluckste sie.

Auch Henry stimmte ein. So hatten sie Henry selten erlebt. Im Gegensatz zu Valentina war er eher in sich gekehrt und ruhig. Doch in diesem Moment tollte er ausgelassen und grinste. Bei dem Anblick wischte Amadea sämtliche Gedanken an eine Flucht beiseite. Sie würden sich mit dieser Wohnung arrangieren. Schließlich waren sie im Urlaub, und es musste nicht alles perfekt sein. Außerdem wollte sie seit Langem die Cafés ausprobieren, die auf Norderney Frühstück anboten. So hatte sie immerhin einen Grund, nicht kochen zu müssen. Es gab wirklich Schlimmeres, als sich in den Inselrestaurants verwöhnen zu lassen. Zum Glück hatte sie bereits an einigen Tagen in ihrem Lieblingslokal DeLeckerbeck reserviert.

Amadea inspizierte den dunkelgrauen Teppichboden im Schlafzimmer nicht näher, sondern legte ihren Koffer vor den Schrank.

»Danke, Lea. Wir sehen uns dann ja später sicher wieder, ja?« Amadea zog den Reißverschluss des Koffers auf und verstaute einen Stapel Klamotten in dem Schrank.

»Gut. Ich geh dann mal«, sagte Lea verlegen. »Wundern Sie sich nicht, es gibt auf diesem Stockwerk noch ein Zimmer, das wir vermieten. Da wohnt aktuell eine junge Frau, die arbeitet in der Kneipe meines Mannes. Sie wird sie sicher nicht stören. Sie ist hauptsächlich nachtaktiv und schläft tagsüber.«

»Gut zu wissen«, meinte Georg, der sie bis zur Wohnungstür begleitete.

»Ich tausche nur schnell mein T-Shirt, dann kann es aus meiner Sicht losgehen«, rief Amadea Georg zu, der sie mit dem Schlüssel in der Hand verwundert anblickte. »Zur ›Sonnendüne‹. Wie immer«, half sie ihm auf die Sprünge. »Die haben wiedereröffnet. Es ist jetzt bestimmt nicht mehr dieses Café mit den Plüschmöbeln und dem Kitsch an der Wand.«

»Das brauchst du mir nicht zu sagen, ich war letztes Jahr auch hier. Wie könnte ich deine erste große Story vergessen? Noch dazu diesen unsäglichen de Vries, dem du anfangs viel zu aufdringlich warst.«

Amadea lachte. »Der mich als lästige, neugierige Mutter abgestempelt hat.«

»Richtig.«

»Dabei war meine Tarnung gar nicht schlecht. Einer Mutter mit zwei Kindern erzählt man mehr als der Polizei.«

»Stimmt. Aber ich frage mich, was mit dir los ist.«

»Warum?«

»Ich dachte schon, wir würden hier keine weitere Minute verbringen. Und nun räumst du die Koffer aus?«

»Georg. Schau bitte mal nach unten. Für unsere Kinder ist Trampolinspringen der wahre Urlaub. Sie haben so viel Spaß. Da möchte ich nicht die Spielverderberin sein, die Wert auf Ästhetik und Sauberkeit legt. Ich werde mich mit Desinfektionsspray ausstatten und die Wohnung schnell durchputzen. Dann passt das schon.«

»Wow.« Georg nickte anerkennend.

»Dir gefällt es doch hier schon aufgrund der Lage. Nach deinem Islandman kannst du direkt unter die Dusche und dich anschließend ausruhen, ohne noch große Strecken auf der Insel zurücklegen zu müssen. Wir sind in zwei Minuten am Strand.« Sie verschränkte die Arme vor der Brust. »Es ist alles gut.«

***

In jeder freien Minute, in der sie allein war, dachte sie über den bevorstehenden Mord nach. Den Mord, den ihr niemand nachweisen durfte. Den perfekten Mord. Wo sollte sie ihn durchführen? Wie das Mittel verabreichen? Am besten dort, wo es Hunderte Gäste gab. Denn dann gäbe es auch Hunderte nicht nachvollziehbare Spuren. Und vielleicht eine Industriespülmaschine, die alles porentief rein machte. Nicht auszudenken, wenn sie mit der Tat in Verbindung gebracht werden könnte. Das würde Gefängnis bedeuten. Lebenslang. Sie schüttelte den Kopf. Das war noch nicht die passende Lösung. Doch alles zu seiner Zeit. Zumindest war sie sich nun im Klaren darüber, dass Betäubungsmittel sie zum Ziel führten.

Aber sie musste auf der Hut sein. So clever wie kaum jemand vor ihr. Nachdem sie unzählige Bücher – nicht nur Krimis, sondern auch Tatsachenberichte, Reportagen von Kommissaren und

Rechtsmedizinern – verschlungen hatte und auch im Fernsehen keinen einzigen »Tatort« ausließ, war sie nicht mehr sicher, ob es den perfekten Mord überhaupt gab. Egal, wie geplant sie vorgehen würde. Wenn sie darüber nachdachte und sich in die Kommissare hineinversetzte, irgendwann würden sie bei ihr landen. Sie hatte Angst. Denn jeder legte Spuren, wurde irgendwann von irgendjemandem gesehen. Oder etwa nicht?

Das Einfachste wäre eine Überdosis an Schlafmittel, kombiniert mit einem glasklaren Abschiedsbrief, den jeder Grafologe eindeutig ihm zuordnen würde. Doch welche Geschichte müsste sie ihm auftischen, damit er ihn sogar selbst schreiben würde? Welche Chance hätte sie, dass er überhaupt auf ihre Wünsche einging? Würde er dann nicht merken, dass sie ihn reinlegte? Sie musste vorsichtig sein. Behutsam. Wachsam. Er vertraute ihr zwar blind, doch wer wusste schon, welche Vorstellungen sonst noch in seinem kranken Hirn herumschwirrten?

Woher zum Teufel bekam sie nun Medikamente? Schlafmittel oder etwas anderes, das bei einer Überdosis lebensgefährlich wirken würde? Sie musste die Nebenwirkungen der einzelnen Mittelchen studieren. Vielleicht käme sie so auf eine Idee, die ihr bisher verborgen geblieben war.

Sie liebte das Internet. Jede Information, gleich, ob sie illegal oder tödlich sein konnte, alles fand sie mit wenigen Klicks. Und so erfuhr sie auch, dass unterschiedliche Medikamente nicht nur zur Bewusstlosigkeit, sondern auch zum Tod führen konnten. Doch wie sollte sie an die verschreibungspflichtigen Arzneimittel kommen? Sie schaute auf das vor ihr liegende Rezept, das sie dringend einlösen sollte. Schnell googelte sie Dormicum und bemerkte, dass es in hohen Mengen gefährlich werden konnte. Das erste Mal an diesem Tag lächelte sie.

***

»Kinder, kommt. Wir gehen in die ›Sonnendüne‹«, rief Amadea, während sie sich ihre Sonnenbrille aufsetzte.

»Juhu. Es gibt Kuchen«, freute sich Valentina und sprang bereits zum Ausgang des Trampolins.

Doch Henry schüttelte vehement den Kopf. »Nein, nicht«, sagte er und hüpfte weiter.

»Ein ganzes Stück Schokoladenkuchen. Nur für dich«, versprach Amadea ihm. Er hörte einen Moment auf zu hüpfen und überlegte. So eine Gelegenheit würde er sich nicht entgehen lassen. Doch sie fügte zur Sicherheit hinzu: »Du kannst danach weiterspringen. Ehrenwort.«

Georg kletterte auf das Trampolin und holte ihn heraus. Er warf ihn einige Male in die Luft, bis Henry überhaupt realisierte, dass er nicht mehr springen konnte.

Gemeinsam verließen sie das Grundstück, gingen die Emsstraße entlang, bis sie rechts in einen kleinen Weg abbogen, der ans Meer führte. Das Café Cornelius sahen sie links bereits, während auf der rechten Seite Dünen und Strandhafer sich in ihrer schönsten Pracht zeigten.

Ihnen kam ein Fahrradfahrer entgegen, der beim Ausweichen ziemlich nah an die Dünen heranfuhr. Auf einmal stürzte sich ein Austernfischer auf ihn. Mit wilden Armbewegungen versuchte der Radfahrer, den Schnepfenvogel mit dem roten Schnabel abzuhalten, und stürzte dabei fast. Offensichtlich hatte er bei seinem Ausweichmanöver einen Jungvogel übersehen und damit die Aggressivität seiner Mutter forciert.

»Wow, das habe ich noch nie erlebt«, meinte Amadea respektvoll und ging schützend vor ihre Kinder.

Als sie auf der Kuppe oben angekommen waren, sahen sie das Meer. Weit zurückgezogen hatte es sich, als hätte es Platz gemacht für die üppigen Sandburgen, die von den zahlreichen Kindern mit ihren Müttern gebaut wurden, eine Art Therapie bei der Mutter-Kind-Kur.

»Mama, ich möchte vorne laufen, darf ich?«, fragte Valentina und zog bereits ihre Schuhe aus.

»Ja klar. Georg, kommst du mit?«

»Nein. Nicht, dass ich mir hier in dem weichen Sand noch den Fuß vertrete. Der Triathlon ist bald. Ich kann mir keine Verletzung erlauben. Ich gehe mit Henry an der Promenade entlang.«

»Valentina, warte!«, rief Amadea, die es ihrer Tochter nachtat. Mit den Schuhen in der Hand eilte sie ihr hinterher.

Auf dem Weg zum Wasser musste sie zahlreichen Kindern ausweichen, die entweder mit Schwimmflügeln oder mit Schaufeln ausgestattet waren. Kein einziger Strandkorb, an dem sie vorbeiging, war leer. Dazwischen hüpften immer wieder Möwen auf der Suche nach etwas Essbarem herum und machten weder vor Tüten noch vor Taschen halt.

Amadea sah, wie Henry gerade über den großzügigen Platz am Januskopf sprang, der beim Triathlon als Wechselzone dienen würde. In wenigen Tagen würden vor dem Riffkieker und dem Surfcafé Bauzäune den Bereich absperren. Auch bei anderen Veranstaltungen wie den Kitesurf Masters oder der Summer Time spielte der Januskopf jedes Jahr von Neuem eine bedeutende Rolle.

Als sie gemeinsam am Wasser entlangschlenderten, nahm Valentina Amadeas Hand. »Mama, ich hab dich lieb.«

Ihre Füße gaben Schmatzlaute von sich, während sie versuchten, nicht in Muscheln oder spitze Steine zu treten. Die Muscheln konnten scharf wie Messer sein.

Amadea drückte sie. »Ich dich auch.«

»Weißt du, Mama, manchmal ist es doof, wenn du nicht da bist«, begann Valentina. »Wenn etwas Tolles passiert.«

Amadea schluckte. Das schlechte Gewissen. Die Angst, nicht für ihre Kinder verfügbar zu sein, wenn sie sie brauchten. Das Thema beschäftigte sie, seit sie diese erste Reportage geschrieben hatte. Seit sie wieder sie selbst sein wollte. Seit sie sich dagegen entschieden hatte, ihren Lebensinhalt auf das Muttersein zu reduzieren. Nicht, dass das nicht anstrengend war. Im Gegenteil. Erziehung war Schwerstarbeit. Zumindest, wenn man es gut machen wollte.

Amadea wollte es gut machen. Sie liebte ihre Kinder über alles. Deshalb zog regelmäßig ein schlechtes Gewissen über sie wie ein Gewitter. Dann fühlte sie sich, als stünde sie im Regen, und sollte sie im nächsten Augenblick von einem Blitz getroffen werden, wäre das die gerechte Strafe für ihr Handeln. Benahm sie sich egoistisch, wenn sie neben dem Kindergarten und Bauklötzen noch etwas anderes im Kopf hatte? Etwas, das nur ihr Genugtuung brachte? Für wen war es das Beste, wenn Mutter und Kinder dauernd zusammenhingen wie Kletten? Für die Kinder, die dann keinerlei Selbstbewusstsein entwickeln konnten? Oder für die Mütter, die irgendwann, wenn ihre Jüngsten im Kindergarten oder in der Schule waren, frustriert einer Tätigkeit nachgingen, für die sie völlig überqualifiziert waren und die nicht in ihrem Sinne war? In solchen Momenten nahm Amadea sich vor, mehr auf das Verhältnis zwischen Kindern und berufstätigen Eltern zu achten und die Unterschiede zu Müttern festzustellen, die sich ausschließlich der Kindererziehung widmeten. Hauptsächlich, um ihr eigenes schlechtes Gewissen zu beruhigen.

»Du warst nicht da, als ich das erste Mal von der Schule nach Hause gekommen bin.« Über Valentinas Wangen kullerten zwei Tränen, doch sie wischte sie tapfer weg. »Und auch nicht, als ich zur Klassensprecherin gewählt wurde.«

»Es tut mir leid, Schatz.« Amadea beugte sich zu Valentina nach unten. Sie legte ihre Hände auf ihre Schultern und schaute sie nachdenklich an. »Du weißt doch, dass ich dich und deinen Bruder liebe, stimmt's?«

Valentina nickte, ohne zu zögern.

»Das ist das Wichtigste. Ich kann nicht immer da sein, weil ich gewisse Dinge tun muss. So wie du in die Schule gehen musst, um dich zu entwickeln, muss ich arbeiten gehen. Das tut mir gut. Verstehst du das?«

Valentina neigte den Kopf zur Seite. »Aber andere Mütter sind doch auch zu Hause.«

»Das mag sein. Aber hör mal«, Amadea ging noch einen Schritt näher zu Valentina, »ich bin vielleicht nicht immer persönlich anwesend, doch ich bin immer für dich da. Egal, was ich tue. Egal, wo ich bin. Du kannst mich immer und überall erreichen.«

Sie sah Georg, der gerade an der Milchbar vorbeilief, dem Café mit der Terrasse, auf der man die neuesten Beats von Blank & Jones hörte, den Sonnenuntergang ideal beobachten konnte und wo die Mitarbeiter auch in stressigen Zeiten freundlich blieben. Sie wusste nicht, wie viele Stunden sie bereits mit Georg dort auf dem Sofa verbracht hatte, jeder ein Buch in der Hand und um sie herum eine herrliche entspannte Atmosphäre, trotz belebter Uhrzeiten.

»Das weiß ich. Aber Mama?«

Sie schaute wieder zu Valentina. Das Rauschen des Meeres übertönte in diesem Augenblick alles in Amadeas Kopf. Sie konnte sich nicht mehr auf Valentina konzentrieren. Ihre Handflächen waren nass geworden. Das Gesicht ihres kleinen Mädchens verschwamm vor ihren Augen. Das Leben verschwand für einen winzigen Moment aus ihren Gliedern wie bei einer Marionette, deren Spieler sie hängen ließ. Ihre tauben Beine drohten jede Sekunde nachzugeben.

»Mama? Mama!«

Amadea plumpste in den nassen Sand.

»Ja.« Sie wusste nicht, was mit ihr los war. Die vergangenen Sekunden hatte sie erlebt wie in Trance.

»Geht's dir nicht gut?«

»Nein, alles in Ordnung. Mir geht es gut.«

Tapfer versuchte Amadea zu verbergen, dass es ihr schlecht ging. Valentina sollte sich keine Sorgen machen. Ihre Welt sollte heil sein. Sie hoffte außerdem, dass Georg den Zwischenfall nicht bemerkt hatte. Freiwillig würde sie es ihm nicht erzählen.

Einen Moment hielt sie sich den Kopf. »Wahrscheinlich die Hitze. Ich habe vielleicht zu wenig getrunken.« Amadea stand auf und schüttelte sich den Sand von ihrer geblümten Tunika, eine Errungenschaft aus ihrem letzten Urlaub.

»So, was wolltest du mir sagen, Schatz?«, fragte Amadea, während sie Valentina über den Kopf strich, teils um Nähe zu signalisieren, aber vor allem, um etwas Stabiles in der Hand zu haben. Die Taubheit war noch nicht vollends verschwunden, sodass sie noch immer wacklig auf den Beinen war.

»Ich möchte auch so ein Handy haben wie du.«

Das war es also. Valentina schaute sie schuldbewusst mit ihren großen blauen Augen an. Sie wusste genau, wie sie Amadea kriegte.

Amadea hatte weiß Gott was erwartet. Dass sie weniger arbeiten, ihren Job aufgeben und mehr mit Valentina unternehmen sollte. Alles hatte sie erwartet, aber nicht die Forderung nach einem Handy. Von einer Siebenjährigen. Amadea fiel ein Stein vom Herzen, und sie ärgerte sich gleichzeitig.

Wusste Valentina überhaupt, was das bedeutete? Es mochte sein, dass Kinder heutzutage bereits Handys besaßen, bevor sie überhaupt eingeschult wurden. Aber Amadea hatte sich gegen diesen Trend bisher erfolgreich gewehrt. Es gab ja mittlerweile Eltern, die ihren Nachwuchs mit Hilfe spezieller Apps oder mit Hilfe von Kameras in den Schulen überwachten. Sie selbst weigerte sich strikt, ihre Kinder wie der BND seine Auserwählten auf Schritt und Tritt zu beschatten.

»Haben deine Freundinnen nun auch eines?«

»Nein.« Valentina winkte ab. »Die doch nicht. Da sind die Eltern doch genauso spießig wie du.«

Das saß. Amadea blieb ungläubig stehen. Sie bemerkte nicht mehr den Schwindel, sie hörte nicht mehr das Meer. Hatte ihre Tochter ihr tatsächlich gerade vorgeworfen, sie sei spießig? Kleinkariert? Engstirnig? Sie, die Valentina mehr Freiraum gab als ein Züchter seinen Brieftauben?

»Du weißt schon, dass das kein nettes Wort ist?«

Valentina zuckte mit den Schultern.

»Warum willst du ein Handy haben?«, wollte Amadea wissen. »Was hast du denn davon?«

»Das ist doch ganz einfach.« Valentina verschränkte die Arme vor der Brust. »Ich kann dich immer anrufen und dich sehen. So wie wir es abends mit Papa machen, wenn er länger arbeiten muss. Manchmal brauche ich dich auch tagsüber, wenn er nicht da ist.«

»Mhm.« So hatte sie das noch nie gesehen. Doch Valentina hatte recht. Die Kinder konnten sie natürlich immer anrufen, über das Festnetz. Aber es war schon etwas anderes, wenn man sich beim Telefonieren live und in Echtzeit sah. Wenn Valentina das Handy ausschließlich zum Telefonieren verwendete, könnte es eine Option sein. Darüber würde sie mit Georg sprechen. Später, wenn die Kinder schliefen und sie Zeit hatten.

»Ich bespreche das mit Papa, ja?«

Amadea nahm Valentinas Hand und ging weiter. Sie versuchte, die positive Wirkung, die das Meer auf sie hatte, noch einen Moment einzufangen.

Endlich waren sie an der »Sonnendüne« angekommen. Sie kletterten die verrostete Eisentreppe zur Promenade hoch, wo Georg und Henry bereits ungeduldig warteten.

»Da seid ihr ja endlich«, meinte Georg.

»Wir haben unseren Spaziergang genossen und keinen Wettlauf veranstaltet«, betonte Amadea und hoffte, dass Valentina den Mund hielt und Georg nichts von dem kleinen Zwischenfall erzählte.

»Erinnerst du dich an letztes Jahr?«, flüsterte Georg in ihr Ohr.

Es kitzelte auf ihrer Haut wie ein kleiner Schmetterling. »Ja. Aber viele gute Erlebnisse hatten wir in dem Urlaub wohl nicht.«

Sie schauten zu der Düne hoch, die allein durch ihre Lage etwas Erhabenes hatte. Wie eine Majestät, die die Herrschaft über die Promenade und das Meer innehatte. Das Café, das oben thronte, war renoviert worden und erstrahlte nun in neuem Glanz. Sogar das Dach war erneuert worden, und die grüne Patina war in einem aufwendigen Verfahren aufgetragen worden, damit es alt wirkte.

»Der Mord an dieser Frau damals hat mich berühmt gemacht«, bemerkte Amadea nachdenklich.

»Obwohl sie wirklich nichts dafür konnte. Sie war nur Mittel zum Zweck. Du hast getan, was dir schon lange auf der Seele brannte.«

»Wie meinst du das?«

»Du hast geschrieben und recherchiert wie eine Irre, du warst richtig besessen von deiner Idee.«

»Vielleicht als Gegenpol zu der Lethargie, die du damals verströmt hast?«, sagte sie mit leicht zickigem Unterton, den Georg jedoch zu überhören schien.

»Nein. Das war es nicht.« Georg schüttelte vehement den Kopf. »Du warst Feuer und Flamme für die Sache. Du hast einen Weg definiert, dem so leicht niemand folgen kann. Du hast ein bisschen den Journalismus revolutioniert, Amadea. Davor brauchst du dich wahrlich nicht zu verstecken.«

Zum Glück sprach Georg so leise, dass niemand außer ihr ihn hören konnte.

Amadea wurde rot im Gesicht. »Danke. Das ist lieb von dir. Aber ob das alles richtig war, so wie ich es gemacht habe? Ich weiß nicht.«

»Was ist los?« Georg umarmte sie. »Sprich mit mir.«

Es hatte eine Zeit gegeben, da war es Georg egal gewesen, wie es ihr gegangen war. Doch nun schienen seine feinen Antennen wieder zu funktionieren.

»Später, ja?«, sagte sie und ließ ihn stehen. »Komm, lass uns hochgehen. Ich bin gespannt, wie es innen aussieht.« Amadea hüpfte gespielt überschwänglich die Treppen nach oben. Die Kinder taten es ihr nach. Georg folgte ihnen in einem gewissen Abstand.

Der blaue Himmel war wie gemalt, keine einzige Wolke trübte den schönen Sonnentag. In der Luft hing der Duft des Salzes, weswegen viele Menschen ihren Urlaub auf Norderney verbrachten.

»Lasst uns bitte draußen sitzen. Das Wetter ist herrlich«, rief Georg und lief ihnen nach.

Nachdem sie sich in der »Sonnendüne«, im Gegensatz zu ihrem letzten Besuch an Pfingsten ein Jahr zuvor, über die guten Kuchen und die freundlichen Bedienungen gefreut hatten, gingen sie zurück zur Ferienwohnung.

Georg stieß Amadea an. »Nun sag schon. Was bereitet dir Kopfzerbrechen?«

»Ach, Georg. Ich fühle mich gefangen. Auf der einen Seite sind es die Kinder. Ich weiß nicht, ob ich genügend Zeit mit ihnen verbringe, wenn ich so viel unterwegs bin. Schließlich brauchen sie mich doch.«

»Da kann ich dich beruhigen. Sicherlich brauchen sie dich, aber die finden es auch mal gut, wenn du weg bist.«

Amadea schaute ihn fragend an.

»Na ja, sie dürfen dann halt viel mehr. Länger aufbleiben, noch eine weitere Sendung im Fernsehen anschauen. Ich bin da nicht so streng wie du.«

»Echt? Und dann verzichtest du auf Erziehungsmaßnahmen? Das finde ich aber nicht gut.« Sie blieb stehen und verschränkte die Arme vor der Brust.

»Ich lege sie nur anders aus. Schließlich bist du nicht da. Dann muss es irgendetwas Besonderes geben. Das dürfen sie sich aussuchen.«

»Und das klappt?«

»Klar. Wir haben keine Probleme miteinander. Ich würde sogar behaupten, dass ich ein viel besseres Verhältnis zu unseren Kindern entwickelt habe, seitdem du arbeitest.«

»Valentina möchte ein Handy, damit sie mich anrufen und mich sehen kann. Ist das normal?«

»Natürlich ist es das. Sie ist deine Tochter. Sie möchte auch an deinem Leben außerhalb der Familie teilhaben. Von mir aus kann sie ein Handy haben, wir sperren einfach alles außer unseren Nummern. Dann ist das für mich in Ordnung. Sie kann dich über FaceTime anrufen, wenn sie es nötig hat. Und dir gibt das auch ein gutes Gefühl, glaube es mir.«

Sie gingen durch die Stadt, vorbei an der übergroßen Boje, die Poststraße entlang in Richtung Kurhaus. Als sie das bunte Treiben bemerkten, wussten sie wieder, warum sie es normalerweise vermieden, samstags einen Supermarkt auf Norderney zu betreten. Am klassischen Anreisetag war dort meistens so viel los wie auf dem Jahrmarkt. Nachmittags waren die Regale leer, und jeder Urlauber, der sich mit Obst und Gemüse eindecken wollte, motzte über das schlechte Angebot in den Geschäften.

Sie würden einen Tag ohne frische Lebensmittel auskommen, schließlich wollten sie ohnehin essen gehen. Allerdings hatten sie nicht daran gedacht, Getränke einzukaufen. Georg blieb mit den Kindern vor dem Drogeriemarkt stehen, während Amadea durchhetzte wie kurz vor Ladenschluss und das Notwendigste mitnahm: Windeln, Wasser und Wein.

Als sie wieder herauskam, schleckten alle drei genüsslich an einem Eis.

»Hey, ihr habt doch gleich keinen Hunger mehr, oder? Da brauchen wir auch nicht zum Abendessen zum DeLeckerbeck zu gehen. Ich hatte mich so darauf gefreut.« Den Sechserpack Mineralwasser drückte sie Georg in die Hand, den Rest trug sie selbst.

»Mama. Fisch«, antwortete Henry mit verschmiertem Gesicht.

Amadea musste lachen.

»Liebes, das kannst du ja auch noch. Das tut mir so gut.« Georg drückte ihr einen Kuss auf den Mund. Seine kalten Lippen schmeckten nach Schokolade.

In solchen Momenten wurde ihr klar, dass sie mit der Doppelbelastung viel zu gestresst war. Noch vor einiger Zeit war es umgekehrt gewesen: Damals war sie unterfordert, und genau dieser Umstand hatte bei ihr Stress hervorgerufen. Was war denn nun die Lösung?

Als sie nach einem langen Fußmarsch durch die Benekestraße endlich in die Emsstraße einbogen, sah Amadea einen Mann, der an einer Laterne gegenüber ihrem Ferienhaus lehnte. Irgendetwas irritierte sie. Seine kurze Hose und sein grünes Poloshirt waren nicht weiter auffällig, aber er starrte auf Zehenspitzen stehend geradewegs in den Garten oder in das Fenster, hinter dem Amadea die Küche der Vermieter vermutete. Waren es seine Haltung oder sein Blick? Nein, es war sein Mobiltelefon, auf dem er alle paar Sekunden wischte, bevor er wie wild darauf herumdrückte. Machte er Fotos? Fotos von Decherts Haus? Das sah ganz und gar nicht so aus, als ob er zufällig hier stand. Doch wer war das? Was machte er hier?

Amadea drehte sich um. Georg und Valentina gingen in einigem Abstand. Wahrscheinlich wollte sie auch ihn nach einem Handy anbetteln.

Amadea tat so, als hätte sie etwas entdeckt, und inspizierte die Stelle. »Ein Ameisenhaufen«, sagte sie laut.

Sie bückte sich und suchte nach weiteren Tierchen, doch in Wirklichkeit beobachtete sie dabei den Mann. Henrys Reaktion war vorhersehbar, sie dauerte nämlich keine drei Sekunden.

»Ich. Auch.« Sein Zeigefinger zeigte auf den Boden.

Amadea ließ Henry aus dem Buggy aussteigen. Es war zwar nur eine Frage der Zeit, bis er den Trick durchschaute und bemerkte, dass es keinen Ameisenhaufen gab. Egal. Ihre Gedanken weilten bei dem merkwürdigen Mann.

Ging ihre Phantasie mal wieder mit ihr durch? Bei dem Wetter konnte es schließlich genauso gut sein, dass ihm schwindelig war. Wie oft hatte sie in den vergangenen Tagen in Karlsruhe Menschen gesehen, die sich setzen mussten oder etwas zu trinken brauchten. Amadea versuchte, den Mann nicht anzustarren, und konzentrierte sich auf die nicht vorhandenen Ameisen. Sie schielte vorsichtig in seine Richtung. Er sah ihr direkt in die Augen, löste sich schnell von der Laterne und eilte davon, so als fühlte er sich ertappt.

Sollte sie ihm hinterherlaufen? Ihn fragen, was er im Schilde führte? Sie kam sich albern vor bei dem Gedanken, schließlich war es nicht verboten, an Straßenlaternen zu stehen.

Amadea entschied sich, bereits am ersten Abend in Bernhards Kneipe SelfBar zu gehen und sich alles anzuschauen, was sie bisher nur von wenigen Telefonaten kannte. Von früheren Besuchen wusste Amadea, dass Norderney nicht nur eine Insel der Ruhe war, sondern im Gegensatz zu den restlichen sechs ostfriesischen Inseln auch außergewöhnliche Abwechslung bot. Schließlich gab es hier so etwas wie eine inoffizielle Partysaison. Jedes Jahr rund um die Feiertage, mit einem Höhepunkt am 1. Mai und an Christi Himmelfahrt, wurde der Urlaubsort von feierwilligen Wochenendausflüglern besucht. Auch im September wurde Norderney regelmäßig von Kegelvereinen oder anderen Clubs überfallen. In diesen Tagen floss extrem viel Alkohol, in manchen Cafés wurde die Lage sogar mit Hilfe von Sicherheitspersonal kontrolliert und gegebenenfalls deeskaliert. Flirts und Dauerbekanntschaften fanden ihren Ursprung häufig in einem der einschlägigen Lokale. Man konnte sprichwörtlich Hormone bei der Arbeit sehen.

Bernhard hatte Amadea vorgeschwärmt, sich mit seinem Lokal von anderen unterscheiden zu wollen. Durch ein einzigartiges Konzept nach dem Vorbild erfolgreicher Kochschulen, bei denen nicht nur das Essen selbst, sondern die Zubereitung und die Vor- und Nachbereitung im Mittelpunkt standen und die Gäste sozusagen die Hauptakteure waren. Genau so wollte es Bernhard in seinem Lokal umsetzen. Statt fertiger Cocktails wurde ihnen ein Tablett mit den notwendigen Zutaten serviert, sodass die Gäste ihre Getränke selbst mischen und anrichten konnten.

Amadea hatte sich für Bernhard interessiert, weil er auf ihrer Lieblingsinsel etwas verändern wollte. Sie hoffte, ihn in seiner Kneipe anzutreffen. Es wäre sicher hilfreich für ihre Reportage, wenn sie ihn in Aktion sähe und sich erst mal ein Bild von dem Geschehen machen konnte.

»Georg, bringst du die Kinder bitte ins Bett? Ich fange heute schon mal an zu recherchieren, dann ist die Reportage in wenigen Tagen im Kasten.« Ihre Finger flogen über eine unsichtbare Tastatur. »Danach kann ich wirklich Urlaub machen«, schlug sie ihm vor. »Und dich entlasten.«

»Sehr gute Idee«, stimmte er zu. »Ich werde mein Bestes geben und meine Vorbereitungen auch in den nächsten Tagen beenden. Dann können wir gemeinsam entspannen. Wir beide.«

Amadea wechselte ihr Tunikakleid gegen eine zerrissene Designerjeans und ein schlichtes weißes T-Shirt. Sie trug bequeme Sneakers und radelte zu Bernhards Kneipe, die im Stadtzentrum lag, nur einen Steinwurf von ihrem Lieblingsbuchladen in der Strandstraße entfernt. Die Sonnenstrahlen, die sich golden in den Schaufenstern der Ladengeschäfte spiegelten, hatten nahezu etwas Magisches.

Schallendes Gelächter und die Klänge von Wolfgang Petrys »Wahnsinn« drangen bereits von Weitem an ihr Ohr. Die Glastüren der Kneipe waren um diese Uhrzeit noch vollständig geöffnet, sodass der Eindruck einer Freiluftfeier entstand. Die Menschen drängten sich um die Zapfsäule, die in der Mitte des Lokals thronte und, wie sie wusste, Bernhards ganzer Stolz war. Hier konnten sich die Gäste ihr Getränk selbst abfüllen. Bernhard hatte eigens dafür eine von einer Tankstelle ausrangierte Zapfsäule organisiert und sie in aufwendigen Prozessen spülen und umbauen lassen. Einige Gäste sahen fasziniert zu, wie das Bier durch die Anlage gepumpt wurde. Andere balancierten Tabletts mit den Bestandteilen für ihren Cocktail an ihren Tisch. Fast jeder in der Kneipe war beschäftigt.

Amadea suchte sich einen Platz auf den mit Kunstleder bespannten Sitzbänken, die unter den aufgeschüttelten Kissen versteckt waren. Sie ergatterte eine Getränkekarte, obwohl sie wenig Lust hatte, sich einen Drink zuzubereiten.

Am Tisch neben Amadea goss ein Mann verschiedene Zutaten in einen Shaker. »Jetzt passt auf«, rief er, während die anderen um ihn herum grölten. Er schüttelte kräftig, bevor er jedem einen kleinen Schluck in sein Glas schenkte. Alle kosteten das Getränk, ehe sie sich erneut dem selbst ernannten Barkeeper zuwandten.

Diesen Job hatte er offensichtlich gern übernommen, und er tat vieles dafür, um seine Position zu behalten. Den nächsten Cocktail krönte er mit einer Flamme, die er mit seinem Feuerzeug aus dem Hochprozentigen zauberte.

Die Gruppe kippte reihenweise unterschiedliche Cocktails und Longdrinks in sich hinein. Amadea wollte nicht in deren Haut stecken, denn bereits vom Zuschauen wurde ihr schlecht.

Sie schaute sich um. Während in den anderen Partylokalen auf Norderney vorwiegend gleichgeschlechtliche Kleingruppen mit ähnlichem Jahrgang auf der Suche nach dem gegensätzlichen Geschlecht waren, fanden sich hier alle Generationen zusammen. Männer und Frauen, alt und jung, standen gemeinsam um die Tische. Sie feierten und freuten sich über ... Ja, worüber eigentlich? Über das Leben im Allgemeinen? Über Norderney im Speziellen? Sicher nicht über den Sonnenuntergang, denn der war in der Stadtmitte überhaupt nicht zu sehen. Dieses Privileg war Besuchern von Lokalen an der Promenade vorbehalten. Amadea grübelte. Die ausgelassene Stimmung schien nicht ausschließlich vom Alkohol zu kommen, denn auch Neuankömmlinge freuten sich, als sie das Lokal betraten. War etwa das Konzept selbst dafür verantwortlich? Warum eigentlich nicht? Vor Jahren hätte sicher auch niemand erwartet, dass die Idee, sich Möbel selbst zusammenzuschrauben, einen Riesenerfolg nach sich ziehen würde.

Sie wollte es nun doch ausprobieren, selbst in den Genuss des Machens zu kommen, und bestellte sich das Set für einen Gin Tonic. Stilgerecht wurden ihr auf einem Tablett eine halbe Gurke, ein Messer, ein Glas mit einem speziellen Gin und ein besonderes Tonic Water gereicht, das sie noch nie gesehen hatte. Dabei lag eine gelbgrüne Karte mit Mix-Anleitung, die in ihrem Fall einfach war. Ein Cocktail wie Piña colada hätte hier schon durchaus komplizierter werden können. Als die Kellnerin den Betrag für das Set nannte, staunte Amadea nicht schlecht. Der Preis unterschied sich nicht von anderen Lokalen, in denen man den Longdrink bereits fertig serviert bekam.

Trotz des hohen Preises hatte sie Spaß. Sie zelebrierte das Gurkenschneiden und das Zusammenschütten der Flüssigkeiten ebenso wie die übrigen Gäste und freute sich gleich umso mehr, davon kosten zu können. Es war wie bei dem Fisch-Kochkurs, den sie neulich besucht hatte, bei dem weniger das Essen im Vordergrund stand als vielmehr das Zubereiten mit Gleichgesinnten.

Doch sie wollte sich nicht allzu sehr auf ihren Longdrink konzentrieren. Schließlich war sie zu Recherchezwecken da. Wo war denn nun Bernhard? Bisher sah sie nur Damen.

Amadea lauschte der Musik und genoss den Rhythmus der Gitarre. Wenn es einen Gitarrengott gäbe, so hätte Carlos Santana sicherlich einen Stammtisch mit ihm.

Einige Drinks später war auch ihre Zunge gelöst. Sie fühlte sich wie auf einer feuchtfröhlichen Party, deren Treiben meist in der Küche stattfand. Amadea bestellte einen weiteren Gin Tonic und wartete darauf, ihn mischen zu können. Gerade unterhielt sie sich mit einem Vierzigjährigen, der mit seinen Fußballkumpels jedes Jahr zur gleichen Zeit nach Norderney fuhr.

»Das ischn super Konzept«, freute sie sich und reckte bis über beide Ohren grinsend ihre Daumen in die Höhe, als die Kellnerin ihr das Tablett mit den Zutaten brachte. »Sage Se ma, wo ischn der Bernhard?«, wollte sie von ihr in ihrem besten badischen Dialekt wissen, in den sie immer verfiel, wenn sie zu viel getrunken hatte.

»Es tut mir leid. Das weiß ich nicht. Er ist heute einfach nicht gekommen.« Die Rothaarige zuckte mit den Schultern. »Dann schmeißen wir eben den Laden.« Sie zeigte auf sich und ihre beiden Kolleginnen, die hinter der Bar die Tabletts vorbereiteten. »Wir kriegen das hin, auch wenn es ganz schön stressig ist.«

»Ah. Schade, ich hätt den Bernhard gern getroffen«, sagte sie eine Spur zu traurig.

»Ja, wir auch!«, zischte die Kellnerin. »Wir können heute jede Hand gebrauchen. Wir haben ja erst seit einer Woche auf, und dann macht der frei. Sorry, ich muss.« Sie drehte sich um und eilte zum Tresen.

Zum Glück saß Amadea auf der bequemen Sitzbank. Ihr war ein wenig schwindelig.

»Hey, Amadea, schmeckt dir der Gin Tonic?«

Sie nickte und sah den Typen vom Fußballverein fragend an.

»Ich weiß etwas, das du nicht weißt«, flüsterte er neben ihr und legte seinen Zeigefinger an ihre Lippen.

»Was soll das sein?«, fragte sie, während sie die Gurke in Scheiben schnitt.

»Wir haben vor einigen Tagen hier etwas getrunken.«

»Ja, und?«

»Das war nicht das, was auf der Karte stand. Und was er abgerechnet hat. Seither trinken wir nur noch das Bier hier.«

»Was solln das heißen?«, fragte Amadea, die den Sinn nicht so recht verstand.

»Der Inhaber zockt die Leute ab. Zumindest beim Whisky, wir haben einen teuren bestellt und bezahlt. Aber das, was wir bekommen haben, war was anderes. Ich kenn mich ganz gut aus.«

»Habt ihr euch beschwert?«

»Nee, wollen uns doch den Spaß hier nicht nehmen. Und das Bier ist sehr in Ordnung.« Er grinste und stand auf. »War nett, dich kennengelernt zu haben.«

»Hey«, rief Amadea ihm nach. Sie wollte aufstehen und mehr in Erfahrung bringen, doch sie wankte und beschloss, auf dem sicheren Platz zu bleiben.

Inwieweit ihr diese Information dabei half, eine interessante Reportage auf die Beine zu stellen, war ihr im Moment völlig schleierhaft. Genauso wie die Antwort auf die Frage, wie sie zurück in die Ferienwohnung kam. Oder wie sie morgen mit einem dicken Kopf arbeiten sollte. Sie ahnte nur, dass hier irgendetwas nicht mit rechten Dingen zuging.

Sonntag

Als die Sonne die Insel mit ihren warmen Strahlen erweckte, zog Georg die Tür hinter sich zu. Amadea hielt bereits einen Kaffee in der Hand, während sie auf die Dünen schaute. Sie winkte ihm noch einmal zu, als er unten seine Pulsuhr kontrollierte. Er machte sich auf den Weg zur Promenade, vorbei an der vor einigen Jahren neu eröffneten Badehalle Nord. Dort konnte man neben Fischbrötchen auch eine Suppe essen, die auf einem alten Dampfwagen mit Feuerstelle aufgewärmt wurde. Georg würde nicht unten entlang laufen, sondern oben, auf dem ersten Fußgängerweg von der Straße aus gesehen. Nach wenigen Minuten würde er am Café Riffkieker und am Surfcafé vorbeikommen, anschließend an der Kurklinik und am Strandhotel Georgshöhe. Sie war gespannt, ob er am »Haus am Meer« tatsächlich weiter in Richtung Hafen joggen würde oder ob er nach einigen Minuten mit einem dampfenden Kaffee vom Inselloft wiederkäme. Nur noch eine Woche, bis er an seinem allerersten sportlichen Event teilnahm. Er war zwar nicht in Topform, aber immerhin fit genug, um bis zum Ende durchhalten zu können.

Wie hatte sie das alles vermisst. Zeit mit ihrer Familie. Keine Hektik. Keine unnötigen Verpflichtungen. Nur der Blick auf das Meer fehlte in diesem Moment. Doch sie stellte ihn sich vor. Das immerwährende Rauschen. Die Ruhe, die diese riesige Naturgewalt verströmte und die sich in ihr ausbreitete wie ein hochprozentiges Getränk. Sie trank einen weiteren Schluck ihres Filterkaffees, der trotz viel Milch und Zucker nicht annähernd an den Geschmack eines Kaffees aus einer Hebelsiebträgermaschine heranreichte.

Ein Geräusch, das nicht in den Ablauf passte, ließ sie aufhorchen. Es klang wie das Knarren einer Tür. Sie hatte Georg nicht zurückkommen sehen. War da etwa jemand? Nun hörte sie es ein zweites Mal. Vorsichtig schlich sie zur Wohnungstür und presste ihr Ohr daran. Es war kurz nach sechs Uhr. Waren die Decherts denn schon wach?

Kurzerhand drückte sie die Klinke nach unten und zog die Tür so schnell auf, dass ihr Gegenüber sie verwundert ansah. Lea Dechert mit verweinten Augen in einem geblümten Schlafanzug, um den Valentina sie beneidet hätte. Die Locken standen in alle Richtungen ab.

»Guten Morgen. Was machen Sie denn schon so früh hier?«, begrüßte Amadea sie.

»Ich wohne hier. Und Sie?«

»Ich bin immer so früh wach. Die einzigen Minuten am Tag, die ausschließlich für mich reserviert sind. Das ist meine Zeit. Die Kinder schlafen. Mein Mann ist laufen. Der bringt frische Brötchen mit.« Sie verkniff sich hinzuzufügen: und guten Kaffee. Sie wusste, dass Lea das nicht verstehen würde. »Was ist mit Ihnen? Geht es Ihnen nicht gut? Haben Sie geweint?«

»Ich?« Lea fuhr sich mit den Fingern über ihre Augenbrauen, als wollte sie sie glatt streichen. Gegen die verquollenen Augen half nur die Zeit. »Ja.«

Obwohl sie so direkt gefragt hatte, war Amadea doch überrascht von Leas ehrlicher Antwort. »Was ist passiert? Kann ich Ihnen helfen?«, fragte sie nun aus Höflichkeit, ohne es wirklich ernst zu meinen. Obwohl sie unter ihrem Dach wohnte, kannte sie diese Frau doch gar nicht und wollte eigentlich nur in Ruhe ihren Kaffee trinken.

»Bernhard und ich, wir haben uns gestritten«, begann sie.

»Das tun Ehepaare, das kommt schon wieder in Ordnung«, versuchte Amadea sich schnell aus der Affäre zu ziehen.

Sie hatte nun wirklich keine Lust, zwischen ihrem Interviewpartner und seiner Ehefrau die Vermittlerin zu spielen. Dafür hatte sie genügend eigene Sorgen. Ihr half auch niemand aus dem Gefühlstunnel heraus, in dem sie gefangen war.

»Er ist heute Nacht nicht nach Hause gekommen.« Leas Augen füllten sich mit Tränen, und sie ließ ihnen jetzt freien Lauf.

Offenbar weinte sie bereits seit Stunden. Amadea war hin- und hergerissen. Sollte sie die Frau in den Arm nehmen und trösten? Lea war ihr fremd. Doch sie konnte sich auch nicht einfach wieder umdrehen, in der Ferienwohnung verschwinden und so tun, als wäre nichts gewesen.

»Ich hole schnell das Babyphone. Dann erzählen Sie mir mal in Ruhe, was passiert ist, ja?«, hörte Amadea ihren Vorschlag nachhallen.

Sie sah keine andere Möglichkeit und wollte nicht die nächsten zwei Wochen frühmorgens gestört werden. In der wichtigsten Zeit ihres Tages. Dann lieber einmal richtig und danach hatte sich die Sache erledigt.

Lea schluchzte. »Ja. Das wäre nett.«

»Ich komme gleich. Würden Sie mir einen Gefallen tun und einen Kaffee aufsetzen?«

»Natürlich.« Lea schlich die Treppe nach unten wie ein Häufchen Elend.

Amadea durchquerte die Ferienwohnung, riss einen Zettel aus ihrem Notizblock und kritzelte eine Erklärung für Georg darauf. Sie legte den Hinweis auf den Tisch, schnappte sich das Babyphone und ging eilig nach unten. Je schneller sie die Sache hinter sich brachte, desto besser. Sie war normalerweise nicht diejenige, die sich in die privaten Belange anderer Menschen einmischte, zumindest nicht, wenn sie so trivial waren wie in diesem Fall. Sie hatte ja nicht im Entferntesten ahnen können, dass diese Frau ihr so viel Vertrauen entgegenbringen würde. Ihre Höflichkeit hätte sie sonst außen vor gelassen.

Als sie in die Küche trat, rutschte ihr ein erfreutes »Wow!« heraus. Vermutlich das einzige neuzeitliche Stück in dem ganzen Haus, abgesehen vom Flachbildfernseher in ihrem Wohnzimmer. Hier war nicht gespart worden. Im Gegenteil, in der Mitte der dunkelbraunen Arbeitsplatte stand eine topmoderne Industriekaffeemaschine.

Wenigstens bekam Amadea nun einen ordentlichen Kaffee. Das hob ihre Stimmung um Welten. Ein Blick auf die runde Uhr über der Spüle zeigte ihr, dass ihr maximal eine Stunde blieb, bis eines der Kinder aufwachen würde. Valentina konnte in der Zwischenzeit die Uhr lesen und wusste, dass sie nicht vor halb sieben aufstehen durfte, doch Henry ließen Uhrzeiten kalt. Er stand auch gern mal um halb sechs auf der Matte. Und sei es nur, um zu weinen, weil er noch so müde war.

Lea zog eine lila Kapsel aus der Schublade. »Milchkaffee?«

»Gern.« Amadea nickte.

Sie sah zu, wie Lea routiniert die Maschine bediente. Hier musste die Milch nicht separat aufgeschäumt werden, alles kam per Knopfdruck heraus. Der Milchschaum floss zuerst in das Glas, dann folgte der Kaffee. Lea holte einen Löffel und reichte ihn Amadea zusammen mit dem Milchkaffee.

»Danke. Das ist ja herrlich. Ich wusste nicht, dass Sie eine so tolle Maschine haben«, sagte Amadea, weil sie nicht so unsensibel sein und Lea ihre Abneigung gegenüber Filtermaschinen unter die Nase reiben wollte. Doch trotzdem bereute sie ihre Worte, als sie Leas Gesichtsausdruck sah. Erneut kullerten die Tränen über ihre Wangen.

»Mein Mann hat sie mir zum letzten Hochzeitstag geschenkt.«

»Oh.« Amadea rührte in dem Glas und probierte einen Löffel Milchschaum. »Nun erzählen Sie doch mal, was los ist. Die Kinder wachen bald auf«, fügte sie erklärend hinzu.

»Wir haben uns gestritten.«

»Und worüber?«

»Über sein Lokal.«

»Warum denn? Ich war gestern dort, es läuft doch ganz gut, oder?« Wenn Amadea Lea nun jedes Wort einzeln herauskitzeln musste, würde dieses Gespräch Stunden dauern.

»Ja. Sein Konzept hat richtig eingeschlagen auf der Insel.«

»Okay. Aber warum haben Sie sich dann mit ihm gestritten?«

»Weil er die ganze Zeit weg ist. Vor der Eröffnung hat er umgebaut. Und jetzt ist er nur noch in der Kneipe. Er kommt erst spät in der Nacht nach Hause, wir geben uns die Klinke in die Hand, und ich gehe arbeiten. Ich habe Schichtdienst, fange morgens um sechs Uhr an. Wir werden uns gar nicht mehr sehen«, beklagte sie sich.

Amadea verstand nicht. Wenn sich jemand dazu entschloss, ein Lokal zu eröffnen, dessen Spezialität es war, Cocktails in Einzelteilen zu servieren oder die Kunden selbst Bier zapfen zu lassen, war es doch naheliegend, dass dies nicht tagsüber geschah, sondern im Wesentlichen abends und nachts.

»Aber das wussten Sie doch beide vorher. Oder etwa nicht?«

»Ja und nein.« Lea verdrehte die Augen. »Vielleicht. Aber dass wir quasi nur noch nebeneinanderher leben, das ist mir erst jetzt klar geworden. Ich dachte, er würde von Anfang an Bedienungen einstellen, damit er entlastet ist. Aber da habe ich mich wohl getäuscht.«

»Alles zu seiner Zeit. Ihr Mann muss sicher selbst erst sehen, ob das Geschäft so läuft, wie er es sich vorgestellt hatte. Und gestern waren zumindest schon drei Kellnerinnen im Einsatz.«

Amadea nippte an ihrem Milchkaffee, bevor sie die nächste Frage wagte. »Und Sie sind sicher, dass er sich die ganze Zeit im Lokal aufhält?«

»Was meinen Sie damit? Wo sollte er denn sonst sein?«

Amadea machte mit ihren Händen eine Bewegung wie im Yoga und schaute nach oben. »Er war gestern Abend gar nicht da«, platzte sie heraus und behielt den Gedanken an eine Affäre für sich. Sie biss sich auf die Lippen.

Genau in diesem Moment meldete sich Henry. Er brüllte: »Mama! Mama!« Amadea hörte Valentina flüstern, doch sie verstand nicht, was sie sagte. Henry schrie unbeeindruckt weiter.

»Entschuldigen Sie. Ich muss«, sagte Amadea, bevor sie mit ihrem Milchkaffee und dem Babyphone in der Hand überstürzt die Küche verließ.

Wenn sich Lea und Bernhard gestritten hatten und er daraufhin nicht nach Hause gekommen war, musste es etwas Ernstes sein. Amadea überlegte, welchen Grund es geben könnte, dass Georg oder sie sich so verhielten. Ihr fiel kein Streitthema ein, das derart gravierend und folgenreich für ihre Beziehung war. Sie würden sich immer wieder zusammenraufen.

Doch was bei ihr der Fall war, musste nicht auf andere Beziehungen zutreffen. Vielleicht hatte Bernhard tatsächlich eine Affäre. War dies der Weg, den ein Mann nach einer jahrelangen Ehe einschlug? Eine logische Konsequenz? Oder ging das schon länger, und er traf sich seit Jahren mit einer anderen Frau? Hatte er Lea die ganze Zeit etwas vorgemacht und wollte sie in Wirklichkeit verlassen? Wollte er gar weg von Norderney, von ihr und den Kindern? Obwohl Amadea ihn noch nicht persönlich kannte, konnte sie sich nicht vorstellen, dass Bernhard in diese Richtung dachte. Es hätte doch keinen Sinn gemacht, in dieser Situation ein Lokal zu eröffnen. In ihrem Kopf drehten sich die Gedanken wie in einem Karussell.

Obwohl es in Süddeutschland gewitterte, tat die Sonne über Norderney ihr Bestes, um einen Rekord mit dem bisher heißesten Tag im Jahr aufzustellen. Amadea saß am Nordstrand im Strandkorb mit der Nummer 148. Sie hatte ihn umgedreht, damit sie ihre Kinder gut im Auge behalten konnte. Das Positive an diesem Alter war, dass sie nicht mehr auf Schritt und Tritt wie eine Glucke über ihnen wachen musste. Henry wusste in der Zwischenzeit, dass Sand nicht schmeckte und er im Wasser unterging wie ein Stein. Gerade buddelte er ein tiefes Loch, um dann aus den Wellen Wasser zu holen und den Eimer zurück zu seinem Bau zu schleppen. Valentina turnte mit einem anderen Mädchen auf dem Klettergerüst um die Wette. Georg trainierte wieder einmal. Heute stand Schwimmen auf dem Programm. Doch sie hatten sich dafür entschieden, dass er an einem anderen Strandabschnitt ins Wasser ging. Die Kinder hätten ihn sonst nur belagert, und an Schwimmen wäre nicht zu denken gewesen. Sie könnten später gemeinsam im Meer planschen.

Amadea starrte einen Moment auf ihr Notizbuch, bevor sie sich wieder Henry widmete. Warum nur konnte sie sich nicht auf das Wesentliche konzentrieren? Ihren neuen Artikel.

»Ich glaube, es ist einfach zu langweilig. Ein Mann, der seinen Traum realisiert hat. Das hat nichts mit konstruktivem Journalismus zu tun«, murmelte sie vor sich hin und achtete dabei nicht auf mögliche Zuhörer.

Amadea war total irritiert. Normalerweise war sie Feuer und Flamme, wenn sie an einem neuen Projekt arbeitete. Gerade hier auf Norderney war Arbeiten doch wie Urlaubmachen. Sie konnte sich glücklich schätzen, dass sie auf einer so beliebten Ferieninsel eine weitere Reportage schreiben durfte. Was war denn mit ihr los? Doch dieses Mal war es etwas anderes. Hatte es damit zu tun, dass es sich hier um nichts Außergewöhnliches handelte? War sie bereits so sensationsgierig, dass sie einen gewöhnlichen Artikel nicht mehr inszenieren konnte?

Sie hatte es sich selbst ausgesucht, über diesen Mann mit seinen

Bierzapfsäulen inmitten von Partywilligen zu berichten. Nicht, weil er damit die Kneipenszene auf Norderney verändern wollte. Nicht, weil er ein tolles Do-it-yourself-Konzept hatte. Sie hatte seine Kneipe und ihn gewählt, weil er der Insel guttat. Weil er seine Hausaufgaben gemacht hatte. Bernhard Dechert bot etwas Besonderes an. Nichts Schickes, nichts Modernes, nur etwas zum Selbermachen. Und das nur aus einem Grund: weil er davon überzeugt war. Weil er seine Idee umsetzen wollte. Er lebte seinen Traum und hatte sich selbst verwirklicht. Er saß auf dem Fahrersitz seines Lebens. Sie war sich nicht sicher, ob sie das auch tat.

Georg hatte nicht »Juhu« geschrien, als sie ihm vor einigen Wochen von der geplanten Reportage erzählt hatte. Doch sie wollte langfristig wieder wegkommen von der Unplanbarkeit ihres Jobs. Wahrscheinlich sollten sie mal ans andere Ende der Welt fliegen, um vollständig abzuschalten. Doch Amadea würde selbst dort irgendetwas finden, das sie mit ihrer Phantasie in eine Reportage gießen konnte. Die Welt war derart vernetzt, dass arbeiten – zumindest für sie – an nahezu jedem Ort möglich war. Unabhängig von Raum und Zeit. Zwei Wochen Urlaub wären schön. Am Stück und nicht im ganzen Leben. Aber sie war selbst schuld. Sie hatte das Steuer ihres Lebens nicht mehr in der Hand.

»Mama«, rief Henry, der sich erneut abmühte, einen Eimer voller Wasser zum Sand zu bringen. Er hatte viel Spaß daran, nassen Sand mit trockenem zu vermischen. »Ich Beetnmisch.«

Amadea wusste in der Zwischenzeit, dass das »Betonmischer« heißen sollte. Er lachte und winkte ihr zu, nachdem er das Wasser in das Loch geschüttet hatte. Amadea winkte zurück und reckte den Daumen in die Höhe. »Super machst du das.«

Bis vor einem Jahr war Henry ein pflegeleichtes Kind gewesen, doch seit sie wieder arbeitete, war er zunehmend schwieriger geworden. Er redete nicht viel, saß oft still da und war schlecht gelaunt. Es war schön zu sehen, dass er auf Norderney wie ausgewechselt war. Obwohl sie erst einen Tag auf der Insel waren, hatte er sich bereits verändert. Ob es damit zusammenhing, dass Georg und sie viel Zeit mit ihm verbrachten? Lag es an der salzhaltigen Luft oder an dem vielen Sauerstoff im Gehirn, weil sie so lange draußen waren?

»Henry, Valentina, wir müssen gleich los«, rief Amadea, während sie ihr Notizbuch in ihrer Handtasche verstaute.

Valentina kam bereits angerannt, Henry tat so, als hätte er nichts gehört.

»Wohin gehen wir?«

»In die Ferienwohnung.«

»Och. Warum denn?«

»Weil dein Bruder einen Mittagsschlaf machen muss. Du weißt doch, der ist sonst unausstehlich.« Amadea stand auf. »Du kannst währenddessen wieder Trampolin springen. Ist das nicht schön?«, munterte Amadea sie auf.

»Okay. Aber später kommen wir zurück an den Strand, ja?«

»Versprochen. In eineinhalb Stunden sind wir an derselben Stelle, wenn du dich verabreden möchtest.« Sie packte die Spielsachen in eine Tüte.

»Henry. Du bist die Hauptperson. Wegen dir gehen wir zurück. Komm schon.«

»Will nicht.« Er schüttelte vehement den Kopf.

»Doch. Und davor essen wir noch etwas.«

»Fischbrötchen?«, wollte Henry wissen.

Erstaunt sah Amadea ihn an. Das war wohl das komplizierteste Wort, das er bislang ausgesprochen hatte. »Ja. Und du bekommst ein eigenes, nur für dich.«

»Ja.« Henry kletterte aus seinem Loch heraus.

Er war paniert wie eine Scholle. Wenn sie ihn so mitnahm, hätten sie ab sofort auch Strand in der Ferienwohnung.

»Komm, wir duschen zumindest deine Beine kurz ab«, sagte sie, als sie zur Promenade hochliefen. »Muss Lea ja nicht unbedingt sehen, dass wir den halben Strand mitbringen.«

Sie machten einen kleinen Umweg über die Stadt, wo es äußerst leckere Fischbrötchen gab. Neben Klamottenläden, einem Immobilienmakler und Dekoartikeln beachtete man die winzige Theke nur, wenn man sie kannte.

»Moin.« Ein älterer Insulaner begrüßte Amadea und ihre Kinder. »Was darf ich Ihnen Gutes tun?«

Amadea schaute in die Auslage. »Haben Sie diesen Fisch, den Sie selbst einlegen?«

»Den Brathering meinen Sie?« Er zeigte auf einen Fisch, der bräunlich und leicht verschrumpelt aussah.

»Genau den.«

Kurzerhand schnitt der Mann ein kleines Stück ab, spießte es auf einen Zahnstocher und reichte es ihr. »Bitte schön. Damit Sie auch das Richtige kaufen.«

Amadea probierte. »Genau der ist es. Von dem nehmen wir bitte zwei Portionen. Und für den Jungen ein Lachsbrötchen.«

Auf dem Nachhauseweg war es ruhig. Henry saß im Buggy und verputzte in aller Ruhe sein ganzes Lachsbrötchen. Auch Amadea und Valentina waren mit ihren Fischbrötchen beschäftigt. Doch als sie in die Nordhelmsiedlung einbogen, wurden sie aus der Normalität herausgerissen. Ein Polizeiauto stand vor dem Haus, in dem sich ihre Ferienwohnung befand.

Was war passiert? Steckte hinter dem Verschwinden ihres Hausherren etwa mehr als ein gewöhnlicher Familienstreit? Neugierig gingen sie weiter, bis sie direkt vor dem Haus der Decherts standen.

Der Inselpolizist Tjaden, den Amadea noch vom letzten Jahr kannte, schloss gerade die Haustür hinter sich und kam ihnen entgegen. Tjaden hatte die Haare zu einem Pferdeschwanz gebunden, in einem Ohr steckte ein goldener Ohrring mit eingravierten Initialen. In früheren Zeiten bot dieses Schmuckstück die einzige Möglichkeit, einen toten Seemann zu identifizieren. Einem Finder erleichterte es damals die Suche nach den Angehörigen. In der Zwischenzeit war der Ohrring zum Markenzeichen überzeugter Insulaner geworden. Nicht nur die älteren hatten ihn, auch jüngere trugen ihn voller Stolz und als Zeichen der Zugehörigkeit zu ihrer Heimat.

»Herr Tjaden. Moin«, sagte Amadea und reichte ihm die Hand.

Verwundert nahm er sie. »Woher …?« Dann schien er sich zu erinnern. »Sie? Sie sind wieder hier? Frau König. Woher wissen Sie denn schon wieder von dem Fall? Und wie sind Sie so schnell auf die Insel gekommen?«

»Welchen Fall meinen Sie? Ich bin doch hauptsächlich zum Urlaubmachen hier«, zwinkerte sie ihm zu.

Er schüttelte den Kopf. »Nein, nein, nein. Das glaube ich Ihnen nicht. Sie hatten auch letztes Jahr Ihre Finger im Spiel. Da wusste kein Mensch, in welche Richtung man ermitteln sollte. Und was haben Sie daraus gemacht? Eine Riesengeschichte für die Insel.« Er grinste über das ganze Gesicht. »Ich freue mich, Sie zu sehen.«

»Die Freude ist ganz auf meiner Seite. Aber was machen Sie denn hier?« Sie zeigte auf das Haus. »Kinder, geht ihr bitte mal auf das Trampolin?«

Amadea war der Überzeugung, dass Kinder gewisse Dinge nicht mitbekommen sollten, und hielt überhaupt nichts von einer Aufklärung und Einbeziehung in Themen, bei denen es sogar Erwachsenen unwohl wurde. Warum sollten Kinder denn wissen, dass es Mörder und Vergewaltiger gab? Dass in der Welt auch böse Menschen lebten? Sie würden es noch früh genug erfahren. Das Wichtigste war – und davon ließ sie sich auch nicht abbringen – ein völliges Misstrauen jedem Fremden gegenüber. Vertrauen war etwas, das sich entwickeln musste. Niemand, der aus einem Auto stieg und mit irgendwelchen Süßigkeiten lockte, war vertrauenswürdig. Amadea schärfte den beiden immer wieder ein, dass sie unter keinen Umständen mit irgendjemandem mitgehen durften. Egal, was dieser Jemand zu ihnen sagte. Menschen konnten gut lügen, vor allem wenn es darum ging, etwas zu verbergen.

Erleichtert sah sie, dass sich ihre Kinder auf dem Trampolin vergnügten. Ihr einziges Problem wäre wohl, dass Henry keinen Mittagsschlaf machen würde. Sie sah auf die Uhr. Es war bereits nach eins. Wenn er nicht bald schlief, hätte sie den Zeitpunkt verpasst. Er würde den restlichen Tag unausstehlich sein. Wie eine Reihe Dominosteine wäre nach und nach jeder in der Familie schlecht gelaunt. Dann war das halt so, wischte sie den Gedanken weg.

»Nun sagen Sie schon. Was führt Sie hierher?«, drängte Amadea Tjaden sanft.

»Darf ich nicht. Mensch, das wissen Sie doch. Fragen Sie doch *sie*.« Er nickte in Richtung Haus, während er das Polizeiauto öffnete, das kurz blinkte. »Und kommen Sie nicht wieder auf die Idee, sich einzumischen. Lassen Sie dieses Mal die Profis ran.«

Amadea lachte. »Spielen Sie etwa auf meine Reportage an? Der Erfolg kommt nicht von ungefähr. Ich habe der Polizei doch auf meine Art und Weise geholfen.«

»Das glaube ich Ihnen. Aber hier ist das etwas anderes.« Er winkte nochmals zum Abschied.

»Henry, komm jetzt. Du darfst schlafen«, rief Amadea, die sich vornahm, gleich mit Lea über den Besuch der Polizei zu sprechen.

Als sie die Treppe nach oben stieg, kam ihr die Frau entgegen, die offensichtlich im Zimmer nebenan wohnte. Ihre roten Haare waren sorgfältig toupiert, an ihren Ohren hingen große Klunker, deren Echtheit Amadea stark bezweifelte. Eine lange Kette zierte ihren Hals. Ihre Beine steckten in beigen kurzen Shorts. Mit ihrem knallpinken Oberteil hätte sie Cindy von Marzahn alle Ehre gemacht. Die Frau sah ordentlich aus, roch allerdings stark nach Alkohol und Zigaretten.

Amadea wusste, dass sie diese Frau schon einmal gesehen hatte. Wo war das gewesen?

»Hallo, Cordula Hemer.« Sie streckte Amadea die Hand hin. »Haben Sie zufällig Zahnpasta? Ich kann nicht raus, der Kreislauf«, klagte sie, während sie sich am Türrahmen festhielt.

»Klar. Warten Sie einen Moment, ich hole welche.«

Amadea scheuchte die Kinder nach drinnen und rief: »Ich bin Amadea. Amadea König.« Sie griff nach der Zahnpasta, die geöffnet auf der Ablage vor dem Spiegel lag. Sie eilte zurück zur Tür, während sie den Deckel auf die Tube schraubte, und gab sie ihrer Zimmernachbarin. »Alles in Ordnung?«

Cordula Hemer nickte. »Ja.«

»Kommen Sie häufiger nach Norderney?«

»Früher jedes Jahr. Zur gleichen Zeit«, entgegnete sie. Den Grund dafür ließ sie offen. Stattdessen starrte sie auf ihre perfekt lackierten roten Fingernägel. »Hassliebe nennt man das wohl«, sagte sie, griff nach der Zahnpasta und drehte sich um. »Danke. Jetzt arbeite ich hier. Aber ich habe noch keine Unterkunft. Bernhard hat mich freundlicherweise aufgenommen, bis ich etwas anderes gefunden habe. Es ist hier in der Zwischenzeit so schwierig geworden, ein Zimmer anzumieten. Viele Kollegen teilen sich eine Wohnung. Die schlafen in Schichten.«

»Jetzt erinnere ich mich. Sie arbeiten in Bernhards Kneipe«, sagte Amadea kopfnickend.

Sie konnte sich gut vorstellen, weshalb Cordula Hemer früher jedes Jahr zur gleichen Zeit auf die Insel gekommen war: Sie war auf Partnersuche. Und wieder sah Amadea in ihrem Kopfkino Hormone bei der Arbeit. War Cordula Hemer etwa Bernhards Affäre?

***

Es hatte Amadea zwar einige Überwindung und nahezu eine Flasche Essigreiniger gekostet, die sie beim Putzen der Küche verbraucht hatte, doch das war die Voraussetzung, um dort Gemüse zu schnippeln. Sie wollte unter keinen Umständen den Zeitpunkt verpassen, Lea abzufangen. Während sie die Karotte schälte, stand sie am Fenster. Ihr Blick war mehr nach draußen gerichtet als nach drinnen, weshalb sie ab und zu fluchte, wenn sie sich mit dem Gemüseschäler in den Finger schnitt und sich verletzte. Doch das war nichts Neues, das passierte ihr auch zu Hause häufiger. Immer wieder schaute sie hinaus. Heute sollte es eine Hähnchen-Gemüse-Pfanne geben, aber sie kam durch ihre Beobachtungen der Straße nur langsam voran.

Als sie endlich Lea mit dem Fahrrad kommen sah, ließ sie alles stehen und liegen. Sie rief ins Wohnzimmer: »Könnt ihr bitte das WAVESL fertig machen?«

»Was ist das?«, wollte Georg wissen.

»›Wenig Aufwand, viel Essen, schmeckt lecker‹. Ist wirklich nicht viel zu tun. Ich muss kurz zu Lea, ja?«

Georg war mit den Kindern in ein Spiel vertieft, und sie vernahm ein leises »Ja, gleich«. Ihr war es recht, dass er sie nicht weiter beachtete, denn sie wollte keine langwierigen Erklärungen abliefern.

Amadea schnappte ihr Portemonnaie, polterte die Treppe nach unten und kam Lea mit dem Türöffnen zuvor.

»Ich wollte gerade noch mal kurz zum Supermarkt. Fetakäse holen. Wir gönnen uns heute eine Auszeit und bleiben hier«, beeilte sie sich zu sagen, bevor sie sich auf die Lippen biss.

Auszeit? Was hatte eine Auszeit mit Nicht-Ausgehen zu tun? Was stammelte sie denn da? So ein Mist. Da waren ihr in der Vergangenheit doch schon deutlich bessere Notlügen eingefallen. Sie hoffte, dass Lea keinen weiteren Verdacht schöpfte, und begann, ihr zu misstrauen. Schließlich war es Amadea, die an der Quelle saß. Wenn irgendjemand an Informationen herankam, dann war sie es. Sie saß der Frau quasi auf dem Schoß.

Lea sah einen Moment überrascht aus, bevor sie sich ihre Augen mit einem Taschentuch abtupfte und schniefte. »Sie müssen nicht extra los. Ich habe noch welchen im Kühlschrank.«

»Ach, das ist ja toll.« Amadea zückte ihr Portemonnaie, zog den Reißverschluss auf und kramte in ihrer Kleingeldtasche. »Wie viel bekommen Sie dafür? Sind zwei Euro in Ordnung?«

»Lassen Sie das. Ich brauche ihn gerade sowieso nicht.«

Langsam tastete Amadea sich vor. »Gibt es etwas Neues? Ist Bernhard zurück?«

Gemeinsam gingen sie in die Küche. Lea setzte sich an den Tisch, den Fetakäse hatte sie vermutlich schon wieder vergessen. Amadea nahm ihr gegenüber Platz und schaute sie an.

»Wie war Ihr Tag? Hat sich etwas ergeben?« Amadea durfte nicht wieder mit der Tür ins Haus fallen. Sie konnte nicht gleich ihre Hilfe anbieten. Sie musste behutsam vorgehen.

Lea schluckte und zog gequält die Augenbrauen hoch. »Ich fühle mich wie in der Hölle. Es ist alles so schlimm. Mein Mann ist verschwunden. Das habe ich heute der Polizei gesagt.«

»Und? Was haben die unternommen?«

»Sie suchen bereits die ganze Insel ab. Ich selbst bin das Kiefernwäldchen hinten abgefahren.«

»Wow. Das geht ja schnell.«

»Zum Glück.« Lea tupfte sich die Nase ab.

Amadea dachte an ihr geputztes Gemüse. Sicher hatte Georg vergessen, die Zutaten in die Pfanne hineinzugeben und den Herd einzuschalten.

»Ich dachte immer, die werden erst aktiv, wenn ein potenzielles Verbrechen im Raum steht?«, hakte Amadea nach. Schließlich handelte es sich bei dem Vermissten um einen erwachsenen Mann. Es war nicht abwegig, dass er sich einfach aus dem Staub gemacht hatte.

»Nein. Hier geht das schneller. Die müssen ja auch überprüfen, dass es keinen Unfall gab. Am Meer herrschen andere Gesetze«, sagte sie. Ihre Stimme klang hohl und emotionslos.

»Ach, so ist das. Was ist denn eigentlich mit Ihren Kindern? Was wissen die?«

»Denen habe ich erzählt, Bernhard sei kurzfristig verreist. Geschäftlich. Ich muss sie ja nicht unnötig beunruhigen, nicht wahr? Kann ja sein, er taucht morgen wieder auf.«

Amadea schüttelte den Kopf, denn auch sie war der Meinung, Kinder müssten nicht vorschnell über Leid informiert werden. »Hat die Polizei denn schon etwas erreicht?«

»Bisher nicht. Bernhard hat sein Portemonnaie dabei, es könnte also auch sein, dass er die Insel verlassen hat, ohne jemandem Bescheid zu sagen.«

»Was ist denn mit Hunden? Die können doch bestimmt seine Spur finden.« Sicherlich hatte die Polizei eine Handyortung in Auftrag gegeben.

Lea schaute sie erstaunt an. Was verriet ihr Blick? Verzweiflung? Misstrauen? Angst?

Amadea merkte, dass sie mit ihrer Frage zu weit gegangen war. Ein Laie würde nicht sofort die Hundestaffel ansprechen. Schließlich war sie nicht bei der Polizei, aber von Georg wusste sie eine Menge über Polizeiarbeit.

Entschuldigend hob sie die Hände. »Das sieht man doch immer im Fernsehen«, half sie ihr auf die Sprünge. »Wenn jemand gesucht wird, haben die Polizisten Stöcke in der Hand und Hunde an der Leine. So kenne ich das zumindest aus Krimis.«

Wenn sie Lea zu viel von ihrem Job als Journalistin erzählte, würde sie sich vermutlich zurückziehen und weiteren Gesprächen aus dem Weg gehen. Amadea wollte sich jedoch den Zugang zu Lea bewahren. Sie musste schließlich eine Reportage schreiben. Nichts lag näher, als weiterhin über Bernhard zu schreiben – jetzt natürlich in einem anderen Licht.

»Ja, das kenne ich«, stimmte Lea zum Glück ein. »Ich habe Hunde gesehen, ja. Das ist wohl auch der Grund, warum ich der Polizei eins von Bernhards Sweatshirts geben musste.«

Amadea kam eine Idee. Wenn Lea mitmachte, war es gut. Falls nicht, müsste Amadea sich tatsächlich zurückziehen und könnte nur noch beobachten.

»Lassen Sie uns doch selbst mal Polizei sein. Ich frage, und

Sie antworten. Einverstanden?«, wagte sich Amadea vor. Damit pokerte sie hoch. Die räumliche Nähe zu ihrem Interviewpartner musste sich ja irgendwie bezahlt machen. Einen Moment lang hielt sie die Luft an.

»Ich weiß nicht, was das bringen soll.«

»Im Idealfall einen Hinweis. Vielleicht finden wir ja Ihren Mann, vor der Polizei.«

Lea schien kurz abzuwägen, bevor sie offensichtlich Gefallen an der Idee fand, denn sie setzte sich aufrecht hin, wischte die Tränen von den Wangen und stimmte nun mit etwas mehr Farbe im Gesicht zu. »In Ordnung. Fangen Sie an, ich bin bereit.«

Amadea dachte einen Moment nach. Was wollte sie eigentlich herausfinden? Welche Informationen würden helfen, Bernhards Aufenthaltsort ausfindig zu machen? Sie hatte im Vorfeld ein wenig über ihn recherchiert, da er ja immerhin neben der Pärchenbildung die Hauptfigur ihrer Reportage war. Jetzt musste sie nur umdenken, sie würde nicht nur über ihn schreiben, weil er eine außergewöhnliche Kneipe eröffnet hatte. Vielleicht war er jetzt eine Randperson in ihrer Geschichte. Ja, nur Mittel zum Zweck. Doch für welchen? Es galt nun herauszufinden, in welchem Zusammenhang sie über ihn schrieb.

»Gut. Welche Veränderungen gab es in Ihrer Familie in den letzten Tagen?«, begann Amadea.

»Keine«, kam die Antwort wie ein Blitz aus heiterem Himmel.

Zu schnell, wenn es nach Amadea ging. Wollte sie etwas vertuschen? Oder nicht akzeptieren?

Sie hakte nach. »Sind Sie sicher? Es gab nichts Außergewöhnliches? Etwas Besonderes? Hatten Sie Hochzeitstag? Gab es einen Geburtstag in der Familie?«

Amadea hatte festgestellt, dass Menschen automatisch etwas Negatives sagten, wenn man sie explizit nach positiven Ereignissen fragte. Es war paradox. Als wäre es nicht schick, sich zu freuen. Sie musste irgendwie auf diesen Typen zu sprechen kommen, der gestern Abend das Haus beobachtet hatte. Vielleicht hatte auch Lea ihn bemerkt.

»Nein. Ich sagte doch, es gab nichts Besonderes. Na ja, ich finde die Neueröffnung des Lokals außergewöhnlich genug. Das war schließlich ein großer Einschnitt in unser Leben. Lange geplant und detailgetreu umgesetzt.«

Amadea wollte herausfinden, worum es in dieser Sache wirklich ging. Schließlich verschwand kein Mensch ohne Grund.

»Fällt Ihnen sonst noch etwas ein? Im Zusammenhang mit der Neueröffnung? Mit der Kneipe? Mit der Bank, die Ihnen den Kredit für die Einrichtung gegeben hat? Denken Sie doch bitte scharf nach«, forderte Amadea Lea auf. »Trauen Sie Ihrem Mann zu, dass er einfach abgehauen ist, weil Sie sich gestritten haben?«

»Nein. Das passt nicht zu ihm.«

Lea erhob sich und sah aus dem Fenster. Draußen hatten sich kleine Wolken an dem blauen Himmel gebildet, die den schönen Augusttag jedoch nicht trüben konnten. Der Strandhafer auf den Dünen gegenüber wippte scheinbar freudig im Wind. Ein Kaninchen hoppelte nach oben und suchte Schutz zwischen den Sanddornsträuchern. Lea drehte sich um und sah Amadea prüfend an. Ihre braunen Augen schimmerten im Abendrot, das in die Küche fiel.

Sie redete so leise, dass Amadea Mühe hatte, sie zu verstehen. »Bernhard wurde erpresst.«

»Wie bitte? Erpresst? Von wem?«, wollte Amadea wissen.

»Woher soll ich das wissen? Ich war ja schließlich nicht dabei.« Sie schüttelte den Kopf. »Das weiß man doch fast nie, oder?«

»Wie kommen Sie dann darauf, dass er erpresst wurde?«

»Er hat es mir gesagt.«

»Wann? Hat er denn ein Schreiben bekommen? Sollte er Geld bezahlen?«

»Einen Tag vor der Neueröffnung kamen zwei Männer in die Kneipe. Die wollten Geld von ihm.«

»Aus welchem Grund denn?«

»Damit ihm nichts geschieht, war ihre Aussage.«

»Schutzgeld also«, murmelte Amadea vor sich hin. »Und? Hat er bezahlt?«

»Das weiß ich nicht. Ich denke schon.«

Amadea hielt es für höchst fraglich, welche Art von Verhältnis Bernhard und Lea hatten. Die beiden sprachen zwar miteinander, fanden aber Antworten nicht gemeinsam, sondern jeder für sich.

Sie war froh, dass sie mit Georg eine andere Ebene verband. Eine Beziehung, die auf gegenseitigem Respekt und Vertrauen basierte. Mit der sie alles durchstehen konnten. Trotz oder gerade weil beide ihre eigenen Ziele verfolgten, aber dennoch nicht egoistisch handelten.

»Aber Sie wissen es nicht hundertprozentig?«, vergewisserte sich Amadea.

»Nein«, gab sie zu. »Ich glaube, die wollten wiederkommen, wenn die Kneipe angelaufen ist.«

Die Informationen veränderten die Situation völlig. Hatte der Spanner von gestern damit zu tun? War der Mann, der vor dem Haus herumgelungert hatte, ein Mafiagangster? Der mit seiner Präsenz Angst hatte einjagen wollen? Der Familie zeigen wollte, dass er es mit seiner Drohung ernst meinte? Kein Wunder, wenn Bernhard deshalb Hals über Kopf von der Insel geflohen war. Aber würde er Frau und Kinder einfach zurücklassen? Das konnte Amadea sich kaum vorstellen. Außer, er wollte seine Familie damit schützen.

»Seit wann leben Sie denn eigentlich hier?«, versuchte Amadea einen anderen Weg einzuschlagen.

»Seit fast neun Jahren«, antwortete Lea. »Ich komme aus dem Osten, bin in der Nähe von Freiberg aufgewachsen. Da, wo das Bier herkommt.«

»Wo haben Sie Ihren Mann kennengelernt?«

»Auf einer Kreuzfahrt. Ich war Gast, und Bernhard hat dort gearbeitet. Er war Steward und hat sich um die Belange der Passagiere gekümmert.« Sie lächelte bei dem Gedanken an ihre erste Begegnung. »Es war schon immer sein größter Traum, etwas Eigenes auf die Beine zu stellen. Unabhängig zu sein. Das hat er dann auch verfolgt.«

Wenn ihm das nun nicht zum Verhängnis geworden ist, dachte Amadea, während sie im Inneren eine Liste abarbeitete, was sie noch fragen wollte. Sie hatte eine Hypothese, warum Bernhard verschwunden sein konnte. Besser gesagt waren es zwei. Doch sie würde ihre Gedanken ganz sicher nicht mit Lea teilen.

»Und wie finden Sie es hier auf Norderney?«, wollte Amadea wissen.

Vielleicht hatte das Übel seinen Ursprung ja hier. Aber sie konnte Lea schlecht fragen, ob sie Feinde hatte. Warum denn eigentlich nicht?

»Schön.« Nach einer kurzen Pause fügte sie hinzu: »Schön, aber eng. Eng und überschaubar.«

»Wie meinen Sie das?«

»Norderney ist eine Insel. Sie laufen hier andauernd denselben Leuten über den Weg. Morgens, mittags, abends. Noch dazu arbeite ich in der Klinik. Damit bin ich fast eine öffentliche Person. Mich erkennen die Leute überall.« Sie strich sich eine Strähne locker hinter das Ohr. »Das ist schrecklich. Ich habe nie frei. Ich kann mich niemals gehen lassen. Ich bin hier nirgends unbeobachtet, außer vielleicht bei schlechtem Wetter in den Dünen. Oder am Wrack.«

»Oh. Und ist das so schlimm?«

»Nicht immer. Aber mich überkommt regelmäßig ein Zustand, da schnürt es mir fast den Hals zu. Inselkoller, nennen wir das. Dann muss ich auf die Fähre und weg. Einfach mal raus. Und wenn es nur nach Norddeich ist, Hauptsache, ich bin weg«, meinte sie und seufzte ungewollt laut.

»Haben das nur die Menschen, die gebürtig nicht aus Norderney stammen?«

»Nein. Bernhard hatte das auch, ab und an. Nur nicht so ausgeprägt wie ich. Er kennt das nicht anders. Er hat lange auf Schiffen gearbeitet. Dort ist die Situation noch angespannter.«

Amadea schaute auf die Uhr. »Hat Bernhard vielleicht einfach einen Inselkoller bekommen und ist für zwei Tage auf das Festland gefahren? Oder hat er dringend etwas für die Kneipe besorgen müssen?«

»Ich weiß es nicht.«

Es war bereits halb acht Uhr abends. Ihre Kinder würden gleich nach dem Essen ins Bett gehen, und sie würde sich noch mal aufmachen müssen. Zur Polizei. Sie musste schnellstmöglich mit Tjaden sprechen. Sie würde Georg vorerst nichts darüber sagen, so hatte er keine Möglichkeit, sie umzustimmen.

Als es klingelte, sprang Amadea auf. »Ich gehe schon. Bleiben Sie ruhig sitzen«, sagte sie und lief zur Haustür.

Sie öffnete und war einen Moment sprachlos. Die Frau, die ihr gegenüberstand, kannte sie nicht, doch sie sah Lea zum Verwechseln ähnlich. Die Haare waren genauso lockig und dunkelblond, dass Amadea einen Moment an sich zweifelte, ob Lea tatsächlich noch in der Küche saß.

Doch als Lea, die ihr zur Haustür gefolgt war, die fremde Frau begrüßte, lüftete sich das Geheimnis unmittelbar. Die beiden waren Schwestern.

»Was machst du hier?« Leas Stimme klang scharf.

»Na, na, na. Begrüßt man so etwa seine Schwester, die man seit Jahren nicht gesehen hat?« Sie ging einen Schritt auf Lea zu, doch diese stand versteinert da. »Schwesterlein, was hast du denn? Ich wollte euch mal wiedersehen. Was ist denn los?«

»Blödsinn.« Lea schüttelte den Kopf. »Woher weißt du, wo ich wohne? Du kommst doch nicht einfach so. Du hast *ihn* hier angeschleppt.«

»Wen denn? Ich weiß überhaupt nicht, was du meinst.«

»Jetzt wird mir einiges klar. Du und dieser Spanner, ihr steckt unter einer Decke. Was willst du?«

»Lea, jetzt sei doch nicht so ausfällig. Wir haben uns seit Jahren nicht mehr gesehen. Lass uns doch einfach mal reden.«

»Dir glaube ich kein Wort.«

Amadea war hin- und hergerissen, sie hätte zwar gern noch länger zugehört, doch sie musste auch zu Tjaden. Sie verabschiedete sich und drückte sich aus der Haustür hinaus. Ihre Gedanken kreisten um Lea und deren Schwester.

Wieso tauchte diese unangemeldet auf der Insel auf? Ausgerechnet an dem Tag, seit dem Bernhard offiziell vermisst wurde? Wusste sie, dass er nicht da war? Warum herrschte eine derart feindselige Stimmung zwischen den beiden? Amadea war sicher, sie würde die Antwort herausfinden. Es war nur die Frage, wann und wie.

Dieses Mal schwang sich Amadea auf ihr Fahrrad und radelte so schnell sie konnte. Sie fuhr nicht am Meer entlang, sondern den kürzesten Weg über das Kopfsteinpflaster, vorbei am Haupteingang der Seeklinik zur Polizeistation. Sie wunderte sich, dass die orangefarbene Notrufsäule vor der Polizei noch immer außer Betrieb war, kettete ihr Fahrrad an den gegenüberliegenden Zaun und lief zwei Stufen auf einmal nehmend zum Eingang hoch. Wenige Sekunden nachdem sie geklingelt hatte, ertönte der Summer. Sie wurde eingelassen.

»Moin. Ist Herr Tjaden da?«, kam sie ohne Umschweife zur Sache.

»Ähm. Ja. Wer möchte ihn denn sprechen?«

»Ich«, sagte sie und lächelte. Er hatte sie schließlich nicht nach ihrem Namen gefragt.

»Und wer sind Sie? Vorname Scherzbold, Nachname Witz?«

»Haha. Nein.« Sie streckte ihre Hand aus. »Amadea König. Sehr erfreut.«

»Einen Moment, bitte. Ich frage ihn«, sagte der Inselpolizist und ging den Gang ganz nach hinten, bevor er nach links in ein Zimmer abbog.

Eine Minute später sah sie Tjaden kommen. Er rückte seine Krawatte zurecht, die er unter dem dunkelblauen Wollpullover anhatte. Sein Blick war freundlich, dennoch signalisierte er, dass er nicht gerade erfreut über ihren Besuch war.

»Frau König? Haben wir uns denn nicht richtig verstanden? Sie halten sich dieses Mal aus unseren Ermittlungen heraus, ja?«

Amadea hatte eine ähnliche Reaktion erwartet. »Nur wenn Sie mir sagen, dass Sie bereits alles wissen. Von der Erpressung und so?«

Tjaden horchte auf. »Welche Erpressung? Ich bitte Sie, reimen Sie sich nichts zusammen. Das können Sie später an Ihrem Computer tun. Aber nicht hier. Nicht jetzt.«

»Ich mache gar nichts. Ich berichte Ihnen nur, was ich gerade erfahren habe. Und ich denke, das ist wichtig. Sonst wäre ich nicht hier. Also, sind Sie interessiert?«

Tjaden schwieg und bat sie mit einer übertriebenen Handbewegung in sein Büro. Amadea folgte ihm den Gang entlang, von dem rechts und links Büros abgingen. Auch jetzt noch telefonierte eine geschäftig wirkende Polizistin in Uniform. Es sah aus wie auf jedem anderen Amt in Deutschland auch. Eichenfarbene Schreibtische, graue Rollcontainer, raumhohe Schränke. Ordner und Hefter, so weit das Auge reichte.

Sie betraten Tjadens Büro durch ein Vorzimmer, das vollständig mit Akten übersät war. Die Dokumente waren farblich sortiert, außerdem mit Nummern gekennzeichnet. Sie waren in Regalen geordnet, reichten vom Boden bis zur Decke und lenkten den Blick von dem kleinen Fenster ab, das hinten in der Ecke für Frischluft zuständig war.

»Setzen Sie sich. Und bitte, machen Sie es kurz, ich habe zu tun«, bat Tjaden, während er an einem quadratischen Tisch Platz nahm. Auch in Tjadens Büro lagen überall Akten in dunkelgrünen Heftordnern, sogar auf dem Fußboden. Tjaden klappte den offenen Ordner vor ihm schnell zu, bevor er sie mit der gleichen Handbewegung zum Hinsetzen einlud.

»Ist ja schon gut. Ich kann auch wieder gehen, wenn Sie nicht interessiert sind«, meinte Amadea, während sie sich setzte.

Kurz vermisste sie ihre Tasche, die sie normalerweise immer und überall mit sich trug, doch dann fiel ihr ein, dass sie sie nicht mitgenommen hatte. Ursprünglich hatte sie ja gar nicht vorgehabt, das Haus nochmals zu verlassen. Sie wollte lediglich einige Informationen von Lea erfahren.

»Übrigens war Kriminalhauptkommissar de Vries letztes Jahr genauso ablehnend. Zunächst. Also …« Sie schlug die Beine übereinander.

Tjaden zog die Augenbrauen hoch. »Dann schießen Sie doch bitte los.«

»Wissen Sie, dass der Vermisste erpresst wurde?«, erkundigte sie sich.

»Sprechen Sie von Bernhard Dechert?«

»Natürlich. Von wem denn sonst?«

»Nein! Meinen Sie das ernst? Ich dachte, Sie hätten eingangs einen Scherz gemacht.«

»Das Thema lädt nicht gerade zu Witzen ein.«

»Und woher wissen Sie das?«

»Herr Tjaden, bitte. Ich bin Journalistin. Ich weiß halt, wie ich mit Menschen sprechen muss, damit sie mir ihr Herz anvertrauen.«

Sie klang überheblich, doch sie musste Tjaden ja nicht sofort stecken, dass sich ihr eigenes Zutun stark in Grenzen gehalten hatte. Schließlich hatte Lea alles freiwillig erzählt.

»Vielleicht haben Sie den falschen Job gewählt? Würden Sie bei uns arbeiten, könnten Sie mit Ihren Fähigkeiten Leben retten und viel Gutes tun.«

»Oder selbst dabei umkommen. Nein, danke. Es reicht, wenn einer in der Familie bei der Polizei arbeitet.«

»Wie? Was meinen Sie?«

»Mein Mann. Der ist Kriminalhauptkommissar in Karlsruhe.«

»Dann kennen Sie sich ja aus. Sie sagen also, Herr Dechert wurde erpresst?«, kam Tjaden zum eigentlichen Thema zurück.

»Ja. Ich finde das wichtig. Es könnte schließlich mit seinem Verschwinden zu tun haben.«

»Inwiefern?«, hakte Tjaden nach.

»Nun seien Sie doch mal ein bisschen kreativ.«

»Sie meinen, er wurde entführt?«

»Das wäre zumindest eine Variante, die Sie in Betracht ziehen sollten.«

Sie lehnte sich zurück und schaute zum Fenster hinaus. Vor Jahren war der Onnen-Visser-Platz vor der Polizeistation neu angelegt worden. Der winzige Park, eine grüne Oase inmitten der kleinen Stadt, bot für jeden etwas. Das offene Bücherregal wurde von Erwachsenen häufig genutzt. Die Robbe Fernando, die von der Künstlerin Hannelore Regini im Rahmen des Weltnaturerbes Nationalpark 2012 bunt gestaltet worden war, zog sämtliche Kinder an. Auch Amadea musste immer einige Zeit einplanen, wenn sie sich dazu entschied, an dem Platz vorbeizugehen. Valentina liebte es, auf der Robbe zu sitzen, Henry dagegen schlappte mit oder ohne Schuhe durch das kleine Rinnsal, das in der Nähe eines Holzschiffes seinen Ursprung hatte. Wenn die Situation jetzt nicht so ernst gewesen wäre, würde sie schmunzeln.

»Das überlassen Sie am besten uns.« Tjaden saß auf seiner Stuhlkante, bereit zum Aufspringen. »Wissen Sie denn noch mehr Details von dieser Erpressung? Von wem haben Sie das erfahren? Und warum sollte er denn erpresst werden?«

»Himmel, das müssen nun beim besten Willen Sie herausfinden. Ich übernehme nicht Ihre Arbeit. Ich unterstütze Sie nur, wo ich kann.«

»Da nimmt dieser Fall ja ganz andere Dimensionen an.«

»Das sehe ich auch so«, stimmte Amadea zu. »Die Erpressung fand wohl im Rahmen der Eröffnung der Kneipe statt.«

»Aha. Schutzgeld also?«

Amadea presste die Lippen zusammen und nickte. »So schätze ich das auch ein, ja.«

»Gibt es dafür Zeugen?«

»Davon weiß ich nichts.« Sie erhob sich und griff nach ihrem Portemonnaie. »Dann will ich mal wieder. Halten Sie mich doch bitte auf dem Laufenden«, bat sie.

»Natürlich nicht«, widersprach Tjaden. »Frau König, Sie sind hier im Urlaub. Außerdem eine Privatperson. Dieser Fall geht Sie gar nichts an.« Mit diesen Worten war die Unterredung für ihn beendet.

Amadea ließ sich nicht von seiner Aussage beirren und stellte für sich eine weitere Hypothese auf: Was, wenn Bernhard Dechert aus der Not heraus selbst zum Kriminellen geworden war?

***

Nach dem Wiedersehen hatte sie sich zunächst gefühlt wie nach einer riesigen Welle, die sie zum Umstürzen brachte und unter Wasser drückte. Sie lag am Boden. Schnappte nach Luft. Sie wagte kaum, an die Zeit zurückzudenken, wie sie damals vor sich hin gelebt hatte. Teilnahmslos. Wie unter einer Dunstglocke. Jeder Gang aus dem Haus war eine Qual, bei der sie gegen drohende Panikattacken kämpfte. Beruhigungspillen waren ihr ständiger Begleiter, sie musste sie in sich hineinstopfen wie andere Menschen Kaugummi. Es hatte lange gedauert, bis sie sich von ihren Depressionen erholt hatte. Und von ihrem Selbstmordversuch. Um nichts in der Welt würde sie einen Rückfall riskieren.

Es gab keinen Zweifel. Er war es wirklich. Er, der sie früher auf Schritt und Tritt verfolgt hatte. Er, der sie mit ihrer Liebe fast erdrückt hätte. Er, der ihr Leben damit in eine Hölle verwandelt hatte. Er, den sie nie hatte wiedersehen wollen. Das konnte nicht sein. Das durfte nicht sein. Nicht hier. Nicht jetzt. Nicht er.

Ihre Gedanken rasten zurück zu jenem Tag, der sich in ihrem Gedächtnis festgesetzt hatte wie ein Blutegel. Sie versuchte, sich an jedes einzelne Haar, an jede Pore dieses Menschen zu erinnern. An die Phase, in der sie gefügig war wie ein Lämmchen. Sie erschauderte.

Sollte sie untätig zur Kenntnis nehmen, wie sich das Ganze wiederholte? Sie war nicht mehr die junge Frau, die sich ängstigte, sobald er in ihre Nähe kam. Dieses Mal würde sie es nicht dulden. Sie würde nicht tatenlos zusehen, wie er es sich gemütlich machte wie eine Made im Speck. Wie er sie beobachtete und ihr die Luft zum Atmen nahm.

Es hatte nur eine kurze Zeit gedauert, in der sie unsicher gewesen war. Wegen der Zukunft, die sie vermeintlich nicht selbst beeinflussen konnte. Doch nun hatte sie sich aufgerappelt. Sie stand wieder. Sie wusste, dass sie ihn umbringen wollte. Sie wusste, wie sie ihn umbringen musste. Blieb nur noch die Frage, wann es so weit war.

In den vergangenen Tagen hatte sie sich bereits mit ihm getroffen. Sie musste ihn einlullen, ihm vorspielen, dass sie ihn brauchte, mehr noch, von ihm abhängig war. Die Vorgehensweise wuchs in ihr wie ein Pflänzchen. Je mehr Sonnenstrahlen es bekam, desto größer wurde es. Deutlicher. Sichtbarer. Eigenständiger. Musste sie etwa aufpassen, dass die Pflanze nicht über sich hinauswuchs wie Efeu an einer Mauer?

***

Nachdem Amadea die Polizeistation verlassen hatte, griff Tjaden zum Telefonhörer. Er musste die Kollegen in Wittmund/Aurich über die Sachlage informieren. Wenn es hier wirklich um ein Kapitalverbrechen ging, sollte vor allem das erste Fachkommissariat die Leitung übernehmen. Ihn überfiel eine Gänsehaut, als er daran dachte, dass seine Insel erneut Schauplatz eines Verbrechens sein könnte.

In Niedersachsen waren die Polizeibehörden zwar weitgehend verschmolzen, eine klare Trennung zwischen Schutzpolizei und Kriminalpolizei gab es nicht mehr. Aber er hätte während der Hauptsaison weder Zeit noch personelle Kapazitäten, um ein Kapitalverbrechen aufzuklären. Seine Dienststelle wäre die Einsatzzentrale im Fall Dechert, von hier aus würde alles gesteuert werden. Er wäre zusätzlich noch für die Sicherheit auf der Insel zuständig und für die laufenden kleineren Delikte. Wie sollte er beide Aufgaben bewältigen?

Tjaden starrte auf den Telefonhörer in seiner Hand und ließ ihn wieder sinken. Er würde sich zuerst ein Bild von der Situation machen. Er war schließlich Polizist, Amadea König arbeitete als Journalistin. Es wäre nicht das erste Mal, dass ein Pressevertreter die Sachlage anders interpretierte als die Polizei. Nicht auszudenken, wenn er einen Großeinsatz mit allen notwendigen Kapazitäten initiierte und am Ende nichts an der Sache dran war. Er musste sich selbst davon überzeugen, dass Bernhard Dechert wirklich erpresst worden war, und herausfinden, was es mit seinem Verschwinden auf sich hatte.

Voller Adrenalin sprang er auf und rief nach seinem Mitarbeiter Hillmann, der kurz davor war, Norderney zu verlassen. Er hatte sich nach Hannover versetzen lassen, weil er Großstadtluft schnuppern wollte. Tjaden vermutete, dass es nur eine Frage der Zeit war, bis der junge Kollege zurückkam, weil er die Idylle der Insel vermisste. Die Ruhe, die sie zunächst wiederherstellen mussten. Für die Urlauber. Für die Insulaner. Für Norderney.

Das Abendrot fiel auf die Fassade des Hauses, als Tjaden erneut bei Lea Dechert klingelte. Dieses Mal hatte er Hillmann im Schlepptau. Es war spät, und kein Kind hüpfte mehr auf dem Trampolin herum. Alles war ruhig. Nur ein paar Spaziergänger schlenderten friedlich die Emsstraße entlang.

Lea lief hektisch zur Tür, während sie vor sich hin schimpfte. »Ich komm ja schon! Wer klingelt denn da so lange?« Sie öffnete die Tür. »Ja? Meine Kinder schlafen schon.« Als sie die beiden Polizisten sah, erstarrte ihr Gesichtsausdruck für einen Moment. »Was ist passiert? Haben Sie ihn gefunden?«

Tjaden schüttelte den Kopf. »Nein. Frau Dechert, dürfen wir hereinkommen?«

»Nun sagen Sie schon, was los ist.« Lea führte die beiden in die Küche, in der ein Hauch von Alkohol in der Luft lag.

»Ich kann nicht anders. Irgendwie muss ich meine Nerven

beruhigen«, sagte sie mit einem Blick auf das gefüllte Weinglas, das neben einer halb leeren Flasche Rotwein auf dem Tisch stand. »Kann ich Ihnen auch etwas anbieten?«

Tjaden und Hillmann schüttelten gleichzeitig den Kopf.

»Danke. Wir sind im Dienst. Wir haben einige Fragen an Sie«, sagte Tjaden.

»Was müssen Sie denn noch wissen?«

»Alles über die Vorgeschichte. Denn jeder Fall hat einen Ursprung. Was hat es mit dieser Erpressungsgeschichte auf sich?«

Lea zog die Stirn in Falten. »Woher wissen Sie das?«

»Das ist jetzt nicht so wichtig. Also, warum haben Sie uns nichts davon erzählt?«

»Nein, Herr Tjaden. So läuft das nicht. Sie sagen mir sofort, woher Sie das von der Erpressung wissen.« Sie stand auf. »Oder ich mache von meinem Aussageverweigerungsrecht Gebrauch. Der Vermisste ist schließlich mein Ehemann. Ich darf das.«

Tjaden wurde es unbehaglich. Er war seit dreißig Jahren im Einsatz und hatte bereits viele Fälle bearbeitet, doch mit dieser Frage hatte er nicht gerechnet. Er konnte ihr schlecht erzählen, dass er den Tipp von Amadea König hatte. Tjaden ärgerte sich, er hatte sich benommen wie ein Elefant in einem Porzellanladen. Wie sollte er nur damit umgehen? Er dachte an de Vries, der eine Zwangsversetzung für ihn in einen Brennpunktbezirk erwirken würde, wenn er in diesem Fall Mist baute. Wenn er jetzt zugab, dass Amadea sämtliche Informationen der Polizei zugeschustert hatte, hätte er sie als Verbündete verloren. Die Journalistin würde als Quelle – und damit als zivile Unterstützung – komplett ausscheiden. Das durfte auf keinen Fall passieren, wenngleich er bisher nicht recht wusste, ob Amadea König überhaupt eine Hilfe für ihn war. Tjaden überlegte einen Augenblick, bevor er sich zu einer Notlüge entschloss.

»Frau Dechert, Sie tun weder uns noch Ihnen einen Gefallen, wenn Sie Informationen zurückhalten«, meinte Hillmann vorsichtig.

»Sicher. Aber es gibt nur eine Möglichkeit, wie Sie an die Neuigkeiten gekommen sein können«, sagte Lea mit versteinerter Miene.

»Nein«, platzte Tjaden dazwischen. Unter allen Umständen musste er verhindern, dass Lea an Amadea König dachte.

Lea sah ihn merkwürdig an, sagte jedoch nichts.

Tjaden druckste herum. Es war offensichtlich, dass ihm seine nächsten Worte missfielen. Normalerweise würde er mit der Wahrheit herausrücken. Sagen, von wem sie die Information zur Erpressung hatten. Doch das kam diesmal nicht für ihn in Frage. Er wollte die Ermittlungen, wenn es denn welche gab, schützen und ihre Informantin sowieso. Konnte er denn mit Sicherheit ausschließen, dass Lea diejenige war, die für das Verschwinden ihres Mannes verantwortlich war? Die meisten Verbrechen geschahen schließlich im familiären Umfeld.

»Wir«, er atmete hörbar aus, »wir haben das Gespräch zwischen Ihnen und einer Frau abgehört.«

Es mochte zunächst abstrus klingen, dass die Inselpolizei etwas abhörte, doch je mehr er darüber nachdachte, desto einleuchtender erschien es ihm. Sein Herumdrucksen war insofern hilfreich, denn Lea dachte vielleicht, es fiele ihm so schwer, den Lauschangriff zuzugeben. Sie durfte natürlich nicht erfahren, dass es sich dabei um eine Lüge handelte. Tjaden hoffte nur, dass Hillmann sein Spiel mitspielte, denn der schaute ihn ungläubig von der Seite an. Doch er war sicher, dass er ihm nicht in den Rücken fallen würde, wenngleich er den Grund für sein Handeln nicht sofort erkannte. Polizisten waren dafür ausgebildet, ihren Kollegen in heiklen Situationen zu vertrauen. Hillmann hielt den Mund und erahnte wohl instinktiv, dass es sich hier um eine solche handelte.

»Wie bitte? Sie haben mich belauscht? Das dürfen Sie doch gar nicht.«

Leas Aufregung schien ernst gemeint, doch sie hielt sich in Grenzen. Sie war anscheinend nicht diejenige, die sofort mit einem Rechtsanwalt drohte, wenn ihr etwas Unrechtes geschehen war. Sie trank einen Schluck Rotwein, wohl um ihre Nerven zu beruhigen. Die ganze Situation schien sie zu belasten.

»Eine reine Vorsichtsmaßnahme. Es tut uns leid, wir hätten Sie darüber informieren sollen«, entschuldigte sich Tjaden. »Es könnte ja durchaus sein, dass Ihr Mann entführt wurde und die Entführer sich persönlich bei Ihnen melden. Nicht nur telefonisch. Dann müssen wir doch in der Lage sein, zu handeln und Sie zu schützen. Oder wie würden Sie reagieren, wenn Ihnen plötzlich jemand gegenübersteht, vielleicht sogar mit einer Waffe in der Hand?«

Lea schluckte, und Tjaden setzte noch einen drauf. »Wir hätten es mitbekommen und wären in wenigen Minuten hier gewesen. Sie wissen doch: Die Polizei ist ein Freund und Helfer.«

Seine Begründung klang nicht nur nachvollziehbar, sondern vor allem auch vorausschauend. Auf Sicherheit bedacht. Lea entspannte sich einen Moment, und Tjaden versuchte erneut, sie abzulenken und zum eigentlichen Thema zurückzukommen.

»Nun erklären Sie mal bitte, warum Sie mir von dieser Erpressung nichts gesagt haben.« Er rutschte ein kleines Stückchen näher an sie heran und fragte mit ruhiger Stimme: »Hatte das einen bestimmten Grund?«

Lea sah ihn an. Ihre Augen blitzten kurz auf, bevor sie in sich zusammensackte. Obwohl er auf Norderney arbeitete und es vergleichsweise ruhig zuging, war ihm diese Situation nicht unbekannt. Vermisstenfälle hatte er regelmäßig zu bearbeiten. Oftmals handelte es sich dabei um Kinder, die sich nicht bei ihren Eltern abgemeldet hatten. Doch zum Glück fanden sie die meisten Kinder schnell wieder, auf dem Spielplatz am Weststrand oder am Nordstrand.

»Ich habe es schlicht vergessen.«

»Vergessen? Wollen Sie mich auf den Arm nehmen? Sie haben vergessen, dass Ihr Mann erpresst wurde? Meine Güte, was haben Sie denn sonst noch vergessen?«, regte sich Tjaden auf. »Das ist hier doch kein Einkaufszettel, bei dem man etwas vergisst.«

Lea wurde rot wie ein Krebs. »Mit diesem Lokal und allem, was dazugehört, bin ich einfach überfordert. Ich habe so viel um die Ohren. Es ist mir erst gerade vorhin wieder eingefallen. Als ich mit der Urlauberin gesprochen habe, die aktuell bei uns wohnt.« Sie griff erneut zum Weinglas. »Wirklich. Ich habe da nicht daran gedacht, es tut mir leid.«

»Von wem sprechen Sie?«

»Von unserem Feriengast Amadea König.«

»Dann denken Sie jetzt bitte mal scharf nach und erzählen uns alles. Jedes winzige Detail kann uns helfen, Ihren Mann zu finden«, bat Tjaden, der sich wieder beruhigt hatte.

Lea stellte das Glas auf den Tisch, bevor sie mit ihren Händen spielte und mit den Fingern abwechselnd auf die Tischkante klopfte.

»Bernhard hatte Besuch von zwei Männern.« Entschuldigend schaute sie von Tjaden zu Hillmann. »Ich war ja nicht dabei, aber sie haben wohl in der Kneipe Stühle herumgeworfen. Dann haben sie ihm die Arme hinter den Rücken gedreht und gesagt, sie werden einmal im Monat abkassieren kommen. Das war's. Mehr weiß ich nicht.«

»Wie sahen die Typen denn aus?«, wollte Tjaden wissen.

»Das weiß ich doch nicht.«

»Warum war Ihr Mann deshalb nicht bei uns?«, fragte Hillmann.

»Bernhard meinte, das sei normal in dem Geschäft. Man bezahlt Geld, und dann lassen sie einen in Ruhe. Wo viel Geld ist, sind solche Machenschaften nicht weit, das waren seine Worte.« Sie leerte ihr Glas vollends. »Ich fand das auch nicht gut, aber was sollte ich denn machen?«

»Haben Sie seither noch mal etwas von diesen Typen gehört? Oder gesehen?«, hakte Tjaden nach.

»Ich nicht. Und Bernhard hat dieses Thema nicht wieder angesprochen. Ich glaube, er hatte sich damit abgefunden.« Sie schüttelte ungläubig den Kopf. »Habe ich damit das Leben meines Mannes gefährdet?«

Tjaden war überzeugt davon. Wenn Bernhard Dechert wirklich entführt worden war, konnten es Minuten sein, die über sein Leben entschieden. Doch er versuchte Lea zu beruhigen.

»Wir wissen noch gar nicht, ob es sich um eine Entführung handelt. Es hat sich noch niemand gemeldet. Kein Anruf, keine Forderung nach einem Lösegeld. Wir suchen auf der ganzen Insel nach ihm. Ich würde sagen, das sind gute Nachrichten.«

»Geben Sie mir Bescheid, wenn Sie etwas Neues erfahren?«

»Natürlich«, versprach Tjaden. »Fällt Ihnen denn sonst noch etwas ein? Hat jemand in den vergangenen Tagen angerufen? Hat sich Ihr Mann seltsam verhalten?«

Lea verdrehte die Augen. »Genau die gleichen Fragen hat unser

Feriengast gestellt, als mir die Sache mit der Erpressung wieder eingefallen ist.«

»Überlegen Sie noch mal in Ruhe.«

Lea vergrub das Gesicht hinter beiden Händen. »Ich weiß es nicht. Seit Bernhard das Haus mit der Kneipe geerbt hatte, gab es Streit mit dem ehemaligen Pächter. Der wollte seine Kündigung einfach nicht akzeptieren. Bernhard wollte doch nur sein eigenes Konzept umsetzen.«

»Meinen Sie Herbert Schuster?«, wollte Tjaden wissen.

Kein Unbekannter bei der Inselpolizei. Der Mann hatte, nachdem er sein Lokal schließen musste, eine kleine Pension in der Stadtmitte eröffnet. Dorthin wurden sie immer wieder gerufen, weil Nachbarn verdächtige Personen meldeten.

»Genau der.«

»Wie hat Bernhard es dann geschafft?«

Lea druckste herum. Es war offensichtlich, dass sie nicht so recht mit der Sprache herausrücken wollte. »Damals waren Mäuse im Keller. Der Herbert hat es wohl mit der Hygiene nicht so ganz genau genommen.«

»Aha.« Tjaden notierte sich das. »Eine Frage noch: Hatte Ihr Mann sein Portemonnaie dabei? Oder liegt es hier irgendwo?«

»Ich habe es nicht gesehen.«

»In Ordnung. In der Zwischenzeit wäre es gut, Sie beruhigen sich ein wenig. Ihre Kinder brauchen Sie.« Er erhob sich. »Wir werden alle Hebel in Bewegung setzen und sämtliche Spuren nachverfolgen. Das Auffinden Ihres Mannes hat oberste Priorität.«

»Wäre doch gelacht, wenn er hier auf der Insel verloren ginge«, sagte Hillmann in einem hilflosen Versuch, die gedrückte Stimmung aufzulockern.

Tjaden tippte zum Abschied kurz an seine Mütze. »Ich werde jetzt die Kriminalpolizei in Aurich einschalten. Das sind die Experten, wenn es um Vermisstenfälle geht.«

Tjaden zog es vor, nicht weiter auf die anderen Spezialgebiete der Kripo einzugehen. Schließlich hoffte er immer noch, dass Bernhard Dechert so schnell wie möglich gesund wiederauftauchte.

Lea nickte. »Danke.«

»Wie steht es um Sie? Soll sich jemand um Sie kümmern?«

Lea schüttelte erneut den Kopf. »Nein. Wir kommen schon klar.«

Auf dem Weg zum Auto wählte Tjaden bereits die Nummer des Kommissariats in Aurich. »Hier Tjaden, Polizei Norderney. Kann ich bitte mit dem Ersten sprechen?«

Er wartete, während er zum ersten Fachkommissariat durchgestellt wurde. Am anderen Ende meldete sich jedoch nicht Alexander de Vries, der Leiter der Abteilung, sondern eine Assistentin. Kein Wunder, es war schließlich Sonntagabend. Wenn der Kriminalhauptkommissar gerade nicht an einem aktuellen Fall arbeitete, hatte auch er das Wochenende frei. Tjaden schilderte ihr das Problem in wenigen Worten und bat dringend um einen Rückruf von de Vries. Sie hatten hier einen Vermissten, doch die Hinweise verdichteten sich, dass es sich um ein Verbrechen handelte. Bei einer Entführung ging es um Stunden. Oft war es ein Wettlauf gegen die Zeit. Daher konnte und wollte er nicht bis morgen warten. Wenn de Vries erfuhr, was los war, würde er morgen mit der ersten Fähre nach Norderney fahren und pünktlich um acht Uhr vor der Polizeistation stehen.

Hillmann steuerte das Auto den kurzen Weg zur Wache zurück. »Jetzt wird es tatsächlich noch mal spannend auf meine letzten Tage. Ich kann meinen Einsatz hier verlängern, wenn dir das recht ist«, bot er an. »Schließlich brauchst du jeden Mann. Mein Nachfolger ist ja noch nicht hier.«

»Mal nicht so schnell, Jung. Du bist noch genau eine Woche hier. Vielleicht entspannt sich die Lage bis dahin wieder. Sonst können wir immer noch kurzfristig reagieren.«

Hillmann nickte. »So machen wir es. Deine Idee mit dem Abhören war übrigens gut«, meinte er. »Du hast mich ganz schon verwirrt in dem Moment, aber ich kann ja die Schnauze halten.«

»Ja, Gott sei Dank. Aber irgendetwas musste ich mir einfallen lassen, nicht wahr? Ich konnte ja nicht riskieren, dass unsere Informantin auffliegt. Die brauchen wir vielleicht noch.«

»Wer weiß, vielleicht ist sie wirklich hilfreich für uns. Sie scheint ein ganz kluger Kopf zu sein.«

Tjaden schaute ihn an, als sie geparkt hatten. »Wie? Wie kommst du denn darauf?« Tjaden stieg aus und ging um das Auto herum. Er schüttelte den Kopf.

»Ich habe Reportagen von ihr gelesen«, gab Hillmann zu.

»Und du meinst, das lässt sich auf Polizeiarbeit übertragen?«

»Warum nicht? Ein Externer geht oftmals anders an ein Problem heran. Das muss nicht immer schlecht sein.«

Tjaden zog die Schultern hoch. »Wenn du meinst. Aber sag mal, warum ist die überhaupt da? Worüber will die denn hier auf Norderney was schreiben? Oder macht sie nur Urlaub?«

»Das weiß ich nicht.«

»So ganz koscher finde ich die Dame nicht.«

»Nun spinn dir doch nicht irgendwelche Dinge zusammen, Tjaden. Sie ist bestimmt nicht diejenige, die Straftaten einfädelt, um sie dann medienwirksam aufzuklären.«

»Du hast recht. Wahrscheinlich hat sie von ihrem Mann einfach zu viel mitbekommen, was Polizeiarbeit angeht.«

***

Was für eine Aufregung, dachte Amadea, während sie den Weißwein in ihr Glas füllte. Norderney war wieder Schauplatz eines Verbrechens, sofern das Verschwinden Bernhards denn eines war. Für sie war es jedes Mal ein berauschendes, aber zugleich ein beklemmendes Gefühl, wenn sie mit der Polizei in Berührung kam. Da half es auch nichts, dass Georg Polizist war, denn das war etwas ganz anderes. Mit ihm besprach sie sich manchmal während ihrer Reportagen, er gab ihr Hinweise, von ihm hatte sie Insiderwissen, wusste, wie ein Polizist an einen Fall herantrat. Das machte ihre Geschichten authentisch.

In der Zwischenzeit legte sie zwar einen deutlich professionelleren Auftritt hin als bei ihrer ersten Reportage im vergangenen Jahr auf Norderney. Damals hatte sie sich dem Kriminalhauptkommissar Alexander de Vries noch aufgedrängt, sie hatte ihn quasi belagert, bis er ihr zuhörte und sie von ihm Informationen erhielt. Heute ging sie wesentlich strukturierter und überlegter vor. Sie vermied es, Polizisten mit ihren Ideen zu überfallen. Sie nutzte ihre gesamten Rechercheergebnisse für ihre Reportagen, doch wenn sie überzeugt war, dass die Polizei einen Teil davon erfahren musste, gab sie diese natürlich weiter.

»Dich brauche ich ja nicht zu fragen, ob du ein Glas mit mir trinkst, richtig?«, meinte sie zu Georg, bevor sie sich auf das Sofa mit der hohen Lehne setzte. Das Blumenmuster war kaum mehr zu erkennen, hier und da rankte sich ein dunkelbeiges Blatt um eine hellbeige Blüte.

»Nein. Wo denkst du hin? In sechs Tagen greife ich an.«

»In sechs Tagen schon?«

»Ja. Am Samstagmittag geht es los.«

»Bist du fit?«

»Ja, ich denke doch. Ich trainiere doch seit Monaten.« Georg schaute sie an. »Ich werde allerdings nicht gewinnen.« Er zog eine Grimasse.

»Musst du auch nicht.«

»Aber ins Ziel kommen würde ich schon gern. Ich brauche das für mich.«

Amadea legte ihren Kopf an seine Schulter. »Das weiß ich. Und das ist auch gut so. Du musst nämlich niemandem etwas beweisen.« Sie rückte noch näher zu ihm und gab ihm einen Kuss auf die Wange. »Ich bin so froh, dass es dir wieder besser geht. Ich möchte gar nicht an unseren letzten Urlaub hier denken.«

»Nicht alles war schlecht zu dieser Zeit«, hielt er ihr entgegen. »Immerhin hat die Ära ›Sonnendüne‹ seither an Gastfreundlichkeit gewonnen.«

»Stimmt.« Sie lächelte bei dem Gedanken an den Kellner, den sie damals mit Kuchen und Getränken hatte stehen lassen, weil sie ihn unfreundlich fand. Sie hatte viel gelernt seitdem. War ruhiger geworden. Nachdenklicher. Vorausschauender. Nicht ausgeglichener.

»Doch irgendwie habe ich den Eindruck, dass es dich jetzt erwischt hat, mein Schatz.« Georg sah sie durchdringend an. »Du hast die Leichtigkeit verloren, die du hattest, als wir uns kennenlernten. Du bist nicht mehr so gelassen.«

»Wo denkst du hin? In der Zwischenzeit haben wir zwei Kinder«, regte sie sich auf.

»Bitte. Nicht gleich wieder an die Decke gehen, ja? Sind die Kinder der Grund?«

Sie überlegte einen Moment. »Ich denke schon. Immerhin versuche ich, die Welt für sie so angenehm wie möglich zu gestalten.«

»Unsere Kinder sind total entspannt. Nur wir sind es nicht mehr«, stellte Georg fest. »Werden wir es überhaupt wieder sein?«

»Wahrscheinlich erst, wenn die aus dem Haus sind«, sagte sie lachend.

»Okay. Dann sag mal, wann könnten sie frühestens ausziehen? Mit sechzehn?«, scherzte er.

»Ohne mich«, sagte Amadea lachend.

»Oder aber wir stecken sie ins Internat.«

Amadea hoffte, dass Georg das nicht wirklich ernst meinte. »Valentina hat bereits mehrmals vorgeschlagen, dass sie für immer bei uns leben möchte.«

»Spaß beiseite. Amadea, du bist total gestresst.«

Sie zog eine Grimasse und streckte ihm die Zunge heraus.

Er strich ihr über die Haare. »Ich verstehe das, du versuchst den Spagat zwischen Job und Familienleben zu meistern.«

»Ja. Und bei allem, was ich tue, kämpfe ich mit einem schlechten Gewissen.« Sie trank einen Schluck Chardonnay, den sie beim Drogeriemarkt mitgenommen hatte. Doch spätestens am nächsten Tag wollte sie bei Wein & Deli einen guten Wein kaufen. Die Weinauswahl dort war nicht nur groß, sondern auch die Beratung war ausgezeichnet.

»Letztes Jahr war ich unterfordert, weil ich beruflich zurückgefallen war wie eine Marathonläuferin, die Bekanntschaft mit dem Mann mit dem Hammer gemacht hat.«

Sie stellte ihr Glas auf den Sofatisch, bevor sie sich an Georg kuschelte. »Jetzt spiele ich in der ersten Liga, bin eine viel gefragte Journalistin und komme damit auch nicht zurecht. Das ist doch paradox, oder?«

Sie starrte ins Leere. Achtete nicht auf den hochglänzenden eichenbraunen Schrank, der seine besten Jahre in den Siebzigern gehabt hatte, oder auf den verschlissenen Teppichboden, der dringend entsorgt werden müsste. Die Welt um sie herum verschwand.

»Das denke ich nicht«, sagte Georg.

»Woher kommt das dann? Letztes Jahr war ich unzufrieden, weil ich unterfordert war. Und jetzt bin ich unzufrieden, weil ich zu viel zu tun habe? Das ist doch blöd.«

»Ich gebe es zu, es ist schwierig. Aber so ist das wohl heutzutage. Du hast studiert, hattest einen guten Job, bevor die Kinder gekommen sind. Da ist es doch verständlich, dass du nicht nur zu Hause sitzen und ausschließlich bunte Bilder malen möchtest.«

»Findest du?«

»Natürlich.« Georg nahm sie in die Arme und hielt sie fest.

So fest, wie sie es sich seit Längerem gewünscht hatte. War die schlechte Zeit, die vergangenes Jahr begonnen hatte, jetzt vorbei? Hatte sie ihn endlich wieder? Ihren starken Mann, der sie unterstützte? Ihr Halt gab, wo auch immer sie ihn brauchte?

»Ich finde es sehr gut, dass du deine Karriere vorantreibst. Es ist nicht einfach. Mit den Kindern, dem Haushalt, den vielen Reisen. Aber ich finde, wir bekommen das gut hin. Wenn die Kinder in ein paar Jahren älter sind, wird es einfacher.«

»Zum Glück haben wir deine Eltern. Ohne deren Unterstützung wäre das alles gar nicht möglich.«

»Richtig. Denke daran: zufriedene Eltern, zufriedene Kinder. Den Stress aber dürfen wir nicht an sie weitergeben.«

Amadea löste sich aus seiner Umarmung. »Ich liebe dich.« Sie küsste ihn erneut. »Was würde ich nur ohne dich tun?«

Er ließ die Frage unbeantwortet, stand auf und ging ins Bad.

Amadea blieb regungslos sitzen und blickte nach draußen. Sie war froh, dass Georg zu seiner alten Stärke zurückgefunden hatte. Wenigstens einer in der Familie, der nicht völlig überlastet war. Er hatte recht. Sie mussten es weiterhin irgendwie schaffen, glückliche Eltern zu sein. Bei all dem Stress, den sie beide zu bewältigen hatten, war es wichtig, dass sie ihren Sprösslingen die Möglichkeit gaben, mit minimalem Druck und maximaler Unterstützung aufzuwachsen.

Eine weibliche Stimme ließ sie aufschrecken. Valentina? War sie trotz ihres festen Schlafes aufgewacht und plapperte nun vor sich hin? Amadea setzte sich auf und hörte genauer hin. Sie schaute auf das Babyphone, doch das blinkte überhaupt nicht.

Die Geräusche kamen nicht aus dem Kinderzimmer. Doch wer sprach dann?

Nun vernahm sie erneut einige Worte. Sie schlich an die Tür der Ferienwohnung und öffnete sie leise. In ihrem gestreiften Schlafanzug trat sie vorsichtig auf die Treppe, überstieg die Stufe, deren Knarren im ganzen Haus zu hören war, und ging langsam nach unten. Als ein Windstoß durch das Treppenhaus zog, realisierte Amadea, dass die Haustür nur angelehnt war. Sie tappte weiter nach unten, doch sie traute sich nicht, um die Ecke zu lugen.

»Du besorgst das Geld. Sonst verpfeif ich dich. Kapiert?«, zischte eine Frau, deren Stimme Amadea nicht zuordnen konnte. Welches Geld? Und was wollte sie verraten?

Die Antwort hörte Amadea nicht. Der Gesprächspartner redete deutlich leiser.

»Und danach will ich dich nie wiedersehen.«

War das etwa Lea Dechert? Wer sollte es denn sonst sein? Ihre Stimme klang doch ganz anders. Amadea musste näher ran. Sie wollte die Frau sehen. Schließlich konnte sie der Polizei nicht mit irgendwelchen Halbsätzen kommen und nicht wissen, von wem sie stammten. Und wenn sie etwas Wichtiges belauschen sollte, musste sie es melden. Sie hörte die Toilettenspülung von oben. Gleich würde Georg in der Tür stehen und sie suchen. Wenn sie dann nicht in der Wohnung war, würde er die Tür aufreißen und sie rufen. Und sie würde auffliegen. Was sollte sie tun?

Auf einmal fühlte sie sich wie bei einem Streitgespräch zwischen dem Engel auf der linken Schulter und dem Teufel auf der rechten. Natürlich wollte sie wissen, was hinter der Tür los war. Wer mit wem sprach und worüber. Aber sie wollte kein Risiko eingehen. Nicht in der jetzigen Situation. Sie musste schnellstmöglich wieder nach oben.

Sie eilte die Treppe hoch, ließ erneut die knarrende Stufe aus und schloss vorsichtig die Wohnungstür. Vorsorglich löschte sie das Licht im Flur, ebenso im Wohnzimmer.

»Was machst du?«, fragte Georg, der nur noch ein weißes T-Shirt und Boxershorts trug.

»Nichts. Warum?«

»Weil du draußen warst?« Georg kam auf sie zu. »Was verschweigst du mir, Amadea?«

»Ich habe Geräusche gehört, da bin ich nach unten geschlichen. Keine Ahnung, wer da mit wem gesprochen hat und worum es ging.« Als sie hörte, wie die Haustür zugeknallt wurde, legte sie ihren Zeigefinger an den Mund. »Aber psst. Ich muss jetzt aus dem Fenster schauen.«

»Hey, was soll das denn?«

»Psst. Sei doch mal leise.« Amadea tappte auf Zehenspitzen zum Fenster und setzte sich davor in die Hocke, damit sie von niemandem gesehen werden konnte. Ab und zu hob sie ihren Kopf über das Fensterbrett und linste nach draußen. Zum Glück funkelten in dieser Nacht die Sterne am wolkenlosen Himmel, der Neumond erhellte den Vorgarten und die Straße. Doch sie sah trotzdem nichts. Sie war zu spät. Kein Mensch, der durch den Vorgarten eilte. Unglücklicherweise waren auch keine weiteren Stimmen mehr zu hören. War sie doch zu laut die Treppe hochgegangen? Spielte ihre Phantasie ihr einen bösen Streich?

Enttäuscht sank sie wieder zurück. »Da war etwas. Ich schwöre es dir. Eine Frau, die jemandem gedroht hat, dass er Geld bezahlen soll.«

»Wie kommst du darauf, dass es ein Mann war? Ich dachte, du hättest die Person weder gesehen noch gehört.«

»Richtig, das war voreilig. Aber das klang für mich definitiv nicht nach einem freundschaftlichen Gespräch. Was meinst du?« Sie erhob sich, verschränkte die Arme vor der Brust und nickte überzeugt.

»Nicht schon wieder. Du hast eine blühende Phantasie. Die solltest du in deinen Reportagen austoben, nicht im wahren Leben. Schon mal darüber nachgedacht, Fantasyromane zu schreiben?«

»Georg, vielleicht geht es hier um mehr als nur um das Verschwinden von Bernhard Dechert. Was wissen wir denn von ihm?«, fragte sie, ohne auf seine Einwände zu achten. »Er ist nun seit zwei Tagen verschwunden, sagt seine Frau. Wir haben ihn gar nicht zu Gesicht bekommen, es könnte also durchaus sein, dass er bereits länger weg ist.«

»Was tust du gerade?«

»Ich fasse die Fakten für dich zusammen, mein Liebling.« Sie lächelte ihn an.

»Und was soll ich damit? Ich bin im Urlaub. Ich habe keine Lust auf Fakten.« Er verschränkte die Arme vor der Brust.

»Du sollst mir Input geben. Du bist doch der Polizist. Der strategische Denker der Familie«, half sie ihm auf die Sprünge.

»Wenn du wissen möchtest, wo Bernhard steckt, dann sieh dir doch noch mal seine Kneipe an. Läuft da eigentlich alles weiter? Das Team ist doch sicherlich noch nicht eingespielt, wenn die erst eine Woche aufhaben.«

»Anscheinend haben die das im Griff. Lea hat zumindest so was angedeutet. Ich soll noch mal dorthingehen?«

Amadea schaute an sich hinab. Ihr Schlafanzug sah wie ein solcher aus und war nicht ausgehtauglich, vor allem nicht, wenn es darum ging, ein Partylokal zu besuchen. Sie hatte eigentlich keine Lust und wollte einfach nur auf dem Sofa herumhängen.

»Aber ich war doch gestern bereits dort und habe alles live gesehen.«

Georg beharrte darauf. »Du hast mich nach Input gefragt, das ist er. Heute weißt du mehr als gestern.«

»Wie meinst du das?«

»Gestern wusstest du noch nicht einmal, dass der Mann verschwunden ist. Jetzt meinst du ein Gespräch belauscht zu haben, bei dem es um Geld ging. Du siehst doch nun alles mit einem anderen Blick«, erklärte er. »Gestern wolltest du über die Drinks schreiben und das Konzept. Aber Schatz, wenn dir das zu viel ist, dann bleib doch einfach hier, du jagst ohnehin ein Hirngespinst.«

Gut, dass Georg die Situation so entspannt sah und sie nicht wirklich ernst nahm. Was sie in anderen Momenten auf die Palme gebracht hätte, kam ihr jetzt entgegen. Georg würde sie bestimmt nicht gehen lassen, wenn er ihr glauben würde. Von der Erpressung hatte sie ihm Gott sei Dank noch nichts erzählt. Dabei hatte er absolut recht, sie war heute in Bezug auf Bernhard Dechert schlauer als gestern.

»So nett es hier ist, ich geh noch mal kurz los.« Amadea gab ihm einen Kuss und verschwand im Schlafzimmer.

Sie suchte etwas Schickes, aber nicht Aufreizendes und kam

gleich darauf wieder zurück. »Was hältst du davon?« Sie hielt ein sportliches schwarzes Kleid mit ausgestelltem Rock hoch. »Dazu Sneakers, damit es nicht zu elegant wirkt.«

»Da siehst du mir fast zu gut aus. Bleib nicht zu lange und lass dich bloß nicht abschleppen«, sagte Georg.

»Ha, ha, ha.«

»Ich liebe dich«, meinte Georg und küsste sie lang und leidenschaftlich. »Kannst du nicht bleiben?«

»Du, ich muss da mal schnell hin, du hast mich auf eine Idee gebracht. Willst du mitkommen?«

»Nee, echt nicht. Da kann ich mein Training morgen vergessen«, meinte er, während er sie aus der Tür schob. »Ich bin froh, wenn das bald vorbei ist. Und nach dem Islandman brauche ich dich abends.«

Amadea sah ihn fragend an.

»Damit du mich massieren kannst.«

Auf dem Weg zum Lokal hatte Amadea einen Geistesblitz: Sie versuchte, Bernhard telefonisch zu erreichen, doch seine Mailbox sprang sofort an.

Als Amadea die Kneipe betrat, sah sie einige bekannte Gesichter. Cordula Hemer bediente dieses Mal nicht, sondern bestückte hinter der Bar die Tabletts. Amadea stellte sich auf die andere Seite des Tresens.

»Hallo, Frau Hemer, alles klar bei Ihnen? Haben Sie sich ausgeschlafen? Ich hoffe doch sehr, dass meine Kinder Sie nicht gestört haben.«

»Nein. Alles gut. Nach einer Nacht, die ich durchgearbeitet habe, schlafe ich normalerweise wie ein Stein.«

»Ist Bernhard heute da?«

Cordula Hemer schüttelte den Kopf, sagte aber nichts. Auch dieses Mal wurde Amadea enttäuscht. Bernhard war nicht in der Kneipe. Es wäre ja auch zu schön gewesen, um wahr zu sein.

Amadea dachte an die Fußballjungs vom Vorabend. Sie musste der Sache mit den gepanschten Getränken unbedingt auf den Grund gehen. Es konnte ja nicht sein, dass in einer Kneipe bereits nach einer Woche die Kosten reduziert werden mussten.

Sie beugte sich vor, damit nur Cordula Hemer sie hören konnte. »Sagen Sie mal, wenn Ihnen die Getränke ausgehen, nehmen Sie dann etwas anderes?«

»Ich verstehe nicht, was Sie meinen«, sagte Cordula Hemer, bevor sie ihrer Kollegin zwei gefüllte Tabletts in die Hand drückte.

»Na ja, ich habe da gestern was gehört. Es ging um einen Whisky. Der Mann gab damit an, den Unterschied zwischen einem teuren und einem günstigeren herauszuschmecken. Er bekam wohl nicht den, den er bestellt und später auch bezahlt hatte …«

»Ja, und? Dann hätte er gleich etwas sagen müssen. Aber ich weiß immer noch nicht, worauf Sie hinauswollen.«

»Ich auch nicht«, gab Amadea zu. »Vergessen Sie es einfach.«

Montag

Alexander de Vries war in Eile. Er musste die erste Fähre um sechs Uhr fünfzehn nach Norderney bekommen, vorher seine Mitarbeiterin Nina Gläser abholen und nach Norddeich fahren. Außerdem seine Tochter Jessica, die seit einigen Monaten bei ihm lebte, mit ihrem Schulzeug zu seiner Schwester bringen. Gerade jetzt konnte er einen Fall auf Norderney und die damit verbundene Abwesenheit überhaupt nicht gebrauchen. Seine Präsenz in Aurich war noch nie wichtiger als jetzt. Morgen fand der erste Verhandlungstag im Sorgerechtsstreit mit seiner Exfreundin statt. Er würde angehört werden. Es war so entscheidend, dass seine Verhältnisse geordnet waren, sonst würde der Richter ihm das Sorgerecht für seine Tochter nie zusprechen. Doch konnte man überhaupt von geordneten Verhältnissen sprechen, wenn der Vater einen Job hatte, bei dem man nie absehen konnte, wann er wo sein musste? Noch dazu einen derart gefährlichen, bei dem jeder Tag tödlich sein konnte?

Nun war Jessica mit ihren vierzehn Jahren nicht mehr so klein und hielt es auch mal aus, wenn er abends länger arbeitete. Doch sie war noch minderjährig und durfte zumindest nicht wissentlich über Nacht allein bleiben. Also hatte er seine Schwester gebeten. Die war zwar alles andere als begeistert, musste sie deshalb ihre Teilnahme an einer Demonstration, bei der es um die Rechte für Flüchtlinge ging, absagen. Doch das war ihm egal. Er fand es ohnehin problematisch, dass die Schwester eines stadtbekannten Polizisten an vorderster Front gegen den Staat auftrat.

»Wann kommst du wieder, Alex?«, fragte Jessica, als sie in die Straße einbogen, in der seine Schwester wohnte.

Obwohl er ihr Vater war, hatte sie sich für seinen Vornamen entschieden. Sie war die Einzige, die ihn mit einem Spitznamen ansprechen durfte.

»Ich weiß es nicht, mein Schatz. Auf Norderney wird ein Mann vermisst, es kann sein, dass es sich um eine Entführung handelt. Mit etwas Glück ist der Gute heute Abend wieder da.«

Er vermutete, dass der Fall nicht so einfach gelagert war. Schließlich war der Mann nicht erst seit gestern verschwunden, sondern seit Samstag. Es waren weit mehr als sechsunddreißig Stunden vergangen, und von dem Vermissten fehlte bislang jegliche Spur. De Vries zweifelte nicht an der Arbeit der örtlichen Polizei, die mit der Unterstützung der freiwilligen Feuerwehr und des Technischen Hilfswerks bereits die gesamte Insel abgesucht hatte. Normalerweise fiel ein Vermisstenfall überhaupt nicht in seinen Bereich, doch gestern hatte er spätabends noch mit Tjaden gesprochen. Der Polizeidienststellenleiter von Norderney hatte von konkreten Hinweisen auf eine Erpressung berichtet.

De Vries parkte seinen Wagen vor dem Zaun des Hauses, in dem seine Schwester wohnte. Er sah sie bereits in der Küche hantieren, vermutlich kochte sie Quinoabrei mit Mandelmilch oder was auch immer sie sich für Jessica hatte einfallen lassen.

»Hallo«, begrüßte er sie mit einer Umarmung, als sie ihnen die Tür öffnete. Auch Jessica umarmte ihre Tante kurz.

»Hallo, Tantchen. Wie geht's dir?«, sagte sie, bevor sie die Stöpsel zurück in ihre Ohren stopfte.

Immer noch hörte sie Musik, aber inzwischen längst nicht mehr so laut wie in einer Disco. Als sie vor über einem Jahr vor seiner Wohnungstür gestanden hatte, hätte er fast einen Hörsturz bekommen.

»Wann kommst du wieder?«, wollte seine Schwester von ihm wissen.

»Ich weiß es noch nicht. Es geht um einen Vermissten. Wenn er auftaucht, gibt es zwei Möglichkeiten: Entweder alles ist gut, oder der Fall fängt erst richtig an.«

De Vries hörte die Kirchturmuhr und sah kurz zu seinem Handgelenk. »Es ist Viertel vor sechs. Ich muss dringend los. Sonst verpassen wir die Fähre.« Er drückte Jessica kurz. »Wir sehen uns ja sowieso kurz bei der Verhandlung morgen. Und noch etwas: Vertragt euch, ja?«

Sie zog die Stöpsel aus den Ohren. »Habe ich richtig gehört? Du kommst?«

»Natürlich komme ich.« De Vries zog die Augenbrauen hoch. »Ich will doch, dass du bei mir bleibst.«

»Und deine Arbeit?«

»Die muss dann warten. Nichts ist wichtiger als du.«

Seine Schwester nickte anerkennend. »Das hätte ich von dir nie gedacht. Zumindest bis vor wenigen Monaten nicht.«

»Siehst du mal. Ich muss jetzt aber wirklich.«

De Vries sprang ins Auto und startete den Motor. Er winkte kurz zum Abschied, bevor er um die Ecke bog. Er musste sich beeilen, die Fähre würde nicht auf sie warten.

Als er mit Nina auf das Schiff rannte, kamen die Erinnerungen an den letzten Norderney-Trip wieder hoch. Vor wenigen Monaten hatte er zum ersten Mal in seinem Leben Urlaub gemacht. Mit seiner Tochter. Nur sie beide. Ganze fünf Tage lang.

Gemeinsam hatten sie sich im Thalassohotel Nordseehaus ein Hotelzimmer geteilt, waren morgens ausgiebig frühstücken gegangen, danach eine Runde gelaufen und anschließend geschwommen. Den Nachmittag hatten sie getrennt verbracht, er hatte sich in die Marienhöhe gesetzt und ein Buch gelesen. Das war etwas, das er seit Jahren nicht mehr gemacht hatte. Sie war durch die Boutiquen geschlendert und hatte sich mit modernen, alltagstauglichen Klamotten ausgestattet. Früher hatte sie ausschließlich schwarze Kapuzenpullis und Jeans mit Löchern getragen. Dabei ließen kräftige Farben ihren Teint gesünder aussehen. Abends hatten sie entweder bei Gosch etwas gegessen oder sich bei Dinos Pizza im Herrenpfad versorgt.

»Handelt es sich dabei um eine Entführung?«

Seine Erinnerungen wurden jäh gestört. Er schaute Nina an. »Ich weiß es noch nicht. Keine Ahnung, woher Tjaden das mit der Erpressung hat. Am Telefon hat er mir gegenüber lediglich erwähnt, dass sich jemand auf der Insel befindet, den ich von früher kenne.«

»Wen meint er damit?«

»Linda Misser vielleicht? Zumindest letztes Jahr war sie ja noch Notärztin auf Norderney.«

»Wahrscheinlich.«

Die Hochhäuser tauchten bereits in ihrem Blickfeld auf. Die beiden Türme, die in Stahlskelettbauweise in den Himmel ragten, waren von einem bekannten Architekten entworfen worden. Dennoch störten sie das Bild kolossal. Immerhin weniger als in Florida, wo sich Hotels aneinanderreihten wie Soldaten beim Appell. Nun waren es nur noch wenige Minuten, bis sie in den Hafen von Norderney einliefen.

Auf der Großbaustelle rund um den Hafen wurde bereits in den frühen Morgenstunden gearbeitet. Kein Wunder, sollte doch der neue Hafenkomplex in einigen Monaten eingeweiht werden. Der Umbau kostete die Reederei Frisia Millionen, dafür würden die Urlauber bald von einem riesigen Objekt, das an eine Sandmuschel erinnern sollte, begrüßt werden.

»Ich kann mir gut vorstellen, dass das hier bald aussieht wie ein Ableger der Oper von Sydney«, stellte Nina fest, während sie die bereits fertiggestellten Mauern bewunderte.

De Vries und Nina passierten das Drehkreuz und ließen ihre Norderney-Card entwerten. Obwohl sie nicht zum Spaß hier waren, würde die Stadt Norderney den Kurbeitrag einziehen – wie bei allen Besuchern der Insel. Sie schauten sich um, als sie das Polizeiauto entdeckten, vor dem der junge Inselpolizist Hillmann lehnte.

»Sehen Sie, was sich hier tut. Eine Baustelle von unglaublichem Ausmaß«, rief er zur Begrüßung. »Herr de Vries, Frau Gläser. Es ist schön, Sie wiederzusehen.« Er reichte de Vries die Hand.

»Was ist das denn?«, fragte de Vries, dennoch erwiderte er den Handschlag.

»Na, wir haben uns dieses Jahr noch nicht gesehen, oder?«

»Da haben Sie recht.«

De Vries wusste seit dem letzten Fall auf Norderney, der mittlerweile fast eineinhalb Jahre zurücklag, dass man sich wegen der geringen Einwohnerzahl auf Norderney nur einmal im Jahr die Hand schüttelte. De Vries zog sein Smartphone heraus und machte ein Foto vom Hafen und dem Meer.

»Wenn ich mich recht erinnere, hatten Sie letztes Jahr ein Handy der ersten Generation. Was ist denn mit Ihnen los?«, wollte Hillmann wissen.

»Beweisfotos, Hillmann. Beweisfotos.«

»Wovon denn?«

»Das weiß ich noch nicht. Mache ich aber jetzt immer so.« Er wollte Hillmann nicht gleich auf die Nase binden, dass er jetzt ein aktiver Vater war und diese Rolle zunehmend genoss. Das Foto schickte er per WhatsApp an Jessica, die nur Sekunden später einen hochgereckten Daumen als Antwort sendete.

»Und Sie?« Hillmann sah Nina an. »Sie sind ja immer noch dabei. Kommen wohl nicht von Ihrem Chef los, wie?«, scherzte er.

Ninas rote Haare standen unkontrolliert vom Kopf ab. Hillmann konnte ein Grinsen nicht vermeiden.

»Was ist denn? Nun sagen Sie schon.«

»Nichts. Entschuldigung. Ihre Haare. Die erinnern mich an jemanden.«

»Ist dieser Jemand zufällig klein und für alle unsichtbar außer für einen bestimmten Meister Eder?«

»Oh. Nein, natürlich nicht«, beeilte sich Hillmann zu sagen.

Nun war es an Nina, zu lachen. »Schon gut. Ich weiß, wie ich aussehe, wenn meine Haare in der Seeluft flattern. Das ist nicht witzig.« Nina wurde rot.

Hillmann hielt ihr immer noch seine Hand hin. Doch sie erwiderte den Handschlag nicht, sondern versteckte ihre Hände hinter ihrem Rücken. De Vries wusste nicht, warum sie sich in dem Moment unhöflich verhielt, doch er wollte sie später fragen.

»Das war wohl nix mit dem VfB Stuttgart, was?«, meinte sie lächelnd.

Hillmann ging darauf ein und ließ die Hand sinken. »Sagten Sie nicht letztes Mal was von ›VfB heißt Vorbild für Bremen‹? Ich bin ja nur froh, dass es die Schwaben getroffen hat. Nicht unsere Mannschaft«, spielte er auf Ninas Lieblingsverein und ihre Leidenschaft für Fußball an. »Sie kommen doch gebürtig aus Schwaben, richtig?«

»Stimmt. Wenn Sie es noch genauer wissen wollen: Als Kind habe ich meine Wochenenden abwechselnd im Stadion oder im Theater verbracht. Kein Wunder bei einem Vater, der Lehrer ist, und einer Mutter, die Schauspielerin ist.«

»Was hat Sie denn dann in den hohen Norden verschlagen?«

»Die Liebe, die ja bekanntlich Berge versetzt. Aber die Beziehung gibt es schon lange nicht mehr. Ich kann hier nicht weg. Ohne mich würden die Kollegen in Aurich im Chaos versinken.«

»Die können mit Ihrer Vorliebe für den VfB Stuttgart sicher nicht viel anfangen, richtig?«, stichelte Hillmann ein weiteres Mal.

»Am besten, wir schweigen das leidige Thema Abstieg tot, Hillmann«, meinte sie. »Ist nicht böse gemeint, aber das geht mir echt auf die Nerven. Und das schon seit einem Jahr.«

»Da müssen Sie jetzt durch, was?« Hillmann begleitete sie zum Polizeiwagen, den er verkehrswidrig auf dem Busparkplatz abgestellt hatte. Den Busfahrer hatte es wenig gekümmert, er hatte kurzerhand seine Haltestelle nach hinten verlegt. Dutzende Urlauber drängten sich mit ihren Koffern und Reisetaschen in den Bus, während de Vries und Nina gemütlich ins Polizeiauto stiegen.

»Also, was haben wir?«, lenkte Nina das Thema auf den Grund ihres Aufenthalts auf Norderney.

»Einen Vermissten. Sein Name ist Bernhard Dechert, er ist dreiundvierzig Jahre alt, hat eine Frau und zwei Kinder.«

»Seit wann ist er verschwunden?«, wollte Nina wissen.

De Vries schaute aus dem Fenster und sog währenddessen alles in sich auf wie ein Schwamm.

»Seine Frau hat ihn wohl seit Freitagnacht nicht mehr gesehen. Am Sonntagmittag hat sie ihn dann als vermisst gemeldet.«

»Glauben Sie ihr nicht?«, wollte de Vries wissen. »Oder warum betonen Sie das so?«

»Nee, ist halt 'ne zusätzliche Angabe. Sie brauchen das doch immer, dachte ich.« Hillmann zuckte mit den Schultern, bevor er den Blinker setzte und vor einem Taxi aus der Straße herausschoss. »Ich habe halt dazugelernt.«

»Können Sie uns mehr von dem Vermissten erzählen? Ist er Norderneyer?«, fragte Nina.

»Ja. Durch und durch. Er ist hier geboren, hat mit zwanzig Jahren die Insel verlassen und ist vor neun Jahren wiedergekommen. Vor gut einer Woche hat er in der Stadtmitte ein Lokal eröffnet.«

»Da, wo die Leute bei jedem Wetter draußen stehen?«, erkundigte sich Nina, die sich an das Gedränge erinnerte, das im letzten Jahr in der Strandstraße geherrscht hatte.

»Genau dort.«

Hillmann parkte den Wagen vor dem Polizeirevier.

Die orangefarbene Notfallsäule war noch immer außer Betrieb, wie de Vries beim Aussteigen feststellte. Sie betraten das Gebäude, das sich seit ihrem letzten Besuch vor mehr als einem Jahr nicht verändert hatte. Schnurstracks gingen sie in den Besprechungsraum und richteten dort provisorisch ihre Einsatzzentrale ein. De Vries hoffte, dass es sich dabei um eine sehr kurzweilige Aktion handelte, schließlich wollte er am nächsten Tag wieder in Aurich sein.

»Wo ist Tjaden?«, rief er ungeduldig in den Flur. »Sagen Sie nicht, der hätte verschlafen. Der weiß doch, dass wir kommen.«

»Oh. De Vries. Wie habe ich Sie vermisst. Sind Sie immer noch der kauzige Kommissar, der seine Launen vor sich hertreibt wie ein Cowboy wilde Pferde?«, begrüßte Tjaden ihn mit einem Handschlag.

»Ich will nur schnell zur Sache kommen. Das ist alles.«

»Damit sind wir schon zwei. Ich habe nämlich keine Lust, Sie beide länger als nötig hierzuhaben. Die Kripo ist nicht gut fürs Geschäft. Den Tourismus, meine ich.«

Tjaden ließ sich einen Kaffee aus dem Vollautomaten, bevor er sich setzte. »Übrigens haben wir dieses Mal tatsächlich kurzfristig zwei Zimmer frei. Sie könnten hier auf dem Revier übernachten.« Er zeigte mit dem Zeigefinger in Richtung Obergeschoss, wo sich Zimmer und Bäder für die Saisonkräfte befanden.

»Das sind ja gute Nachrichten. Vielen Dank«, meinte Nina, die das Flipchart in die Mitte schob. Sie schrieb zunächst den Namen des Vermissten auf, bevor sie begann, Pfeile zwischen die Namen zu malen. Einen von Bernhard Dechert zu seiner Ehefrau, einen weiteren zu dem Pächter Herbert Schuster, der vorher das Lokal betrieben hatte.

»Ich weiß natürlich, dass Schuster einen Brass auf Dechert hatte, nachdem der ihn aus dem Vertrag herausgeworfen hat. Das war ja damals auch nicht wirklich schön«, begann Tjaden. »Aber der kann nichts mit dem Verschwinden zu tun haben.«

»Warum nicht?«

»Er liegt im Krankenhaus. Wurde am Blinddarm operiert und darf sich nicht bewegen. Wir haben das überprüft, das stimmt.«

»Dann können wir ihn ja gleich wieder streichen. Herr Tjaden, was meinten Sie gestern mit der Erpressung?«, wollte de Vries wissen.

»Na ja, es ist so: Sie erinnern sich bestimmt an diese Frau, die uns letztes Jahr einige Hinweise gegeben hat.«

De Vries zog die Stirn in Falten. »Amadea König?«

»Ja. Genau die.«

»Was hat die denn damit zu tun?«

»Sie ist hier.«

»Hier?« De Vries schüttelte den Kopf. »Was macht die denn hier?«

»Urlaub.«

»Hat sie das letzte Mal auch gesagt«, meinte de Vries, der nicht ungern an die Frau zurückdachte, die mit ihrer geradezu nervenden Hartnäckigkeit geholfen hatte, den Mordfall an der Pächterin der »Sonnendüne« aufzuklären. Amadea König. Die Journalistin, die seither unaufhörlich zwischen ihm und seiner Tochter vermittelte. Ohne es zu wissen. Seit ihrer ersten Reportage verschlang seine Tochter Amadeas Zeilen in dem Magazin »Terra« wie ein hungriger Löwe. Sie fand es im Nachhinein großartig, die Journalistin damals sogar höchstpersönlich kennengelernt zu haben. Seither hatte sie die Frau, die mit Marken und Gummistiefeln jonglierte wie ein Clown im Zirkus, ins Herz geschlossen. Amadeas Geschichten hatten seiner Tochter offenbar so sehr imponiert, dass sie beschlossen hatte, ebenfalls Journalistin werden zu wollen. Typisch Teenager, dachte de Vries. Wenn er Jessica morgen nach der Verhandlung erzählte, dass Amadea König auf der Insel war, würde sie ihn so lange bequatschen, bis sie ihn nach Norderney begleiten dürfte.

»Sie hat wieder damit begonnen, uns unaufgefordert zu unterstützen«, fügte Tjaden vorsichtig hinzu.

»Tjaden ist nicht gerade begeistert davon«, meinte Hillmann.

»Die Frau zieht das Unglück an wie ein Magnet. Wer weiß, was sie noch alles im Schilde führt.«

»Was? Sie lässt einen Mann verschwinden, damit sie ihn wiederfindet?« De Vries schüttelte lachend den Kopf. »Sie ist Journalistin.«

»Na ja«, murrte Tjaden. »Auf jeden Fall steht sie auf solche Themen, das ist doch auch irgendwie schräg. Die kann doch einfach nur hier Urlaub machen.«

»So wie letztes Jahr? Den Mörder der Pächterin haben wir auf einen Hinweis von ihr dingfest machen können. Das war doch nicht schlecht.« De Vries klopfte auf den Tisch. »Können wir nun bitte wieder zum Thema kommen? Diese Frau ist mir im Moment ziemlich egal. Wir haben einen Vermissten und müssen uns darum kümmern.«

Tjaden griff sich an den Kopf und band sich einen Minipferdeschwanz zusammen. Seine grau-schwarzen Haare bildeten einen Kontrast zu seinem roten Gesicht, das am Wochenende offensichtlich zu lange in der Sonne gewesen war. »Ist gut, ist gut. Kaffee?«

»Immer noch nicht«, lehnte de Vries ab.

Er verstand nicht, wie man die schwarze Brühe trinken konnte. Auch bei Tee war er überaus wählerisch. Die Kollegen in Aurich schimpften ihn Kommissar Feinschmecker. Doch er legte einfach nur Wert auf hochwertige Produkte, was zur Folge hatte, dass er die Kantine höchst selten betrat, bestenfalls, wenn er jemanden dringend brauchte.

»Machen wir weiter. Was ist nun mit dieser Erpressung? Woher wissen Sie das? Und was haben Sie bereits unternommen?«

Tjaden druckste zunächst herum. »Von Amadea König.«

»Woher weiß sie das denn?«

»Sie wohnt in der Ferienwohnung des Vermissten und hat sich mit seiner Frau unterhalten.«

»Allein das macht sie für Tjaden verdächtig«, bemerkte Hillmann.

»Hat er nicht ganz unrecht«, stimmte Nina zu. »Schließlich war sie letztes Jahr auch direkt an Ort und Stelle und wusste, was los war.«

»Das gehört zum guten Journalismus dazu. Echte Reporter sind überall, wo es brisant ist. Häufig kennen die sämtliche Neuigkeiten zuerst«, gab de Vries zu bedenken. »Herrgott noch mal, können wir bitte mit diesem Schwachsinn aufhören? Wir müssen unsere Kräfte bündeln und uns auf diesen Fall konzentrieren. Frau

König ist sicher nicht dafür verantwortlich, dass Bernhard Dechert verschwunden ist. Wer dann? Ich möchte jetzt die Fakten.«

Tjaden fasste zusammen. »Dechert gilt nun seit knapp vierzig Stunden als vermisst. Seine Frau hat ihn Freitagnacht zum letzten Mal gesehen. Sein Portemonnaie und sein Handy sind weg. Die gestrige Suche auf der Insel hat nichts ergeben. Er hat vor ein paar Tagen ein Lokal in der Stadtmitte eröffnet, das nun von seiner Frau und seinen Angestellten geführt wird. Wir haben mit seiner Mitarbeiterin gesprochen, einer Cordula Hemer. Die wusste aber nichts von einer Erpressung.«

»Gut. Was ist mit der Fähre? Wurde er dort gesehen?«, wollte de Vries wissen.

»Sie wissen doch sicherlich noch, dass es mehrere Wege gibt, die Insel zu verlassen. Nicht nur mit der Fähre, sondern auch mit einem normalen Schiff oder einer Cessna. Niemand hätte darauf geachtet, wenn Dechert am Samstag weggefahren wäre. Er ist Insulaner, er muss immer mal wieder zum Festland und Besorgungen machen.«

»Und weil ihm die Decke auf den Kopf fällt«, meinte Hillmann.

»Genau wie Ihnen, oder?«, meinte de Vries.

»Ich habe meine Konsequenzen daraus gezogen.«

»Ach ja?«

»Ich bin nur noch wenige Tage hier. Außer natürlich, das hier entwickelt sich zu etwas Ernstem. Dann bleibe ich noch, bis der Fall gelöst ist.«

Nina riss die Augen auf. »Und wohin flüchten Sie?«

»Das ist keine Flucht. Ich will einfach mal etwas von der Welt sehen«, wich Hillmann aus, ließ die Frage aber unbeantwortet.

»Spielt jetzt auch keine Rolle. Was ist nun mit der Fähre? Tjaden, koordinieren Sie bitte die Befragungen dort. Kontrollieren Sie, ob Dechert nicht einfach so weggefahren ist.«

»Habe ich schon längst gemacht. Keiner weiß was. Aber wie gesagt hat auch keiner darauf geachtet.«

»Niemand hat ihn gesehen?«, hakte Nina nach.

»Richtig. Das letzte Mal wurde er von seiner Frau gesehen. Freitagnacht.«

»Ich möchte zuallererst mit der Ehefrau sprechen. Ich will wissen, ob das so stimmt mit der Erpressung«, meinte de Vries. »Wir treffen uns um zwölf Uhr zur nächsten Besprechung.«

De Vries stieg in den Polizeiwagen und ließ sich zum Haus der Decherts fahren. Nina begleitete ihn. Doch de Vries war nicht ansprechbar. Er starrte nach draußen, wo die Häuser an ihm vorbeizogen, als säße er im Zug nach irgendwo. In Gedanken war er bei seiner Tochter. Jessica war mittlerweile ein richtiger Teenager, clever, selbstständig, hartnäckig. Morgen würde er sich das erste Mal für sie ins Zeug legen. Offiziell. Er hatte bereits alles geplant. Alles, was er in die Tat umsetzen würde, wenn das Ganze ein Happy End nähme. Er wollte eine neue Wohnung kaufen, eine größere, modernere. Zentraler gelegen könnte sie auch sein. Vor allem mit einem eigenen Zimmer für sie. Natürlich hatte er ihr bisher nichts davon gesagt. Sie sollte nicht mit der Enttäuschung umgehen müssen, wenn es doch nicht klappte. Wenn seine Exfreundin, die ihm die Schwangerschaft damals untergejubelt hatte wie einem Kleinkind Gemüse, nicht mitmachte und sich querstellte.

»Da wären wir«, vermeldete Tjaden, als er das Auto vor Decherts Haus parkte. »Denken Sie daran: Lea Dechert weiß nichts davon, dass Amadea König geplappert hat. Sie denkt, dass wir eine Wanze in ihrem Haus installiert haben.«

»Wie kommt sie denn darauf?«, wollte de Vries wissen.

»Das habe ich ihr gesagt. Eine Notlüge, ich wollte Frau König nicht auffliegen lassen. Lea Dechert soll ihr weiterhin vertrauen. Kann ja nicht schaden. Wenn Amadea König wirklich so findig ist, wie sie zu sein scheint, dann könnte sie wertvoll für uns sein.«

»Sie meinen, sie könnte ein Maulwurf sein?«, hakte de Vries nach.

Tjaden presste die Lippen zusammen und nickte. »Warum nicht?«

»Was haben Sie Lea Dechert noch erzählt?«

»Sonst nichts. Sie war zuerst sauer wegen dieser Wanze, aber ich habe das schnell auflösen können.«

»Sie wissen, dass Sie das Ihren Job kosten kann?«

Tjaden wurde rot im Gesicht. »Gefahr im Verzug. Da darf man als Polizist quasi alles.«

»Aber nur auf Norderney«, meinte de Vries, bevor er aus dem Wagen stieg.

»Passen Sie auf die Fahrradfahrer auf«, rief Tjaden. »Sonst gibt's den nächsten Fall. Das letzte Mal wären Sie fast von einem Taxi überfahren worden. Schon vergessen?«

Da der Autoverkehr auf Norderney sehr eingeschränkt war und während der Hauptsaison in der Innenstadt sogar ein generelles Fahrverbot herrschte, fuhren fast alle mit dem Rad. Die Fahrradwege waren entsprechend gut ausgebaut, und innerhalb weniger Minuten konnte man viele Plätze auf der Insel erreichen.

De Vries nickte. Er ging durch das Gartentor und bemerkte das Trampolin, das den halben Vorgarten ausfüllte. Wie es wohl wäre, dort zu springen? Ohne Zwang. Ohne Verantwortung. Frei wie ein Vogel.

De Vries hatte Angst vor dem nächsten Tag. Es war schlimmer als vor einer Pressekonferenz. Dieses Mal ging es um ihn. Seine Privatsphäre. Er wollte alles daransetzen, damit er bei Gericht einen guten Eindruck hinterließ und es nicht gleich zu Beginn versaute. Doch zunächst musste er diesen Tag überstehen und einen Fall lösen. Im Idealfall einen Vermissten finden, im schlechtesten seine Überreste. Doch so weit waren sie noch nicht. Es stand nur fest, dass wieder einmal alles auf ihn einprasselte.

De Vries klingelte an der Tür. Er linste nach oben, wo er Amadea und ihre Familie vermutete, doch er sah niemanden.

»Ich komme«, rief Lea und riss währenddessen die Haustür auf.

Ihre Haare kräuselten sich um ihr Gesicht wie Spaghetti um einen Teller. Die Nase mit dem kleinen Höcker erinnerte de Vries an seine Oma, die immer Dampfnudeln für ihn gekocht hatte, doch Leas Mimik wirkte glatt wie die eines Menschen, der zwanzig Kilo zu viel hatte. Botox? Oder Gesichtsyoga? Jessica hatte ihm erst vor wenigen Tagen erzählt, dass Fitness für die Gesichtszüge der neueste Schrei sei.

»Guten Morgen. Frau Dechert? De Vries. Polizei Aurich.« Er kramte seinen Polizeiausweis hervor und hielt ihn ihr unter die Nase. Lang genug, damit sie seinen Namen lesen konnte, aber zu kurz, um das Foto mit seinem heutigen Aussehen zu vergleichen.

»Ja. Was wollen Sie denn von mir?«, wich Lea erstaunt zurück.

»Herr Tjaden war doch bereits gestern hier und hat mich ausgehorcht. Außerdem haben Sie ja wohl eine Wanze in meiner Küche installiert, sodass Sie sowieso wissen, was und mit wem ich spreche.«

»Das ist meine Kollegin Nina Gläser«, stellte de Vries Nina vor, die auch mit ihrem Ausweis bewaffnet war. Er ignorierte Leas Einwände wie eine Möwe ein Fischbrötchen im Regen. »Wir würden Ihnen gern einige Fragen stellen. Lassen Sie uns bitte rein?«

»Was soll das denn nun? Die Polizei ist doch schon dran.«

»Sicher. Aber wir sind die Kriminalpolizei. Wir kennen uns noch besser mit Vermisstenfällen aus. Sie sagten, dass Ihr Mann erpresst wurde? Wie kommen Sie zu der Annahme?«

»Aber das habe ich doch alles bereits erklärt. Fragen Sie ihn.« Sie deutete auf Tjaden, der bisher kommentarlos danebengestanden hatte und sich nicht an dem Gespräch beteiligte.

»Das wissen wir doch, Frau Dechert«, beruhigte de Vries sie. »Aber ich möchte es gern noch einmal von Ihnen hören. Also?«

De Vries fühlte sich wie in den Gesprächen mit seiner Tochter, die auch glaubte, er wollte zu detailliert Bescheid wissen, was sie wann tat.

»Na gut. Kommen Sie rein.« Widerwillig öffnete Lea die Haustür und bat sie in die Küche.

An dem großen Tisch fanden alle Platz. Nicht nur de Vries schaute einen Moment nach draußen auf die gegenüberliegenden Dünen, hinter denen sich das Meer verbarg, auch Lea warf einen kurzen Blick auf die Straße.

»Möchten Sie einen Tee trinken?«

»Gern«, sagte de Vries.

»Geht auch schnell. Das Teewasser ist schon fertig. Schwarz?«

»Natürlich. Bitte.«

Der Teebeutel verweilte nur wenige Sekunden in der Tasse, bevor de Vries ein kleines Stückchen Kluntje hineinfallen ließ. Mit einigen Tropfen Sahne schmeckte der Tee ausgezeichnet. De Vries liebte den ostfriesischen Brauch. Er kostete vorsichtig, damit er sich nicht den Mund verbrannte.

»Warum denken Sie, dass Ihr Mann erpresst wurde?«

Lea, die ebenfalls einen Schwarztee vor sich stehen hatte, ließ sich Zeit mit ihrer Antwort. »Weil er Besuch hatte. Von irgendwelchen Typen, die ihm Angst einjagen wollten.«

»Hat er etwas über das Aussehen der Männer gesagt?«

»Nein. Es ging wohl alles so schnell. Er hat nicht auf die Details geachtet. Die haben das Mobiliar im Lokal herumgeworfen und ihm Gewalt angedroht.«

De Vries warf Nina einen Blick zu. Wenn die Mafia irgendwo Geld witterte, fackelte sie nicht lange. Sie fand ihre Spuren wie ein Jäger die seines Wildes.

»Wann war das genau?«, fragte de Vries.

»Einen Tag vor der Neueröffnung, also vor eineinhalb Wochen.«

De Vries dachte nach. War der Mann etwa Opfer einer Entführung geworden? Doch warum jetzt? Normalerweise warteten die doch eine Weile ab. Zumindest so lange, bis die erste Zahlung fällig war. Was hätte die Mafia davon, einen potenziellen Kunden zu entführen? Das ergab irgendwie keinen Sinn.

»Hatte Ihr Mann Feinde?«

»Feinde? Nein. Nicht, dass ich wüsste. Er hatte natürlich Neider. Schließlich hat er dieses Haus geerbt. Sie wissen nicht, wie das so ist auf Norderney. Wenn man nicht von hier kommt, hat man wahrlich ein Problem mit der Akzeptanz.«

»Aber soviel ich weiß, kam er doch von hier, oder?«

»Bernhard schon. Aber ich nicht. Die Menschen hier verstehen nicht, dass er weggegangen ist. Von *ihrer* Insel.« Lea spuckte die Worte aus wie einen Kaugummi.

»Ich habe gedacht, dass mittlerweile viele, die hier leben, nicht ursprünglich von hier stammen«, sagte de Vries.

»Wo denken Sie hin?« Sie schüttelte den Kopf. »Nein. Die meisten, die hier leben, sind hier geboren.«

»Na ja, es gibt doch einige, die ihren Zweitwohnsitz hier haben«, meinte de Vries.

»Ist es nicht so, dass seit letztem Jahr die Anzahl der Zweitwohnsitzinhaber erstmalig die der Menschen mit Erstwohnsitz überstiegen hat? Dann scheint es ja doch einen Umbruch auf der Insel zu geben. Oder etwa nicht?«, mischte sich Nina in die Diskussion ein, die bisher lediglich die Details notiert hatte.

Nina war in seinem Team die wichtigste Person. Sie war diejenige, die immer alles im Blick hatte. Sie organisierte, ohne dass er es ihr auftrug. Sie rannte, ohne dass er es von ihr erwartete. Ohne sie wäre es ihm nicht möglich, sich auf das große Ganze zu konzentrieren, wie er es tat, um Erfolg zu haben: auf den Fall, den Täter und das Motiv. Er müsste sich mit Kleinigkeiten herumschlagen, die ihn immer schon lähmten.

»Die Insel ist, wie sie ist. Ein Ort, von dem man nicht ohne Weiteres wegkommt.«

»Sie denken also, sein Verschwinden hat damit zu tun, dass er zurückgekommen ist? Oder dass er das Haus geerbt hat?«

»Ich habe keine Ahnung«, sagte sie und warf die Hände in die Luft.

»Wie standen Sie denn zu ihm?«, fragte de Vries aus heiterem Himmel.

»Was meinen Sie damit? Er war mein Mann.«

»Warum sprechen Sie in der Vergangenheitsform von ihm?«, fuhr de Vries sie an. Wusste sie mehr, als sie zugab?

»Das sagt man halt so. Was wollen Sie denn eigentlich von mir? Mich unter Druck setzen?«

»Tun wir das denn?«, fragte de Vries so charmant wie möglich.

Wenn es sich bei dem Vermissten um einen wirklichen Vermisstenfall handelte, wollte de Vries die Ehefrau nicht forsch angehen. Wenn das aber nicht der Fall war und Lea Dechert eine andere Rolle beim Verschwinden ihres Mannes spielte, musste sie wissen, dass er sie nicht in Ruhe ließ, solange Bernhard nicht aufgetaucht war.

De Vries stand auf. »Frau Dechert, wenn Ihnen noch etwas einfällt, melden Sie sich. Egal, was. In Ordnung? Ach ja, danke für den Tee.«

Nina reichte ihr ihre Visitenkarte, auf die sie neben der Mobilnummer von de Vries auch die von Tjaden gekritzelt hatte. Lea streifte die Karte mit einem kurzen Blick, bevor sie ein weiteres Mal nach draußen schaute. Sie wirkte verängstigt.

»Was ist denn mit einer Fangschaltung?«, fragte de Vries, als sie im Polizeirevier ankamen. Er stürmte die Treppen nach oben und lief auf direktem Weg in den Besprechungsraum.

Tjaden folgte ihm. »Können wir einrichten, dafür brauchen wir aber einen richterlichen Beschluss. Ich komme dann zwar ein wenig in Erklärungsnot, aber es gibt Schlimmeres.«

»Sie meinen, weil sie die Frau in dieser Sache angelogen haben? Weil sie ihr vorgegaukelt haben, sie werde bereits abgehört?«

Tjaden versteckte nervös seine Hände hinter dem Rücken. »Ja. Astrein war das nicht, ist mir schon klar.«

»Sie können ja behaupten, dass Sie das Ding austauschen müssen«, half de Vries ihm auf die Sprünge. »Batteriewechsel oder so etwas.«

Sie konnten es sich nicht leisten, dass sich Lea Dechert in irgendeiner Weise aufbäumte gegen sie. Nicht zu diesem Zeitpunkt. Sie wussten rein gar nichts. Sie wussten weder, ob Bernhard Dechert die Insel aus freien Stücken verlassen hatte, noch, ob das mit dem Schutzgeld überhaupt stimmte. Vor allem hatten sie keine Ahnung, ob er noch lebte.

»Wird erledigt«, sagte Tjaden. »Was können wir sonst noch tun?«

»Die Insel haben Sie ja längst abgesucht und den Mann nirgends gefunden. Was ist denn mit irgendwelchen persönlichen Dingen? Fehlt sein Personalausweis oder sein Reisepass?«, wollte Nina wissen.

In der Zwischenzeit hatte sie eine elektronische Akte angelegt und diese mit dem Codenamen »Lokalheld« versehen. Egal, welche Informationen sie nun in diesen Vorgang integrierte und speicherte, jeder, der an diesem Fall arbeitete, konnte sie sehen. In Aurich auf dem Revier oder zu Hause. Und natürlich auch auf Norderney, wenn der Computer mit dem niedersächsischen Zentralregister der Polizei verbunden war.

»Sein Portemonnaie ist weg. Er trug es wohl immer bei sich. In der Hosentasche«, antwortete Tjaden, als wäre das ein ungewöhnliches Detail bei Männern.

»Was sagt uns das?«, fragte de Vries.

»Er könnte es einfach mitgenommen haben.«

»Ich könnte wetten, dass diese Frau etwas verheimlicht«, sagte de Vries mehr zu sich selbst als in die Runde. Er schürzte seine Lippen wie ein Trainer beim Lachyoga.

Wegen solcher Aussagen, die vollkommen aus dem Zusammenhang gelöst schienen, wurde er oft mit einem zerstreuten Professor verglichen. Einem Professor, dessen Assistentin für Ordnung sorgte.

»Wie kommst du denn plötzlich darauf?«, wollte Nina wissen. »Wir waren gerade bei seinem Portemonnaie.«

»Ach ja. Entschuldigung. Sie hat mehrmals aus dem Fenster geschaut. So, als überprüfe sie etwas oder als halte sie nach jemandem Ausschau.«

»Klar. Nach ihrem Mann.«

»Nein, das glaube ich nicht. Außerdem hatte ich den Eindruck, dass sie ziemlich nervös ist. So garstig wie sie zu uns war, wirkte sie auf mich nicht wie die sorgenvolle Ehefrau, die die Rückkehr ihres Mannes herbeisehnt.«

»Ist das nicht ein normaler Zustand? Ihr Mann ist verschwunden. Sie weiß überhaupt nicht, wo ihr der Kopf steht. Also, ich verstehe ihre Reaktion schon«, meinte Nina.

»Wir werden sehen. Am Ende des Falls stoßen wir immer wieder auf Kreuzungen. Die Vergangenheit kreuzt sich mit dem Hier und Jetzt. Ich will diesen Knotenpunkt finden. Machen wir weiter.«

***

Amadea, Georg und die Kinder hatten den Vormittag am Nordstrand verbracht, nachdem sie im nahegelegenen Café Cornelius ausgiebig gefrühstückt hatten. Mit einem Fischbrötchen aus der Badehalle in der Hand, spazierten sie zurück zu ihrer Ferienwohnung.

»Ich bringe eben meine Tasche nach oben, dann könnt ihr noch eine Weile auf dem Trampolin springen, ja?«, meinte Amadea, bevor sie die Haustür aufdrückte. Sie war nicht verschlossen.

Sie achtete nicht darauf, ihre Schuhe abzustreifen, obwohl sie voller Sand waren. Stattdessen eilte sie die Treppe hinauf und nahm dabei zwei Stufen auf einmal. Doch als sie oben angekommen war, hielt sie inne. Die Tür zur Ferienwohnung war angelehnt, nicht zugesperrt, wie sie sie hinterlassen hatte. Vorsichtig spähte sie hinein.

Was ging hier vor? Sie sollte Georg rufen, der sich mit solchen Dingen besser auskannte und einem Einbrecher auch körperlich entgegentreten konnte. Doch wieder einmal war es ihr Sturkopf, der sie daran hinderte, abzuwarten. Auf ihre innere Stimme, die sie bei Gefahren warnte, hörte sie schon lange nicht mehr.

Sie gab der Tür einen Stoß, bis sie vollends offen stand. Wie eine Katze, die einer Maus auflauerte, tastete sie sich vorsichtig weiter. Sie registrierte, dass ihre Schuhe im Flur durcheinander standen. Und das schon am dritten Urlaubstag. Doch das war jetzt Nebensache. Sie interessierte sich vielmehr für den Eindringling. Sie wusste, dass hier irgendjemand sein musste.

Sie nahm all ihren Mut zusammen und rief zaghaft: »Hallo?« Als keine Antwort kam, versuchte sie es erneut, ein wenig lauter. »Hallo. Ist da jemand?«

»Ja, Amadea. Haben Sie mich jetzt aber erschreckt«, wich Lea aus, als sie aus dem Kinderzimmer kam.

»Lea? Ähm, was machen Sie bei uns?«, wollte Amadea wissen.

Was hatte diese Frau hier verloren? Sicher, es war ihr Haus und ihre Wohnung, doch Amadea hatte sie jetzt gemietet und bezahlte Geld dafür. So leger sie sein konnte, so empfindlich war sie auf der anderen Seite, wenn es darum ging, dass ihr jemand etwas vormachte.

Auf der Suche nach einer Ausrede strich sich Lea fahrig durch ihre Locken und zog sie auseinander. »Wieso? Ich war drin, weil … weil ich die Handtücher auswechseln wollte«, meinte sie und deutete auf den Stapel in ihrer Hand.

»Handtücher? Papperlapapp. Wollen Sie mich auf den Arm nehmen? Wir sind erst vor zwei Tagen gekommen. Da brauchen Sie noch keine Handtücher auszutauschen.«

»Ist das so? Dann haben Sie natürlich recht. Es tut mir ja so leid«, stotterte sie. »Ich bin so durcheinander. Ich weiß überhaupt nicht mehr, wo mir der Kopf steht.«

War Amadea gerade eben noch auf hundertachtzig, weil sie nicht wollte, dass eine Fremde in ihren Sachen stöberte oder gar die Notizen für ihre Reportage las, besann sie sich jetzt. Die Frau, die ihr gegenüberstand, befand sich gerade in einer schwierigen Situation. Ihr Mann war verschwunden. Mit etwas Glück hatte er sie mit einer wertvollen Immobilie sitzen lassen. Mit viel Pech dagegen lebte ihr Mann nicht mehr. Beides war einfach nur bemitleidenswert. Sie wollte sich nicht unnötig aufregen.

»Ja klar. Es tut mir leid, dass ich gerade so überreagiert habe. Aber ich möchte trotzdem gern wissen, was Sie hier drin verloren haben.«

Obwohl Lea in einer schwierigen Phase war, hatte sie nicht das Recht, ohne zu fragen die Ferienwohnung zu betreten. Amadeas Misstrauen war zwar nicht im Geringsten verschwunden, doch sie besann sich. Sie wollte von Lea keine fadenscheinige Ausrede vorgelegt bekommen, aber gleichzeitig ihr Vertrauen behalten.

»Wenn Sie in die Wohnung hineinmüssen, sagen Sie es mir vorher. Haben wir uns verstanden?«, sagte sie streng.

»Es tut mir leid, so leid«, hauchte Lea erneut, bevor sie mit Tränen in den Augen nach unten verschwand.

»Du weißt genau, dass dein Bruder dir alles nachmacht, verdammt noch mal. Der soll sich nicht mit irgendwelchen Nadeln Ohrlöcher stechen. Hast du das kapiert?«

Es war nicht das erste Mal an diesem Tag, dass Amadea Valentina gegenüber lauter wurde. Doch es war das erste Mal, dass sie sie in ihr Zimmer schickte. »Jetzt denk darüber nach. Dann kannst du wieder herauskommen.«

In diesem Moment konnte Amadea nicht anders. Immer wenn ihre Kinder übermüdet waren, spielten sie verrückt. Valentina hatte in der Ferienwohnung eine Tasche voller Nähzeug gefunden und sich mit den Nadeln zuerst in den Finger gestochen, bevor sie an weiteren Körperteilen damit herumhantierte. Anschließend hatte sie ihrem Bruder das Nähzeug zum Spielen überlassen, während Amadea mit ihrer Story beschäftigt war und nichts bemerkt hatte.

Warum war Bernhard Dechert verschwunden? Hatte er es sich einfach gemacht und seine Familie im Stich gelassen? Das war unwahrscheinlich. Amadea ließ ihren Gedanken freien Lauf, so wie sie es immer machte. Ihre Hypothesen gingen meist weit über die reine Berichterstattung hinaus. Zwar ließ sie die Fakten geschickt in ihre Geschichte einfließen, doch kombinierte sie diese mit vielen Emotionen, sodass sich ihre Reportagen lasen wie Kurzgeschichten. Ihre Leser belohnten sie mit treuer Unterstützung. Sie mochten es, wie sie mit Problemen umging, Lösungen suchte, Alternativen aufzeigte und Spannendes aufdeckte. Die meisten ihrer Leser waren wissensdurstig. Sie wollten etwas erfahren. Über die Stadt, das Land, die Bewohner, die Kultur und die Schattenseiten von allem.

Amadea hatte eigentlich vorgehabt, über etwas Leichtes zu schreiben. Sie wollte die Pärchenbildung auf Norderney zum Thema machen und die Kurzwochenenden, während derer sich Gleichgesinnte für einige Stunden fanden. Die Affären, die mitunter jahrelang dauerten, und die Partylokale, die als Treffpunkt galten. Bernhards Lokal war nun eines davon. Zwar mit einem neuartigen Konzept, aber die Besucher würden die gleichen sein. Ein bisschen hatte sie vor, die Moral ins Gedächtnis zu rufen. Doch irgendwie war dieses Sujet in den Hintergrund gerückt. Wen interessierte es schon, ob Verheiratete einander betrogen oder ob Singles Daueraffären suchten? Sie nicht mehr. Und auch nur ein kleiner Teil ihrer Leserschaft war so sensationslustig, sich in die Privatsphäre anderer einklinken zu wollen. Ja, lieber schrieb sie eine ausführliche Reportage mit einem Spannungsbogen, als dass sie pseudospannende Informationen über fremdgehende Männer und Frauen aneinanderreihte wie eine schnöde Perlenkette. Die Geschichte über die Partyurlauber von Norderney, die sie ursprünglich im Kopf hatte, hatte sich mit dem Verschwinden von Bernhard sowieso in Luft aufgelöst. Zum Glück, dachte sie jetzt.

Könnte das der Grund sein? Hatte Bernhard sich aus dem Staub gemacht, nicht weil er seine Familie oder seine Freunde aufgeben wollte, sondern weil es ihm auf der Insel zu eng geworden war? Aber hätte er dann nicht einen Brief hinterlassen, in dem er sein Verhalten erklärte?

Natürlich war es schon immer eng gewesen auf Norderney. Man lief sich mehrmals am Tag über den Weg. Er war das doch gewohnt. Konnte natürlich sein, dass ihm das, seit er das Lokal eröffnet hatte, noch bewusster geworden war. Vielleicht gab es nun für ihn keine Rückzugsmöglichkeit mehr. Ihn kannten hier alle. Amadea strich sich über die müden Augen.

Wahrscheinlich kehrte er in zwei oder drei Tagen zurück, weil er es nicht mehr aushielt ohne die Enge, ohne die Nähe zu seiner Familie. Oder blieb er verschwunden, weil er in einen kriminellen Akt verstrickt war? Alles war möglich.

Amadea kritzelte etwas auf einen Zettel, bevor sie sich umschaute. Henry schaufelte mit seinem Bagger gemächlich imaginäre Steine auf und fuhr sie zu einer Schublade. Jedes Mal wenn er dort angekommen war, zog er sie auf, kippte die leere Schaufel hinein und schloss sie wieder. Georg hatte sich aufgerafft und war laufen gegangen. Es waren nur noch wenige Tage bis zum Start des Islandman. Er war zwar nicht wirklich aufgeregt, doch Amadea war überzeugt, dass er es beim Start dann doch sein würde.

Von Valentina hörte sie nichts. Als sie ihr Notebook aufklappte, war es ruhig. Gedanklich hatte sich bereits eine Geschichte etabliert, die sie zwar nicht für übermäßig spannend hielt, die aber doch einiges über ihr Lieblingsreiseziel Norderney aussagte. Die Menschen, die hier lebten, wohnten nicht nur an einem Ort, an dem andere Urlaub machten. Sie hatten ihre ganz eigenen, inseltypischen Probleme, die man nur verstand, wenn man sich für längere Zeit auf der Insel befand.

Das war ein Thema, das ihre Leser interessierte.

»Mama!«, brüllte es aus dem zweiten Schlafzimmer, das sie zum Kinderzimmer umdisponiert hatten. »Mama. Ich habe etwas gefunden.«

Amadea ignorierte Valentina, die nicht nur sehr findig war, wenn es darum ging, zu diskutieren und ihre Meinung durchzusetzen, sondern auch, wenn sie die Aufmerksamkeit ihrer Mitmenschen wecken wollte. An Weihnachten hatte sie im Hotel vor einem Weihnachtsbaum mit echten, brennenden Kerzen »Feuer!« gerufen und damit kurzzeitig eine Panik ausgelöst. Alles nur, weil sie endlich ihre Geschenke auspacken und keine weiteren Lieder mehr singen wollte.

»Mama«, kreischte sie nun nahezu.

Amadea sprang auf.

»Valentina. Was ist los?«, rief sie und riss die Tür auf.

Valentina beugte sich über eine dunkelgraue Reisetasche. Der Reißverschluss war geöffnet, mehrere Dutzend Geldscheine lagen auf dem Boden verstreut.

»Was machst du hier? Was soll das?«, schnauzte Amadea sie an. »Woher hast du das?«

Valentina wich zurück ob des bösen Tons in ihrer Stimme. »Das habe ich gefunden. Mama, was ist denn?«

»Wo? Zeig es mir sofort.«

Amadea wusste selbst nicht, warum sie so forsch zu Valentina war, doch ein seltsames Gefühl beschlich sie. Als hätte sie eine Ahnung, dass hier etwas ganz und gar nicht mit rechten Dingen zuging.

Valentina wies auf die Tür, die sie hinter einer Kommode im zweiten Schlafzimmer entdeckt hatte. Amadea krabbelte auf allen vieren hinein. Außer Ziegeln, Holzbrettern und alten Türblättern war hier nichts. Über allem lag eine zentimeterdicke Staubschicht.

Was zum Teufel hatte es mit diesen Geldscheinen auf sich? Handelte es sich dabei um das Geld, das die Frau am Vorabend erwähnte, als Amadea vor der Tür gelauscht hatte? Oder war das etwa Schutzgeld, das Bernhard hier hortete, bis diese Mafiagangster ihm einen weiteren Besuch abstatteten? Oder wollte er ihnen zuvorkommen, das Geld beiseiteschaffen, sein Lokal als nicht lukrativ darstellen, in der Hoffnung, dass sie ihn in Ruhe ließen? Wie war das Geld nur in ihre Ferienwohnung gelangt? War Lea diejenige, die das Geld in die Wohnung gebracht hatte? Aber wenn ja, warum? Amadea war sicher, bei ihrer Anreise war es noch nicht da gewesen.

Zum Glück hatte sie noch nicht angefangen, ihre Reportage zu schreiben. Ihr schwante, dass sie ihre Story, die sie sich gerade erst ausgedacht hatte, noch einmal umstricken müsste. Doch zunächst musste sie das Geld zur Polizei schaffen. Und zwar so, dass die Hausherrin es nicht bemerkte.

Schnell nahm sie Valentina in den Arm. »Es tut mir leid, dass ich dich gerade so angeschrien habe. Aber hier stimmt etwas nicht. Und ich möchte nicht, dass wir da in etwas hineingezogen werden. Okay?«

»Aber Mama. Papa ist doch Polizist, der wird schon wissen, was zu tun ist. Nicht wahr?«

In ihren großen blauen Augen spiegelte sich in diesem Moment eine Naivität, die kein Autor mit Worten besser hätte beschreiben können: voller Überzeugung und kindlichen Glaubens. Für Valentina war ihr Papa der Mann, der die Welt rettete, und sie die Frau, die über alles schrieb.

Amadea verharrte nur einen Augenblick, bevor sie ihre Fassung zurückerlangte. Kurzerhand lief sie zu ihrer riesigen Handtasche, kippte den gesamten Inhalt auf das Bett und füllte sie mit dem Nötigsten: Portemonnaie, Notizbuch, Stift und einige Kosmetikutensilien mussten überall dabei sein. Doch die vielen Spielzeugautos, Windeln und Feuchttücher konnte sie getrost in der Ferienwohnung lassen. Sie durfte es nicht zulassen, dass Lea auch nur annähernd vermutete, dass sie das Geld gefunden hatten. Denn für Amadea stand eigentlich fest, dass nur Lea die Tasche in dieser Wohnung platziert haben konnte. Und zwar genau heute, vor wenigen Stunden. Ein Glück, dass Amadea sie nicht früher überrascht hatte.

»Wie viel wird das wohl sein?«, fragte Valentina, die half, die Geldscheine in Amadeas Tasche zu stopfen. Auch Henry fand Gefallen an so vielen Scheinen, doch er zog es vor, sie wieder herauszuziehen, zu falten und wie einen Turm neben sich zu stapeln.

»Henry, das geht jetzt nicht«, meinte Amadea und zerrte vorsichtig an den Scheinen.

»Mama, hast du schon mal so viel Geld gesehen?«, wollte Valentina wissen.

Amadea schüttelte den Kopf. »Nicht auf einem Haufen«, gab sie zu.

Das letzte Mal, dass sie viel Bares vor sich liegen hatte, war nach ihrer Hochzeit gewesen. Georg und sie hatten sich einen Zuschuss zu ihren Flitterwochen gewünscht und diesen auch großzügig erhalten. Heutzutage handelte man doch nur noch mit Unsummen von Bargeld, wenn es um etwas Kriminelles ging. Sogar im Darknet wurde mittlerweile mit Onlinezahlungsarten gehandelt. Natürlich anonym, das verstand sich von selbst.

Amadea hoffte, dass Georg gleich kommen würde. Sie wollte die Tasche direkt zum Polizeirevier tragen.

***

Sie malte sich aus, wie es wohl war, wenn sie ihren Plan in die Tat umsetzte. Wenn sie ihm etwas zu trinken reichte, er die Flasche mit einem Plopp öffnete und mit ihr wie bei einer Feier anstieß. Wie sie beobachtete, wie viel er von dem Giftgemisch schluckte. Wie lange würde es dauern, bis er in einen komaartigen Schlaf fiel? Bis sein Atem nur noch flach ging. So flach wie bei einem Neugeborenen. Bis er sich nicht mehr bewegte. Nie mehr.

Dann käme die größte Hürde. Sie würde ihn ans Wasser schleppen müssen. Schnell und vorsichtig. Am besten in einer pechschwarzen Nacht, in der sie nichts und niemand erkennen könnte. In der es für Zeugen nahezu unmöglich wäre, sie hinterher zu identifizieren.

Bei auflaufender Flut würde sie ihn ins Wasser zerren und mit ihm einige Meter hinausschwimmen. Dann würde sie aus dem Meer steigen und zurückblicken, nur für einen Augenblick. Einen winzigen Augenblick, damit sie sich überzeugen konnte, dass er weg war, dass sie frei war. Für immer.

Zurück wollte sie rennen, rennen, bis ihre Lunge schmerzte, um ihr Leben. Würde sie ihren Tränen freien Lauf lassen? Würde sie laut schluchzen? Oder könnte sie alles hinunterschlucken wie eine bittere Medizin? Müsste sie den Rest ihres Lebens mit einem schlechten Gewissen klarkommen wie mit einer unheilbaren Krankheit?

Sie runzelte die Stirn, bevor sie den Kopf schüttelte. Nein, nein, nein. Bevor sie den Horror erneut über sich ergehen ließ, die Depressionen sie überwältigten und sie zu einer Marionette verkam, die an ihrem Leben nur noch als Zuschauerin teilnahm, wollte sie lieber zur Mörderin werden.

***

De Vries und Nina machten sich dieses Mal zu Fuß auf den Weg zu Lea Dechert, auch in der Hoffnung, dort auf Amadea König zu stoßen. Am liebsten hätte de Vries sie einfach angerufen und ein Treffen mit ihr vereinbart. Schließlich war sie es, die ihnen den Hinweis auf eine mögliche Schutzgelderpressung gegeben hatte. Doch er hatte ihre Nummer nicht mehr, er hatte nach ihrem ersten Zusammentreffen keine Notwendigkeit gesehen, ihre Kontaktdaten zu speichern. Auch sein Kollege Tjaden hatte es versäumt, sie aufzunehmen. Ihm reichte es offensichtlich zu wissen, wo sie wohnte und wie lange sie auf Norderney Urlaub machte. So einfach war das im Normalfall auf einer Insel.

Doch so einfach war es eben doch nicht mit dieser Frau. Sie hielt sich laut Tjaden seltener in der Ferienwohnung auf als ein Kapitän an Land. Sie war nicht dort gewesen, nicht heute Morgen und auch nicht heute Nachmittag. Kein Kindergeschrei und kein lautes Lachen waren zu hören gewesen.

»Mist«, zischte Nina. »Sie ist bestimmt wieder nicht da.«

»Abwarten. Weißt du eigentlich, dass diese Frau mich verfolgt, seit sie uns das letzte Mal so genervt hat?«

»Nein. Wieso denn?«

»Durch Jessica.«

»Das musst du mir genauer erklären«, bat Nina. »Mit Häppchen kann ich nichts anfangen.«

»Jessica hat es ernst gemeint. Todernst. Nach diesem Fall hat sie mich gelöchert, ob telefonisch, per WhatsApp, per Facebook oder auch gern mal persönlich.«

»Warum denn?«, wollte Nina wissen.

»Sie wollte auf einmal ihr gesamtes Leben verändern, es selbst in die Hand nehmen und sich nicht von den Launen ihrer Mutter abhängig machen.«

»Echt? Kann ich mir gar nicht vorstellen. Deine Tochter? Die, die in Springerstiefeln herumgelaufen ist und Musik gehört hat, bei der man eigentlich den Verfassungsschutz hätte informieren müssen?«

»Genau die.«

»Wow. Wie ist das denn passiert?«

»Alles drehte sich damals eine Zeit lang um dieselbe Frage.«

»Und um welche? Nun sag schon. Mensch, de Vries, das macht keinen Spaß, sich mit dir zu unterhalten. Sogar ein Dreijähriger kann besser Geschichten erzählen.«

»Ist gut.« De Vries warf einen Blick auf sein Smartphone. »Sie wollte ständig wissen, wann sie endlich zu mir ziehen könnte.«

»Und?«

»Na ja, sie wohnt ja bereits seit einigen Monaten bei mir.«

»Das weiß ich ja. Heißt das, du möchtest dich in Zukunft ernsthaft um Jessica kümmern?«

»Ja. Auch offiziell. Morgen ist der erste Tag der Gerichtsverhandlung. Es geht um das Sorgerecht für sie.«

»Jetzt bin ich aber platt.«

Als Jessica de Vries auch nach Wochen immer wieder darum gebeten hatte, das Sorgerecht für sie zu übernehmen und mit ihrer Mutter in den Diskurs zu gehen, gab er schließlich nach. Er hatte sich nicht einmischen wollen. Er hatte Angst gehabt. Die vergangenen dreizehn Jahre hatte sie auch ohne ihren Vater verbracht. Außerdem hatte er nicht gewusst, wie es sein würde, mit einem Teenager zusammenzuleben. Das hatte er nicht mehr getan, seit er selbst in dem Alter gewesen war. Er erinnerte sich nicht gern an diese Zeit zurück. Er war kein glückliches Kind gewesen. Zumindest nicht mehr seit jenem Tag. Seit dem Tag, an dem er von der Schule nach Hause gekommen war und seine Eltern gefunden hatte. Tot, erschossen von einem Unbekannten. Wegen einiger Hunderter. Er hatte ihm seine Kindheit genommen. Sein Lachen. Seine Liebe.

»Ja. Sie ist hartnäckig. Sie will unbedingt das Ziel erreichen, das sie sich gesteckt hat.«

»Und um den richtigen Weg einzuschlagen, hat sie alles verändert?«

»Ja. Sie hat kurzerhand ihr bisheriges Leben über Bord geworfen: die Schule gewechselt, ihre Klamotten, ihre Freunde. Es ist fast so, als hätte Jessica Keller nie existiert. Ich glaube, wenn es möglich wäre, würde sie auch meinen Nachnamen annehmen.«

»Jessica de Vries. Hört sich gut an.«

»Findest du?« De Vries hustete. »Jessica de Vries. Warum eigentlich nicht. Auf jeden Fall muss ich morgen früh nach Aurich. Ich komme schnellstmöglich wieder. Ich denke ja nicht, dass die Verhandlung so lange dauert, oder?«

Er war sich nicht sicher, wie diese Sorgerechtsstreitigkeiten aussahen und in welche Richtung sie sich entwickelten. Welche Gemeinheiten würden seiner Exfreundin einfallen, die sie in einem guten Licht und ihn in einem schlechten darstellten?

»Ist gut. Ich halte hier die Stellung. Wird ja wohl nicht gleich eine Leiche auftauchen, wenn du weg bist«, meinte Nina, als sie die Emsstraße erreichten.

»Hoffen wir's.« De Vries öffnete das Gartentor und ging mit großen Schritten zur Haustür.

»Und was hat das alles mit Amadea König zu tun?«

»Ach, ist nicht so wichtig.« Er winkte ab.

»Was fragen wir Lea Dechert jetzt eigentlich?«, wollte Nina wissen.

Bis vor wenigen Sekunden hatte er sich darüber keine Gedanken gemacht. Doch die Frage war legitim, schließlich gab es keine Fortschritte in dem Fall, bei dem sie nicht einmal behaupten konnten, dass es einer war. Trotz allem war es möglich, dass Bernhard Dechert in wenigen Stunden wieder auf Norderney auftauchte, so als wäre nichts gewesen.

»Gute Frage. Zumindest nicht, wo ihr Urlaubsgast ist. Denn wir wollen ja nicht, dass sie herausfindet, wer die Informationen an uns weitergegeben hat.«

Vielleicht war Amadea König ja sogar in der Lage, noch mehr herauszufinden.

»Richtig. Was dann?«

De Vries konnte keine Antwort mehr geben. Stattdessen wurden sie geistesabwesend begrüßt, als Lea ihnen die Haustür öffnete. »Ach, Sie schon wieder.« Sie verzog das Gesicht. »Haben Sie meinen Mann endlich gefunden?«

»Nein. Noch nicht. Wir wollten uns nur erkundigen, ob die Techniker bereits bei Ihnen waren.«

»Nee, welche Techniker denn?«

»Die mit der Fangschaltung. Wenn Ihr Mann entführt worden ist, melden sich die Entführer, früher oder später.«

»Ich dachte, Sie hätten das schon installiert?«, erkundigte sie sich. »Herr Tjaden hat so etwas angedeutet.«

»Ja, richtig. Aber nun sind wir da. Wir haben ein besseres Equipment«, log de Vries. »Die Kollegen kommen dann sicher später bei Ihnen vorbei.«

»Brauchen Sie dafür eigentlich nicht einen richterlichen Beschluss?«

Wenn Lea bei Tjaden auch so reagiert hatte, hätte er ihn warnen sollen. Andererseits war es auch möglich, dass sie sich inzwischen erkundigt hatte. Sie mussten aufpassen, wenn sie nicht wollten, dass ihre kleine Notlüge ein unangenehmes Verfahren nach sich zog. Doch was sollte ihnen schon passieren? Sie hatten die Gesetze ja nicht übergangen. Sie hatten nur so getan, als ob, und Informanten geschützt.

»Den brauchen wir, richtig. Hat Herr Tjaden Ihnen den nicht gezeigt?«

Sie schüttelte den Kopf.

»Das holen wir nach, keine Sorge. Ist Ihnen denn in der Zwischenzeit noch etwas eingefallen?«, begegnete er ihr routiniert.

»Nein, nichts. Aber heute sind Rechnungen gekommen. Die können Sie sich ja gern mal anschauen.«

»Rechnungen? Wofür denn?«

»Ich weiß es nicht. Es sind Unsummen.«

Nina schaute auf. »Von wie viel sprechen wir?«

»Rund zweihunderttausend Euro?«

»Wow. Und Sie wissen nicht, wofür?«, fragte Nina.

»Ich habe keine Ahnung.«

»Ein interessantes Detail. Geben Sie uns die Rechnungen bitte mit. Wir schauen uns das an«, sagte de Vries.

Lea trat einen Schritt zurück und griff nach einem Stapel Briefe, der auf der Kommode in der Diele lag. Sie streckte sie de Vries entgegen, doch Nina nahm sie an sich. Sie schaute sich die ersten beiden an, auf den Umschlägen war kein Absender notiert. Auch das Emblem eines Unternehmens fehlte.

Nina sah Lea eindringlich an. »Wer hat die Umschläge geöffnet?«

»Ich«, sagte Lea. »Wer denn sonst?«

»Hat sie sonst noch jemand angefasst?«, wollte de Vries wissen.

»Nein. Nicht, dass ich wüsste. Sie lagen zwar hier, aber unsere Gäste gehen ja nicht an unsere Post. Das wäre sehr dreist.«

De Vries hätte wetten können, dass sich Amadea König nicht aus moralischen Gründen davon abhalten ließe. Sie würde die Briefe lesen und dafür sorgen, dass nicht auffiel, dass sie sich daran zu schaffen gemacht hatte.

»Dann brauchen wir bitte Ihre Fingerabdrücke, damit wir sie mit denen auf dem Papier abgleichen können«, sagte de Vries.

»Natürlich, das dachte ich mir schon«, antwortete Lea. »Wann und wo soll ich hinkommen?«

»So schnell wie möglich auf das Revier hier. Melden Sie sich bei Herrn Tjaden, der weiß dann Bescheid«, meinte Nina.

»Könnten diese hohen Rechnungen mit dem Verschwinden Ihres Mannes zusammenhängen? Vielleicht ist ihm alles zu viel geworden, und er hat Norderney den Rücken gekehrt?«, wollte de Vries wissen.

»Auch wenn Sie mich das noch fünfmal fragen, ich kann Ihnen darauf keine Antwort geben.«

»Wir ermitteln in alle Richtungen. Schönen Abend, Frau Dechert.«

»Lassen Sie das, Herr de Vries. Wissen Sie, wie man sich fühlt, wenn ein geliebter Mensch nicht mehr da ist? Wenn Sie dann also nichts mehr haben …«, sagte sie und schloss die Haustür.

Durch die Glaselemente sahen sie, dass Lea sogar den Riegel von innen vorschob und dadurch deutlich klarmachte, dass sie in Ruhe gelassen werden wollte.

Keiner wusste so gut wie er, wie sie sich fühlte. De Vries biss sich auf die Zunge. Um nicht seinen Gefühlen freien Lauf zu lassen. Um nicht laut loszuschreien. Um nichts zu sagen. Nichts, das ihn verletzlich gemacht hätte. Vor dieser Frau. Vor Nina. Doch um alles in der Welt wollte er verhindern, dass jemand von seiner Vergangenheit erfuhr.

***

Alexander de Vries wollte den Abend mit einem kleinen Absacker ausklingen lassen. Auf dem Weg in die SelfBar schlenderte er an der Promenade entlang. Da entdeckte er Amadea König. Ihre schlanke Silhouette, die Haare ein wenig länger als bis zum Kinn, die feinen Strähnen bis zum Ansatz gefärbt. Sie trug eine beige Chino, ein schickes schwarzes Oberteil und goldfarbene Sandaletten mit bunten Glitzersteinchen. Seine Tochter hätte bei ihrem Anblick vermutlich auf die Kamera ihres iPhones gedrückt und die Begegnung mit all ihren Freunden und Möchtegerns geteilt.

Amadea König saß auf den hellgrauen Mauersteinen vor der Milchbar und genoss offenbar den Sonnenuntergang. Sie war allein. Ihre Beine baumelten wie die einer Marionette. In der einen

Hand hielt sie einen Aperol Spritz, in der anderen ein Notizbuch, das ihm seltsam vertraut vorkam. Doch der goldfarbene Einband glänzte noch. Keine Spur von Abnutzung. Es musste ein neues Büchlein sein. Ob sie das Notizbuch passend zu den Schuhen kaufte oder umgekehrt? De Vries konnte sich alles bei ihr vorstellen. Auf seinen Wangen bildeten sich unbemerkt Grübchen.

»Frau König. Was machen Sie denn hier?«, sprach er sie an.

Amadea König. Sie hatte keine Ahnung, wie viel Veränderung sie in sein Leben gebracht hatte. Mehr noch. Wie sehr sie indirekt seinen Lebenswandel durcheinandergebracht hatte. Er war nun Vater. Mit allen Sorgen und Nöten, die das Elternsein mit sich brachte. Mit der vollen Verantwortung.

»De Vries?«, fragte Amadea ungläubig. Sie zog die Stirn kraus, bevor sie die Sonnenbrille abnahm und in die Haare schob. »Das Gleiche könnte ich Sie fragen.«

Sie musterte ihn. Er ließ es über sich ergehen. Er hatte sowieso keine Wahl.

»Sie sehen deutlich besser aus als letztes Jahr. Machen Sie Sport?«

Nun fiel de Vries wieder ein, warum seine Erinnerungen an Amadea so einprägsam waren. Sie hatte eine ehrliche und konfrontative Art an sich, mit der umzugehen nicht immer einfach war. Nicht nur, dass sie ohne Umschweife sagte, was sie dachte, sie gab einem das Gefühl, dass sie alles besser wusste. Letztes Jahr war sie felsenfest von ihrer These zum damaligen Fall überzeugt gewesen und hatte sie standhaft verteidigt. Diese Hartnäckigkeit bewunderte er. Es gab wenige Frauen, die ähnlich stur waren wie er. Obwohl sie ihn fast in die falsche Richtung getrieben hatte, war sie es auch, die entscheidende Hinweise zu den Beweggründen des Täters geliefert hatte. Sie war eine unbeirrbare Besserwisserin, mit der man sein Ziel durchaus erreichen konnte, wenn man die Realität nicht außer Acht ließ.

»Danke für die Blumen. Sie sehen auch besser aus«, konterte er.

»Im Ernst. Was machen Sie hier? Raus mit der Sprache«, provozierte Amadea ihn, bevor sie einen Schluck aus ihrem Glas trank. »Wollen Sie sich zu mir setzen? Hier ist noch frei.«

Das Stückchen Mauer neben ihr war tatsächlich das einzige, das noch frei war. Die anderen Stellen waren mit Menschen besetzt. Die Schlange an der Bar verriet ihm, dass er nicht so schnell an einen Drink käme. Also warum nicht in Gesellschaft warten?

»Dito. Sie sind doch nicht wirklich hier, um Urlaub zu machen. Oder etwa doch?«

»Klar. Das Urlaubsziel suche ich mir in der Regel nicht danach aus, wo etwas passiert. Im Gegenteil. Schließlich bin ich ja mit meiner Familie hier. Da denke ich nicht an den Job.«

Mit geschürzten Lippen schüttelte sie den Kopf. Doch als de Vries nicht reagierte, hob sie den Daumen, den Zeige- und den Mittelfinger in die Höhe. »Ich schwöre es.«

»Warum fällt es mir so schwer, Ihnen das zu glauben?«

»Das weiß ich nicht.«

»Kommt es mir nur so vor, oder tauchen Sie immer dort auf, wo es den Hauch eines Verbrechens gibt?« De Vries runzelte die Stirn, bevor er sich aufmachte, sich in der Schlange anzustellen. »Müsste mir das etwa zu denken geben?«, rief er ihr zu.

Amadea lächelte wie eine Schauspielerin. »Das ist wie mit der Henne und dem Ei: Da weiß man auch nicht, was zuerst da war.«

Die Barkeeper waren flinker als gedacht, und so saß de Vries wieder neben ihr, bevor sie ihren Drink ausgetrunken hatte.

»Nun sagen Sie schon, warum Sie hier sind. Urlaub wird es ja wohl keiner sein, nicht wahr?«, fragte Amadea unschuldig.

»Ich ermittle.«

»Ach nee.«

»Haben Sie etwa Informationen, mit denen Sie mich versorgen möchten?«

»Kommt darauf an, weshalb Sie auf der Insel sind«, sagte sie verschwörerisch. »Herr de Vries, Sie müssten mich in der Zwischenzeit so gut kennen, dass eine Zusammenarbeit mit mir keine Einbahnstraße ist.« Sie schlug das eine Bein über das andere und klappte ihr Notizbuch zu.

»Ich sagte doch schon: Ich ermittle hier.« De Vries trank sein Bier in einem Zug halb leer.

Welchen Nachteil hatte er, wenn er es ihr erzählte? Die Presse würde früher oder später sowieso davon erfahren. Und schließlich schrieb sie nicht für die Tagespresse. Er konnte also nur gewinnen.

»Es geht um Bernhard Dechert. Er ist weg.«
»Ich weiß.«
»Ja, das ist mir bekannt.«
»Woher?«
»Insider«, lächelte de Vries. »Im Ernst. Sie haben mit Tjaden gesprochen. Denken Sie etwa, wir kommunizierten nicht miteinander?«
»Nö. Aber Sie hätten mir das ja schon mal früher sagen können. Dann hätten wir uns dieses alberne Herumgeeiere gespart.«
»Und wären also gleich zur Sache gekommen?« Er biss sich auf die Lippen.
»Richtig.« Sie lächelte geheimnisvoll.
Flirtete sie etwa gerade mit ihm? »Na, dann bin ich jetzt aber mal gespannt, was Sie für mich haben.« De Vries stellte sein mittlerweile leeres Glas neben sich.
»Was hätten Sie denn gern? Außer der Information, dass ich eigentlich gerade einen Termin mit Bernhard gehabt hätte, um mit ihm über sein Lokal zu sprechen. Ich wollte dieses neuartige Konzept in eine Geschichte einbauen, bei der es um Norderney und die Probleme hier geht.«
»Aha. Um welche denn?«
»So weit bin ich noch nicht. Ich hatte an die beiden Phänomene des Inselkollers und der Moral gedacht. Es gibt Menschen, die wohnen hier, müssen aber alle paar Wochen mal weg. Sei es nur für wenige Stunden oder für ganze Tage. Die Hauptsache ist, sie sehen mal etwas ganz anderes. Und andere wiederum, die wohnen nicht hier, kommen aber hierher, um die Sau rauszulassen.«
»Interessant«, stimmte de Vries zu.
»Das finde ich auch.«
De Vries wollte sich nicht länger auf die Folter spannen lassen. »Nun sagen Sie schon. Sie wissen doch etwas, richtig?«
»Einiges. Wie wäre es zum Beispiel mit einer Affäre?«
»Wer mit wem?«
»Bernhard Dechert mit Cordula Hemer.«
»Woher wissen Sie das?«
»Intuition.«
»Also eine Vermutung?«, korrigierte de Vries sie. »Frau König,

es ist schön und gut, dass Sie uns wieder einmal helfen möchten, aber tun Sie mir einen Gefallen. Überlassen Sie die Spekulationen uns, in Ordnung?«

»Ist gut. War ja nur so ein Gedanke, weil sie bei ihm wohnt und ihn ziemlich gut zu kennen scheint.«

De Vries ging nicht weiter auf ihren Verdacht ein. »Was haben Sie denn noch? Das war doch sicher nicht alles.«

»Was halten Sie von einer Tasche voller Geld? Wäre das interessant für Sie?«, fragte Amadea und konnte sich ein Grinsen nicht verkneifen.

»Wow, schießen Sie los.«

»Na ja, genau die habe ich gefunden. Besser gesagt nicht ich, sondern meine Tochter Valentina«, gab sie zu.

»Wie bitte? Sie haben eine Tasche mit Geld gefunden und bringen sie nicht zur Polizei?«

»Das wollte ich doch. Ich war gerade eben dort. Aber da war niemand.«

»Oh. Eigentlich sollte das Revier ständig besetzt sein. Und wo ist das Geld jetzt?«, fragte de Vries, der nach einer Reisetasche Ausschau hielt.

Amadea sprang von der Mauer und griff nach ihrer Designertasche. »Alles hier drin«, sagte sie, während sie auf das dunkelbraune zerknitterte Leder klopfte.

»Da drin?«, fragte de Vries ungläubig. »Wie viel Geld ist es denn?«

»Keine Ahnung. Ich habe noch nie so viel Geld auf einem Haufen gesehen«, meinte sie schulterzuckend.

»Frau König, Sie können doch nicht gefundenes Geld in Ihre eigene Tasche stecken und damit spazieren gehen wie mit Ihrem Kind«, rief er lauter als beabsichtigt aus.

Einige Urlauber spitzten im Vorbeigehen die Ohren, bevor sie sich wieder ihren Gesprächen widmeten.

»Bis vor einer Sekunde wusste niemand außer mir, dass sich in dieser Tasche Geld befindet. Glückwunsch, Herr de Vries. Wenn sie mir jetzt geklaut wird, sind Sie dafür verantwortlich.«

Amadea schüttelte den Kopf, kletterte wieder auf die Mauer und legte die Tasche auf ihren Schoß. »Doch, das kann ich. Erstens:

Auf der Reisetasche selbst könnten sich Fingerabdrücke befinden, die Ihnen wichtige Hinweise geben. Die wollte ich bewahren. Zweitens: Wenn meine Vermieterin Frau Dechert die Tasche bei uns in der Ferienwohnung im letzten Eck versteckt hat – was ich im Übrigen vermute –, wird sie sie früher oder später zurückhaben wollen. Da kann ich sie doch nicht einfach mitnehmen.«

»Hm. Guter Punkt. Aber jetzt ist ja kein Geld mehr drin. Das bemerkt sie sofort.«

»Nein. Wir haben die Tasche ausgestopft. Mit normalem Papier. Bemalt, versteht sich. Henry hat zwar bitterlich geweint, als wir seine Bilder zerrissen haben, aber wenn es dem guten Zweck und der Verbrechensaufklärung dient, sind die Tränen gut investiert.«

»Oh. Okay. Haben Sie eine Ahnung, woher das Geld stammt?«

»Herr de Vries, das weiß ich nicht. Die Tasche mit dem Geld war noch nicht da, als wir angekommen sind.« Sie blitzte ihn an.

»Aber das hieße ja, dass das Geld irgendwie in die Ferienwohnung gelangt sein muss.«

»Richtig.« Sie legte ihre Handflächen neben sich und zog die Schultern hoch, während sie die Tasche auf ihrem Schoß keinen einzigen Moment aus den Augen ließ. Sie atmete tief durch.

»Seit wann sind Sie hier?«

»Seit drei Tagen«, antwortete sie.

»Sind Sie sicher, dass die Tasche nicht schon länger dort ist?«

»Wenn ich es Ihnen doch sage.« Erneut hob sie ihren Daumen, den Zeige- und den Mittelfinger in die Höhe. »Ehrenwort. Meine Kinder haben die Bude auseinandergenommen, als wir angekommen sind. Und die ist nicht gerade ein Palast.«

Er zog die Augenbrauen hoch und massierte dabei seine Schläfen.

»Das machen die immer so. Kriechen in alle Ecken und finden jeden noch so kleinen Schnipsel. Irgendwann auch jedes Geheimnis.« Sie lächelte. »Liegt wohl in der Familie.«

»Das heißt, jemand muss die Tasche in den letzten drei Tagen dort platziert haben«, schlussfolgerte er.

»Richtig. Ich sehe, wir verstehen uns.« Sie nickte, presste die Lippen aufeinander, bevor sie die letzten Tropfen ihres Aperol

Spritz genoss. »Was ist? Holen Sie mir noch einen? Als Belohnung sozusagen?«

»Aber danach geben Sie mir die Tasche.«

»Den Inhalt, ja. Die Tasche bekommen Sie nicht. Die enthält mein halbes Leben.«

»Manche Frauen werde ich nie verstehen.«

»Müssen Sie ja auch nicht«, zwinkerte sie ihm zu.

»Okay, noch mal kurz zusammengefasst: Sie sind am Samstag hier angereist und wollten eigentlich heute Abend mit Bernhard Dechert über sein Lokal sprechen. Hatten Sie denn einen Termin mit ihm?«

»Na ja, ich habe uns extra bei ihm eingemietet, damit wir genügend Zeit für Gespräche haben.«

»Und haben Sie ihn getroffen?«

»Nein, kein einziges Mal. Er war bereits weg, als wir ankamen. Das war am Samstagmittag. Und noch mal: Dieses Geld war bei unserer Anreise noch nicht da. Bernhard Dechert kann es also mit ziemlicher Sicherheit nicht bei uns hinterlegt haben.«

»Das habe ich verstanden. Geben Sie mir bitte noch Ihre Handynummer? Damit wir Sie erreichen können.«

»Natürlich«, sagte sie und zog eine Visitenkarte aus dem Seitenfach ihrer Tasche. »Ich bin Tag und Nacht erreichbar.«

»Danke. Ich werde darauf zurückkommen«, versprach er. Auch er zog eine Visitenkarte heraus. »Hier ist meine«, sagte er, bevor er ihr die Hand reichte. »Für alle Fälle.«

»Aus Ihrem Mund klingt das fast wie ein Ritterschlag«, meinte sie. »Ehrlich, ich habe mich sehr gefreut, Sie wiederzusehen.«

Ihm war es, als ob sie ihm erneut zuzwinkerte. Sollte er ihre Geste erwidern? Doch er schob den Gedanken ganz schnell von sich.

»Und wie machen wir das jetzt mit dem Geld?«, fragte sie, als er nicht weiter auf sie einging.

»Ich besorge eine andere Tasche.«

De Vries sprang von der Mauer herunter und ging in die Milchbar. An der Bar im Inneren organisierte er eine große Tüte, in die er das Geld stecken konnte. Er kehrte zu Amadea zurück.

»Kommen Sie. Wir gehen auf die Toilette. Da sieht uns niemand.«

»Herr de Vries, dort ist es total eng. Außerdem gehe ich sicher nicht gemeinsam mit Ihnen auf die Toilette. Nein, das entspricht nicht meiner Vorstellung.«

»Dann lassen Sie uns in die Küche gehen«, schlug er vor.

»In Ordnung.«

Sie gingen an der Bar vorbei zu einer geschützten Ecke und stopften die Geldscheine in die Papiertüte.

»Gibt es dafür eigentlich einen Finderlohn?«, erkundigte sich Amadea.

»Kommt darauf an, ob es legal erwirtschaftet wurde. Falls nicht, gehen Sie leer aus. Dafür haben Sie bei einer weiteren Verbrechensaufklärung geholfen. Das ist doch auch schon mal was«, sagte er beim Abschied.

»Waren Sie schon mal in der SelfBar?«

»Nein. Aber das werde ich spätestens morgen nachholen. Jetzt kümmere ich mich erst mal *darum*«, antwortete de Vries und klopfte auf die Papiertüte.

»Gut. Bis die Tage dann«, verabschiedete sich Amadea, nachdem sie überprüft hatte, dass sich keine weiteren Scheine in den Seitenfächern versteckt hatten.

Nachdem Amadea sich von de Vries verabschiedet hatte, ging sie in die Ferienwohnung zurück. Warum war Bernhard verschwunden, kurz bevor sie einen Interviewtermin mit ihm verabreden konnte? Hatte es etwas mit ihrer Story zu tun? Sie war bekannt dafür, die Missstände eines Ortes aufzudecken. Wollte er ihr etwas über die Insel erzählen, von dem sie nichts wissen sollte? Sie musste diese Möglichkeit auf jeden Fall in Betracht ziehen. Irgendwie gab es zwar jede Menge Fakten, doch es ergab noch keinen Sinn. Es schien alles in einer Sackgasse zu enden.

Als Amadea in der Küche angekommen war, stellte sie ihre Tasche auf dem Boden ab. Sie griff nach ihrem kleinen Notebook, das geladen auf dem Tisch lag, und rief ihr ursprüngliches Word-Dokument auf. Doch die Sätze, die sie während der letzten Tage geschrieben hatte, waren veraltet. Sie hatten nichts mehr mit dem zu tun, was sie heute wusste. Kurzerhand markierte sie alle Wörter und löschte sie.

Sie begann von Neuem, kramte ihr Notizbuch hervor und kritzelte Verschiedenes auf ein Blatt Papier. In der Mitte stand der Name Bernhard Dechert, von ihm gingen einige Pfeile ab, doch bis auf seine Ehefrau und seine Kinder hatte sie keine weiteren Personen notiert. Woher sollte sie wissen, mit wem Bernhard verkehrte, ob er eine Affäre hatte?

Warum zum Teufel dachte sie jetzt an Affären? Etwa weil sie vor wenigen Augenblicken de Vries getroffen hatte und er mit der Frage nach ihrer Mobilnummer ihre Vorstellungskraft auf Touren gebracht hatte? Streifzüge, an die sie noch nie gedacht hatte.

Sie zwang sich, diese Gedanken aus ihrem Kopf zu verbannen und stattdessen alles abzurufen, was sie mit Bernhard Dechert in Verbindung brachte. Sie hatte mit ihm telefoniert, das letzte Mal zwei Wochen vor ihrer Anreise. Von seinem Konzept hatte sie bereits lange im Vorfeld erfahren. Schließlich hatte es eine Weile gedauert, bis der frühere Pächter das Feld geräumt hatte, obwohl Dechert das Haus Jahre zuvor geerbt hatte. Sie fügte den früheren Pächter in ihrem Dokument hinzu. Der Entzug der Geschäftsgrundlage konnte schon kriminelle Energie freisetzen. Morgen würde sie Lea beiläufig nach dessen Namen fragen.

»Am besten, Sie kommen zur Neueröffnung«, hatte er ihr damals vorgeschlagen. »Wenn Sie über das Lokal schreiben möchten, wäre das doch die ideale Gelegenheit.«

Hatte er tatsächlich geglaubt, dass es ihr darum ging, ihn ins rechte Licht zu setzen?

»Sie wissen schon, für welches Magazin ich schreibe, nicht wahr?«, hatte sie ihn gefragt, eine Art Steilvorlage, um seine Aussage zu revidieren. Doch das hatte er nicht getan.

»Sie schreiben für ›Terra‹, das haben Sie mir doch gesagt.«

»Ja. Das ist aber kein Magazin, das für irgendwelche Kneipen Werbung betreibt«, half sie ihm auf die Sprünge. »Oder etwas darstellt, wie es in Wirklichkeit nicht unbedingt ist. Woher wollen Sie eigentlich wissen, dass ich positiv über Ihr Lokal schreibe?«

»Na ja. Warum haben Sie sich denn sonst bei mir gemeldet?«, fragte er erstaunt. »Ich dachte, dass Ihnen mein Konzept gefällt.«

»Das tut es auch. Aber das heißt noch lange nicht, dass ich Sie und Ihr Lokal in den Mittelpunkt meiner Reportage stelle. Schon mal darüber nachgedacht, dass ich über Moral und den Werteverfall von Mittfünfzigern schreiben könnte und Sie mir mit Ihrer Kneipe die richtige Plattform liefern?«

Sie hatte sich geärgert, dass er sich nicht einmal mit dem Inhalt ihrer Reportagen auseinandergesetzt hatte. Sie starrte auf ihr Blatt. Was wusste sie noch von ihm? Über ihn? Wo lag der Schlüssel für sein Verschwinden?

Georg kam in einer karierten Schlafanzughose und einem weißen T-Shirt zur Tür herein. »Hey, du bist schon wieder zurück? Dann können wir ja noch ein Bier trinken. Ein alkoholfreies natürlich.«

»Ich dachte, du schläfst schon.« Sie gab ihm einen langen Kuss. »Oder wälzt deine Akten von A bis Z.«

»Das ist ein anderes Thema. Darüber möchte ich jetzt nicht reden. Woran arbeitest du?«, fragte er, bevor er ausgiebig gähnte und sich streckte.

»An dieser Reportage über Decherts Lokal. Fällt dir noch irgendetwas zu ihm ein?«

Er gähnte ein weiteres Mal. »Nur dass seine Tochter bei unserer Anreise etwas davon gesagt hat, dass sie ihren Vater seit Freitagvormittag nicht mehr gesehen habe.«

»Du hast recht. Daran habe ich überhaupt nicht mehr gedacht.« Sie schlug sich mit der flachen Hand auf die Stirn. »Was war das noch?«

Gemeinsam versuchten sie, das Gespräch zwischen Valentina und Bernhards Tochter am Anreisetag zu rekonstruieren.

»Ich habe nicht wirklich auf die Kinder geachtet«, gestand Amadea.

»Weil dir die öde Ferienwohnung die Laune verdorben hat.«

»Im ersten Moment, ja«, gab sie zu. »Aber wenn ich so nachdenke, stimmt, die beiden haben darüber gesprochen.«

»Die haben doch was von einem Arzt erzählt.«

Sie verzog das Gesicht. »Was für ein Arzt?«

»Weiß ich nicht mehr, die Kleine hat nur gesagt, dass ihr Papa beim Arzt ist.«

»An sich nichts Außergewöhnliches. Könnte alles sein.«

»Richtig.«

»Vielleicht hat er erfahren, dass er unheilbar krank ist, und hat seinem Dasein ein Ende gesetzt«, mutmaßte Amadea.

»Kann es sein, dass deine Phantasie gerade mit dir durchgeht?«

***

Ihr Plan war gut. Teuflisch gut. So gut, dass sie regelrecht beflügelt war, geradezu über sich hinauswuchs. Trotzdem überprüfte sie in Gedanken immer wieder die Abfolge der Tat, kalkulierte die Minuten, die es dauerte, bis das Mittel wirkte, und berechnete die Zeit, die ihr dann noch zur Verfügung stand. Würde sie unter dem Einfluss von Adrenalin genauso schnell handeln? Oder wären ihre Sinne gelähmt, und sie musste einige Minuten Puffer berücksichtigen?

Egal. Sie würde genügend Zeit einplanen. Zeit, um den Mann ans Meer zu bringen. Zeit, um sich selbst zu beruhigen, und Zeit, um den letzten Schritt durchzuführen.

Mit dem Fortschritt ihrer Vorbereitungen war sie sehr zufrieden. Das Medikament hatte sie besorgt. Natürlich in einer Apotheke, wo es viel Laufkundschaft gab und man bei einer Frau mit Sonnenhut und Sonnenbrille keinen Verdacht schöpfte. Sie hatte genügend Tabletten zu feinstem Staub zermahlen. Getestet, ab welcher Anzahl sich das Getränk trübte, und ausgerechnet, wie lange die Bewusstlosigkeit mit dieser Menge an Tabletten anhielt. Sie war bereit.

Nun kam der letzte Teil, den sie durchdenken und koordinieren musste, ein gewaltiger, den sie auf keinen Fall außer Acht lassen durfte. Sie musste ihre eigenen Spuren nicht nur verwischen, sondern welche legen, die von ihr wegführten. Am besten weit weg. Weg von der Insel.

Doch wenn die Polizei sie trotz aller Sorgfalt und Mühen verdächtigte, musste sie auch dafür gewappnet sein. Sie brauchte ein Alibi.

Dienstag

Er lief langsam der aufgehenden Sonne entgegen. Es waren nur noch fünf Tage bis zum Islandman. Georg konnte sich weder eine Zerrung noch eine andere Verletzung erlauben. Nicht auszudenken, wenn er bei dem Triathlon, für den er seit Monaten trainierte, nicht antreten konnte, nur weil er sich im Training übernommen hatte.

Der Sport beflügelte ihn regelrecht. Er setzte positive Energie frei. In der Zwischenzeit genoss er seine Auszeiten richtig. Bewusst nahm er sich die Zeit, um Sport zu treiben. Egal, ob morgens oder abends, auch am Wochenende war er meistens länger mit dem Fahrrad unterwegs. Er brauchte diese Zeit nur für sich. Er wusste zwar, dass er damit Amadea keinen Gefallen tat. Sie bat ihn regelmäßig, etwas mit den Kindern zu unternehmen, doch er musste auf sich und seine Bedürfnisse achten.

Sein Puls war im unteren Bereich, wie ihm seine Armbanduhr verriet. Er versuchte, sich darauf zu konzentrieren und an nichts anderes zu denken. Doch das klappte selten. Oft war er bei seinen Fällen, heute war er bei Amadea. Sie hatten die Rollen getauscht. Sie war diejenige, die total gestresst war und keine freie Minute für sich hatte. Doch sie sah überhaupt nicht ein, dass der Stress sie krank machte. Die Situation machte ihm Angst.

Als er die Promenade hinter sich ließ und vom Weststrand in Richtung Hafen lief, kreisten die Möwen an einer Stelle über ihm. Ein Mann stand ebenfalls dort. Sein Hund schnüffelte an etwas, das auf dem Boden lag. Was war dort? Weit und breit war keine Buhne mehr in Sicht, die Flut hatte bis auf Weiteres alle Kleintiere verschluckt. Der Mann eilte hin und her und wirkte dabei hilflos. Zwischendurch schrie er seinem Hund etwas gegen den Wind zu.

Georg erkannte noch nicht, um was es bei der Hektik zwischen Vögeln, Mensch und Hund ging. Doch je näher er kam, desto deutlicher wurde es. Als er die Gliedmaßen sah, sprintete er los. Er achtete in diesem Moment nicht auf seine Pulsuhr, die ihn mit einem lauten Fiepen daran erinnerte, dass sein Puls oberhalb seiner Belastungsgrenze war. Er rannte, bis er neben dem Spaziergänger stand, der seinen Hund verbotenerweise ohne Leine laufen ließ.

Groß, lang und leblos. Es war zu spät. Er war lange genug im Geschäft, um zu wissen, dass es sich bei dem Etwas zu seinen Füßen um eine Leiche handelte. Der Mann, der vor ihm lag wie eine angefressene Vogelscheuche, war seit einer Weile tot. Sein Gesicht war aufgedunsen, da, wo früher sein rechtes Auge gewesen war, klaffte nun ein Loch. Jeder andere hätte sich bei diesem Anblick übergeben. Doch Georg war Polizist. Es gab nicht viel, was er noch nicht gesehen hatte, aber diese Leiche ließ auch ihn erschaudern.

»Der ist tot«, meinte der Mann, der zwar ein Telefon in der Hand hielt, offenbar aber den Notruf noch nicht abgesetzt hatte.

»Hey, Sie«, rief Georg völlig außer Atem, bevor er vor dem Fußgänger in die Hocke ging, um wieder zu Luft zu kommen. »Jetzt geben Sie schon her«, sagte er und riss dem Mann das Telefon aus der Hand. Er musste die Polizei verständigen. »Und führen Sie, verdammt noch mal, Ihren Hund an der Leine, bevor er den Toten zerfetzt.«

Georg zögerte nicht und wählte entschlossen die 110.

***

Die Frau griff nach dem Messer. Fixierte ihn mit ihren leuchtenden Augen wie einen Dämon. Sie ging einen Schritt auf ihn zu und hob das Messer wie zu ihrer Verteidigung. Als sie es gerade in seinen Bauch rammen wollte, schreckte de Vries aus dem Schlaf hoch. Er rieb sich die Augen. Überzeugte sich davon, dass er nur geträumt hatte. Er schüttelte den Kopf, um zur Besinnung zu kommen.

Dann realisierte er, was los war. Zum Teufel mit diesem Pseudowecker in seinem neuen Smartphone. Mal funktionierte er einwandfrei und dann wieder überhaupt nicht. Wie konnte das sein? An einem solch wichtigen Tag. Er musste zurück nach Aurich zum Amtsgericht. De Vries gähnte und verfluchte sich für seinen Abstecher in die Milchbar. Es war bereits sieben Uhr. Die erste Fähre um kurz nach sechs Uhr hatte er verpasst. Die zweite würde er auch verpassen. Sie ging in einer Viertelstunde.

Warum zum Teufel war er gestern so lange wach geblieben? Inmitten eines Falles, der mit jedem weiteren Puzzleteil dubioser zu werden schien. Sie hatten zwar einen Vermissten, aber keine Leiche. Kein Erpresseranruf war bisher eingegangen. Es fehlte jeder Hinweis auf ein Gewaltverbrechen, es gab keine Zeugen. Was sie hatten, waren Aussagen von zwei Frauen. Amadea König und Lea Dechert. Letztere behauptete, dass jemand ihren Mann um Schutzgeld erpresst hatte. Die Tasche mit dem Geld sprach womöglich dafür. Doch konnte er ihr glauben? Oder war das einfach nur eine Geschichte, um von ihrer Person abzulenken?

Die meisten Verbrechen geschahen im engsten Umfeld des Opfers, schlimmer noch, in den eigenen vier Wänden. De Vries fiel ein Zitat ein, das Josef Wilfling einmal auf einem Seminar gesagt hatte: »Wenn Sie denken, Sie sind zu Hause und sicher, die Tür ist abgeschlossen, die Rollläden unten, dann fängt das Grauen erst richtig an.«

De Vries zog sich den dunkelblauen Rollkragenpullover über und zwängte sich in sein bestes Sakko. Er wollte schließlich Eindruck schinden. Er hatte zwar vorgehabt, sich extra für den Gerichtstermin ein neues Jackett zuzulegen, doch dann hatte er plötzlich nach Norderney fahren müssen. Seine Einkaufsplanung hatte er kurzerhand über Bord geworfen und zum Glück sein altes graues Sakko in die Tasche gestopft. Als er auf die Uhr blickte, erschrak er erneut. Er musste sich beeilen, wenn er die Fähre um kurz nach acht Uhr erreichen wollte. Welchen Eindruck würde er auf den Richter machen, wenn er zu spät kam?

Draußen schwang er sich auf das Fahrrad, das Tjaden ihm für seinen Aufenthalt auf Norderney geliehen hatte. So konnte er schnell an jedes Ende der Insel kommen. Er trat in die Pedale, fuhr an der Oderstraße vorbei, am großen Parkplatz der Frisia, bis er schließlich auf den kleinen Pfad einbog, der parallel zum Damm bis zum Hafen führte.

An der riesigen Baustelle, die aus dem Hafen eine unübersichtliche Ansammlung von Kränen, Radladern und Bauzäunen machte, kettete de Vries das Fahrrad an, bevor er schnellen Schrittes zur Fähre ging.

Als er endlich auf einem Platz im bewirteten Bereich der Fähre saß, eine Tasse dampfenden Tees vor sich, schaute er zum ersten Mal an diesem Tag auf sein Smartphone. Mittlerweile reihte er sich ein in die Menschenmenge, die sich mehr mit ihrem Telefon beschäftigte als mit ihren Mitmenschen. Drei neue Nachrichten von seiner Tochter ließen ihn kurz zusammenzucken. Er hatte sich noch immer nicht daran gewöhnt, die volle Verantwortung für das Leben einer weiteren Person übernommen zu haben. Mit allem, was dazugehörte. Er scrollte nach unten und entspannte sich, als er die Bilder sah. Gestern Abend hatte sie ihr Abendessen fotografiert und ihm ein Foto gesendet. Nachdem er sich nicht zurückgemeldet hatte, hatte sie vor einer Viertelstunde auch ein Abbild ihres Müslis geschickt und die Nachricht: »Alex, alles klar? Heute ist der Termin, du weißt schon. Du musst pünktlich sein. Oder überlegst du es dir gerade anders?«

Statt zu schreiben, entschied er sich für einen Anruf. Das war ihm immer noch das liebste Medium, konnte er dann wenigstens die Gefühlslage in der Stimme seines Gegenübers deuten. Er hielt wenig von Emojis.

»Guten Morgen, Jessica, wie geht es dir?«, fragte er, während er ein Stück Kluntje in seinen Tee fallen ließ.

»Alex. Wie schön, dass du dich meldest. Wo steckst du denn?«

»Unterwegs. Ich habe verschlafen.«

»Aber du kommst doch pünktlich zum Termin, stimmt's?« Ihre Stimme klang besorgt. »Wir dürfen uns hier keinen Ausrutscher erlauben. Mutter wird das sofort gegen uns verwenden.«

»Nein. Ich schaffe das schon. Hast du gut geschlafen?«

»Ja. Kein Problem. Tante Rosa war gestern Abend da, bis ich ins Bett gegangen bin. Ich wollte nicht bei ihr schlafen. Heute Morgen stand sie bereits um halb acht wieder auf der Matte. Und das, obwohl ich heute länger hätte schlafen können.«

»Sie nimmt ihren Job eben sehr ernst.«

Zum Glück wohnte seine Schwester nur einige Straßen weiter. So konnte sie immer nach dem Rechten sehen, wenn er im Dienst war und es abends spät wurde.

»Darauf kannst du wetten. Sie hat mir sogar Grünkernbratlinge vorbeigebracht.«

»Die waren aber nicht auf deinem Foto«, meinte er lachend.

»Nee, warum auch? Du weißt ja, das vegane Zeugs ist nicht so meins. Ich habe sie darum gebeten, mir mit ihren Ernährungsweisheiten vom Hals zu bleiben. Nur damit du Bescheid weißt, wenn sie fragt.«

»Oh. Musste das sein?«

De Vries wusste, wie seine Schwester reagierte, wenn sich jemand nicht ethisch und nachhaltig korrekt ernährte. Sie war mittlerweile Mitglied bei Greenpeace, Foodwatch und diversen anderen Vereinigungen, um das Wohl von Menschen, Tieren und Pflanzen zu schützen. Er hatte keine Ahnung, woher sie die Zeit dafür nahm, arbeitete sie doch den ganzen Tag beim Finanzamt und kümmerte sich zusätzlich des Öfteren um Jessica. Außerdem trainierte sie regelmäßig und absolvierte mindestens einen Marathon im Halbjahr.

»Glaube mir, das war notwendig. Ich habe keine Lust, jedes Mal mit ihr aneinanderzugeraten, wenn es ums Essen geht. Ich habe mir dann eine Pizza bestellt. Vegetarisch, ohne Käse, also vegan.«

»Als Wiedergutmachung sozusagen?«

So viel Feingefühl hätte er Jessica noch nicht zugetraut. Sie war schließlich eine Vierzehnjährige, die noch bis vor einem Jahr bei ihrer Mutter gelebt hatte, deren höchstes Ziel es war, alkoholisiert durch den ganzen Tag zu kommen. Sie hatte ihre Tochter vollkommen vernachlässigt. Jessica hatte es geduldet, weil sie es nicht anders kannte. Bis zu jenem Tag, an dem sie ihr Schicksal selbst in die Hand genommen hatte, vor seiner Haustür aufgekreuzt war und ihn vor eine Wahl gestellt hatte, die – im Nachhinein betrachtet – für ihn keine war. Sie hatte zu ihm gewollt, doch er hatte sie abgewiesen. Erst nachdem sie abgehauen war, hatte er kapiert, wie wichtig sie ihm war. Er dankte Gott, dass sie sich wiedergefunden hatten und Jessica ihm als Vater eine Chance gab.

»Ja. Stell dir vor, sie hat sogar mitgegessen, hihi.« Ihre Freude war nicht zu überhören.

»Gut gemacht. Ihr entwickelt euch wirklich noch wie Bonnie und Clyde.«

»Alex, ich bin vierzehn. Diese Namen sagen mir beim besten Willen nichts.«

De Vries verzichtete darauf, die Geschichte um das zwielichtige Verbrecherehepaar, dessen Leben tragisch endete, weiter zu erklären.

»Jessica, ich glaube, es ist am besten, wenn wir zusammen zum Gericht fahren. Was meinst du?«

Sie hörte auf zu lachen. »Ja. Klingt gut.«

»In Ordnung. Ich hole dich um Viertel vor zehn zu Hause ab. Bis später, ja?«

De Vries steckte das Smartphone in die Tasche und dachte über den merkwürdigen Fall nach. Seine Gedanken bildeten ein Knäuel aus unsichtbaren Fäden, das er nicht sortieren konnte. Noch nicht. Er wusste, es war eine Frage der Zeit, bis er das Durcheinander entwirrte.

Gestern Abend hatte er tatsächlich Zerstreuung gesucht, Ablenkung von diesem Fall, von seinen privaten Nöten. Ablenkung von seiner Exfreundin, die sich in den letzten Tagen in seinen Kopf geschlichen hatte wie ein Trojaner in einen ungeschützten Rechner. Die Frau, die ihn vor über vierzehn Jahren erstmals an seiner Menschenkenntnis zweifeln ließ.

Sein gestriger Besuch in der Milchbar hatte ihm unverhofft viel eingebracht. Das Zusammentreffen mit Amadea König war so aufschlussreich gewesen wie eine Stunde bei dem Internetguru Frank Thelen, wenn es um digitale Technik, Apps oder Smartphones ging. De Vries vermutete nun nicht nur, dass Geld eine wesentliche Rolle in dem Vermisstenfall spielen musste, dank Amadea König wusste er es jetzt. Doch er steckte in einem Dilemma. War sie wirklich die Gute? Handelte es sich tatsächlich um reinen Zufall, dass sie dieses Geld gefunden hatte? Konnte er ihr vertrauen? Immerhin würde die Polizei Fingerabdrücke auf den Geldscheinen finden. Die Abdrücke von Amadea König. Auch auf der Tasche, in der das Geld aufbewahrt worden war und die sie anscheinend mit ihren Kindern mit Papierschnipseln gefüllt hatte, würden ihre Fingerabdrücke sichergestellt werden.

Doch nicht nur letztes Jahr, sondern auch gestern Abend hatte er das eindeutige Gefühl gehabt, dass Amadea König eine wahrheitsliebende Frau war. Eine, die alles in ihrer Macht Stehende tat, um das Gute zu schützen und gegen das Böse zu verteidigen. Er konnte und wollte sich nicht vorstellen, dass sie eine von denen war, die täuschten, logen und betrogen. Außerdem klammerte er sich an jeden Strohhalm, der ihn bei diesem Fall weiterbringen konnte.

Sie war eindeutig eine kluge Frau, die er insgeheim bewunderte und die in ihm etwas auslöste. Er schüttelte den Kopf, bevor er nach draußen schaute und realisierte, dass die Fähre bereits zwischen den steinernen Dämmen fuhr und in Kürze in Norddeich anlegen würde.

Gefühle hin oder her, jeder Mensch konnte unter Umständen gefährlich sein. Seit gestern Abend hatte er den starken Eindruck, dass Amadea König ihm und seinen Gefühlen richtig gefährlich werden konnte. Ihm und ihrem Mann.

***

An diesem Tag war Tjaden wieder einmal früh auf der Wache. Er hasste es, wenn es auf der Insel Ungeklärtes gab. Ein Vermisstenfall war zwar noch kein Todesfall, geschweige denn ein Kapitalverbrechen, aber dennoch hatten er und sein Team alle Hände voll zu tun. Die Passagiere auf den Fähren mussten überprüft werden, ebenso alle Hinweise, die sie bisher von Lea Dechert erhalten hatten. Außerdem waren sie dabei, Bernhards gesamtes Privatleben auseinanderzunehmen.

Obwohl es Ende August war, herrschte noch immer Hochsaison. In wenigen Tagen begann der siebte Islandman-Triathlon, bei dem allerhand Straßen abgesperrt wurden.

Tjaden hatte seinen Kaffee noch nicht ausgetrunken, als Hillmann in sein Büro stürmte.

»Chef, es wird ernst.«

»Es ist immer ernst. Was ist denn los?«

»Wir haben eine Leiche. Am Weststrand. Gerade eben aufgetaucht.«

»Wie kann eine Leiche auftauchen?«

»Sie wurde angespült.«

»Angespült?«

Hillmann nickte. »Mhm.«

»Ist es Bernhard Dechert?«

»Das wissen wir noch nicht. Wir haben den Notruf gerade bekommen. Kommst du mit?«

»Was für eine Frage. Selbstverständlich.« Tjaden sprang auf, griff nach seiner dunkelblauen Jacke und nach der Mütze, die in seinem Büro an einem Haken hing. »Hoffentlich keiner, den es durch eine Schiffsschraube gedreht hat. Mann, das habe ich einmal gesehen. Das reicht mir fürs ganze Leben.«

»Der Mann, der uns informiert hat, war relativ entspannt. Also nicht so hysterisch wie manche, wenn sie eine Leiche sehen«, bemerkte Hillmann. »Von daher denke ich nicht, dass es sich um das Opfer einer Schiffsschraube handelt.«

»Das klingt ja schon mal gut«, sagte Tjaden, während sie durch die Glastür auf den Gehweg traten.

Hillmann zögerte. »Wollen wir nicht direkt die Kollegen informieren? De Vries und Gläser, meine ich. Die sind schließlich vom Fachkommissariat für Kapitalverbrechen.«

»Mhm. Richtig.«

Hillmann drehte sich um. »Ich übernehme das. Bin gleich wieder da.«

Zwei auf einmal nehmend sprang er die Handvoll Stufen zum Revier hoch und lief direkt in den Besprechungsraum. Von de Vries keine Spur. Auch Nina Gläser saß nicht wie sonst an ihrem Computer. Wo waren die beiden denn? Hillmann sah auch im ersten Stock nach ihnen. Oben begegnete er zwar einem Kollegen aus Kiel, der als Verstärkung bis zum Saisonende auf Norderney arbeitete, aber de Vries war nirgends zu entdecken.

»Frau Gläser?«, rief er, damit er nicht in die peinliche Situation geriet, sie womöglich unter der Dusche anzutreffen. »Herr de Vries? Wo stecken Sie denn?«

Nina lugte aus dem Badezimmer heraus. »Herr Hillmann, ich bin gleich so weit«, sagte sie, bevor sie die Tür vor seiner Nase wieder zuknallte.

Kaum eine Minute später kam sie heraus. »Ich hoffe nur, Sie haben eine gute Erklärung für Ihren Überfall.«

»Ist eine Leiche gut genug?«

»Tja. Alles, nur nicht das. Wo?«

»Am Weststrand. Wir fahren direkt hin. Sind Sie dabei?«
»Natürlich.«
»Was ist mit de Vries?«
»Der nicht.«
»Warum nicht? Kann er keine Leichen sehen?«
»Das auch. Aber das ist nicht der Grund. Er musste nach Aurich. Aber ich informiere ihn sofort.«

Nina eilte mit Hillmann die Treppen nach unten zu dem Polizeiauto, das vor der Tür stand. Tjaden saß bereits am Steuer und wartete nur darauf, losfahren zu können.

Nina drückte auf die Kurzwahltaste, unter der sie de Vries eingespeichert hatte. »Hallo, ich bin's. Bist du schon in Aurich?«

»Nein. Wo denkst du hin? Ich stehe gerade in einem Rückstau von der Fähre. Was ist los?«

»Eine Leiche wurde gefunden. Wir wissen noch nichts Genaueres, sind aber unterwegs. Ich melde mich, wenn ich mehr weiß.«

De Vries zögerte kurz. »Oh nein. Muss das ausgerechnet jetzt sein? Ich kann wirklich nicht, Nina. Das verstehst du doch, oder?«

»Logisch. Kümmere dich um deine Angelegenheit. Die ist wichtig. Ich komme hier schon klar.«

»Danke, Nina. Bitte mache Fotos und koordiniere alles, wie du es immer tust.«

»In Ordnung.«

»Da ist noch etwas. Ich habe gestern Abend noch Amadea König getroffen. Sie sagt, sie hat eine größere Menge Geld in ihrer Ferienwohnung gefunden. Wir müssen dem nachgehen und Lea später darauf ansprechen.«

»Ist gut. Bis später.«

Obwohl Tjaden sie im Rückspiegel betrachtete und Hillmann ein fragendes Gesicht machte, zog Nina es vor, nichts zu de Vries' Aufenthalt zu sagen. Das konnte er selbst machen, wenn er wieder da war und es für nötig erachtete. Wovon sie erst mal nicht ausging. Stille dominierte die Fahrt zum Fundort.

***

Bevor de Vries das Gericht betrat, drehte er sich noch einmal um. Ein weiteres Mal wägte er seine Entscheidung ab. Verhandlung hin oder her. Ein Toter wurde in seinem Zuständigkeitsbereich gefunden. Sollte er umkehren? War es richtig, Nina mit dem Toten allein zu lassen? Welche Verpflichtungen waren ihm wichtiger, die privaten oder die beruflichen? Egal, was er machte, ein schlechtes Gewissen war immer mit dabei.

»Komm schon, Alex«, rief Jessica, die bereits auf der obersten Treppenstufe angekommen war.

In diesem Moment wusste er, dass er die richtige Entscheidung getroffen hatte.

De Vries fand die Richterin auf Anhieb unsympathisch. Sie war als Vertretung für Richter Bohnacker erschienen, der sich während seiner Asienreise einen Infekt eingefangen hatte und bis auf Weiteres in Singapur im Krankenhaus lag. Ihre braunen kurzen Haare umgaben ihr Gesicht wie ein feiner Besen. Mit ihrem knallroten Lippenstift und dem schwarzen Talar sah sie wie eine Gehilfin des Teufels aus, die am Eingang zur Hölle Wache schob. Er drängte den Gedanken schnell von sich und zwang sich zu einem Lächeln, während sie ihm und seiner Tochter die Hand reichte.

»Guten Tag, Herr de Vries. Isabel Meinertzhagen. Schön, dass Sie es einrichten konnten«, meinte sie. »Wie man hört, sind Sie ja immer schwer beschäftigt.«

»Na ja. Wie jeder, der heutzutage einer ordentlichen Arbeit nachgeht, nicht wahr?«, stellte er mit einem Seitenblick auf seine Exfreundin Claudia Keller etwas lauter, als nötig gewesen wäre, fest.

»Drücken wir es mal so aus: Sie sind Ihrem Job verpflichtet.«

»Frau Meinertzhagen, nun fallen Sie doch bitte nicht mit der Tür ins Haus«, mischte sich seine Rechtsanwältin ein, die der Richterin ebenso die Hand entgegenstreckte und sich dabei zwischen sie und de Vries drängte. »Ich denke, wir sollten die Debatte später führen, wenn es so weit ist. Nicht wahr?«

Sie ließ die Hand der Richterin los, bevor sie ihre Tasche auf den Tisch stellte und die notwendigen Dokumente ordnete. Während die Richterin ihren erhabenen Platz einnahm, meinte de Vries, einen vertrauten Blick zwischen ihr und Claudia zu erkennen. Doch vielleicht sollte er sich zunächst zurückhalten und die Situation nicht überbewerten. Schließlich war Claudia auch keine Kriminelle.

Die Trümpfe lagen offensichtlich bei ihm. Er war gut vorbereitet und hatte sich um die Betreuung seiner Tochter gekümmert, wenn er beruflich nicht anwesend sein konnte. Er hatte mit ihr Hausaufgaben gemacht. Es war zwar anstrengend, Jessica abends nach der Arbeit mathematische Formeln zu erklären, aber es war notwendig, wenn sie ihr Ziel erreichen wollte. Und ihre besseren Noten zeigten, dass sie es gemeinsam schaffen konnten, dass sie ein gutes Team waren. Das wollte er sich von nichts und niemandem nehmen lassen. Weder von seiner Exfreundin noch von dieser Richterin, und zu guter Letzt wollte Jessica doch auch zu ihm.

»Guten Tag, dann wollen wir mal«, eröffnete die Richterin den Sorgerechtsprozess und leierte die Daten und Fakten in das kleine Diktiergerät, das vor ihr lag.

Er hatte keine Ahnung, wie es so weit hatte kommen können. Warum kümmerte sich Claudia jetzt um ihre Tochter? Was war der Grund, dass sie das Sorgerecht behalten wollte? Er verstand es einfach nicht. De Vries hatte keine andere Wahl. Er musste an diese private Sache herangehen wie ein Ermittler: Spuren finden und Motive nachvollziehen.

Ging es ihr um das Geld, das er ihr monatlich überwies, damit sie und Jessica gut über die Runden kamen? Obwohl Jessica bereits seit Monaten bei ihm lebte, hatte er die Zahlung noch nicht eingestellt. Würde sie ohne dieses Zubrot finanziell nicht klarkommen?

»Herr de Vries, am besten, wir fangen direkt mit Ihnen an. Es kann ja durchaus sein, dass Sie gleich wieder wegmüssen.«

De Vries reagierte nicht, doch seine Anwältin erhob die Hand. »Wenn hier irgendwo ein Mörder frei herumläuft, ist es seine Pflicht, zu gehen. Das können Sie meinem Mandanten nicht negativ auslegen. Er ist nun mal Polizist und nicht Rohrtechniker.«

»Ist ja schon gut. Herr de Vries, sind Sie bereit auszusagen?« Ihr Blick war freundlich, und doch signalisierte er, dass sie keine Schwächen duldete.

De Vries hatte es für keine gute Idee gehalten, wenn Jessica bei dem Prozess anwesend war. Genauer gesagt hatte er sich geweigert, sie mitzunehmen. Deshalb hatte er im Vorfeld viel mit ihr darüber diskutiert, denn vor Gericht würde sicherlich einiges vorgebracht werden, das nicht für ihre Ohren bestimmt war. Doch er hätte seine Tochter in der Zwischenzeit besser kennen sollen. Wenn sie sich etwas in den Kopf gesetzt hatte, zog sie das auch durch. Nun saß sie neben ihm und schaute ihn erwartungsvoll an. Sie legte große Hoffnung in ihn.

»Ja. Das bin ich«, antwortete er und wollte sich gerade erheben, um nach oben in den Zeugenstand zu gehen, als seine Anwältin ihn am Ärmel zupfte.

»Sie können hier sitzen bleiben«, flüsterte sie ihm zu.

De Vries zog die Augenbrauen hoch und schaute zu der Richterin, die ihn erstaunlicherweise anlächelte. »Hier ist das in Ordnung. Wir sind ja nicht bei einem Mordprozess.«

»Zum Glück«, entgegnete er ebenfalls mit einem Lächeln, wobei er an den Mann dachte, der in seinem Bezirk seit einigen Tagen vermisst war und wahrscheinlich gerade in diesem Moment offiziell fotografiert wurde.

Er hoffte inständig, dass sich alles zum Guten wendete und er nicht bald in einem Gerichtssaal saß, um bei einem Mord im Fall Dechert auszusagen. Ihm war seine Anspannung anzusehen, doch allmählich beruhigte sich sein Puls auch wieder.

»Herr de Vries, Sie sind Hauptkommissar hier in Aurich und leiten in dieser Position ein Team von zwölf Mitarbeitern. Wie möchten Sie für Ihre Tochter da sein, wenn Sie gerade an einem Mordfall arbeiten und Ihre ständige Anwesenheit gefordert ist?«, begann die Richterin mit der ersten Frage.

»Es ist alles organisiert. Meine Schwester lebt auch in Aurich, sogar nur wenige Straßen von unserer Wohnung entfernt. Jessica hat die Möglichkeit, in einer heißen Phase bei ihr zu übernachten, ohne dass es eine Veränderung in ihrem Alltag mit sich bringt. Sie kann weiterhin in dieselbe Schule gehen und ihre Freunde treffen. Kurzum alles tun, was sie macht, wenn ich zu normalen Bürozeiten arbeite.«

Er lehnte sich leicht zurück, überlegte es sich dann aber anders.

»Wenn ich Ihnen kurz unseren normalen Tagesablauf schildern darf?« Er wartete nicht auf ihre Antwort, sondern fuhr direkt fort: »Wir frühstücken morgens immer gemeinsam, und Jessica erzählt mir, was sie sich für den Tag vorgenommen hat. Sie fragt mich, ob sie nach der Schule dies oder das machen darf, und dann geht es los. Über den Tag verteilt schicken wir uns regelmäßig zu bestimmten Zeiten Nachrichten per WhatsApp. Ich weiß immer, womit sie sich gerade beschäftigt. Meistens schickt sie mir noch ein Foto dazu.«

»Kann ich das mal sehen?«, fragte die Richterin.

»Natürlich«, meinte er voreilig, bevor ihm siedend heiß einfiel, dass er zuletzt nicht erreichbar gewesen war und Jessicas Nachrichten ins Leere gelaufen waren.

Wenn er jetzt ihren Chat offenlegte, würde die Richterin bemerken, dass er letzte Nacht nicht nach Hause gekommen und Jessica allein in der Wohnung gewesen war. Er versuchte, seiner Anwältin ein Zeichen zu geben. Nervös schaute er schnell von rechts nach links und klopfte mit dem Finger auf die Dokumente, um ein wenig Zeit zu gewinnen. Mit dem Bein stieß er seine Anwältin unter dem Tisch an. Doch sie verstand nicht, merkte nicht, dass sich dies zu einer entscheidenden Situation zuspitzen konnte, die bereits jetzt, wenige Minuten nachdem der Prozess eröffnet worden war, seinen Ausgang bestimmen konnte. Wenn die Richterin bemerkte, dass er Jessica allein ließ, würde sie sicherlich nicht mehr lange überlegen und auch keine weiteren Fragen stellen. Sie würde ihm das Sorgerecht nicht zusprechen, denn dann war er keinen Deut besser als Claudia: nicht vertrauenswürdig, unzuverlässig und verlogen.

Langsam kramte de Vries sein Smartphone aus der Jackentasche und warf einen Blick darauf. Erleichtert registrierte er, dass Nina bereits dreimal versucht hatte, ihn anzurufen. Das bedeutete zwar nichts Gutes, könnte aber in dieser Situation die Rettung sein. Sein Telefon vibrierte erneut, und de Vries handelte überlegt.

»Frau Richterin, es tut mir leid, aber ich muss da jetzt rangehen«, sagte er und bedeutete Jessica mit seiner Mimik, dass sie ihr Smartphone nicht zeigen solle.

Für die Richterin musste es so aussehen, als bitte er seine Tochter um Entschuldigung, denn sie sah ihn nachsichtig an. Jessica runzelte zunächst die Stirn, dann aber nickte sie. De Vries war erleichtert. Sie schien ihn verstanden zu haben. Alle anderen glaubten vermutlich, dass sie ihm damit die Erlaubnis gegeben hatte, ans Telefon zu gehen.

Jessica unterstrich dies noch, indem sie meinte: »Nun geh schon ran, Alex. Wir wollen nicht, dass ein Mörder länger frei herumläuft als nötig.«

De Vries drückte auf das grüne Zeichen. »Ja, Nina. Was gibt es denn?«

»Der Tote ist der Vermisste. Bernhard Dechert«, sagte Nina ohne Umschweife. »Wann kommst du? Ich brauche dich hier.«

De Vries hatte nicht gedacht, dass ihm einmal eine Leiche aus der Zwickmühle helfen sollte. Doch genau das war in diesem Moment der Fall. Der tote Bernhard Dechert half ihm, dass er der Richterin die letzten Nachrichten, die er Jessica geschickt hatte, nicht zeigen musste. Sie würde nicht mitbekommen, dass die Vierzehnjährige die letzte Nacht allein in der Wohnung gewesen war, während er in der Milchbar etwas getrunken und anschließend auf der Dienststelle gearbeitet hatte. Er traf eine weitere Entscheidung. Die Gelegenheit kam wie gerufen.

»Ich bin schon unterwegs. Informiere bitte das fünfte FK, ja? Melde mich gleich noch mal.« Mit diesen Worten sprang er auf. »Als hätten Sie es gewusst, Frau Richterin. Wir haben einen Mordfall. Ich muss wirklich los. Können wir das Ganze in wenigen Tagen fortführen?«

Sie nickte ihm wohlwollend zu. »Wir werden die restlichen Fakten zusammentragen und anschließend wieder mit Ihnen sprechen. Würden Sie der Befragung von Jessica zustimmen, auch wenn Sie nicht dabei sind?«

De Vries überlegte einen Moment. Auf der einen Seite wollte er, dass diese Sache schnellstmöglich ein Ende fand. Auf der anderen Seite wollte er Jessica vor Gericht nicht allein lassen. Doch er vertraute ihr, sie würde das schon meistern.

»Machen Sie weiter.«

Die Richterin nickte ihm zu.

»Ich melde mich bei Ihnen«, sagte seine Anwältin.

»Klären Sie diesen Fall auf. Dann haben Sie mehr Ruhe«, meinte die Richterin.

»Danke.« Er wandte sich an Jessica. »Gut, dass deine Tante draußen wartet. Du gehst am besten heute direkt zu ihr. Es wird spät. In Ordnung?«

Er drückte ihr schnell einen Kuss auf die Stirn, verzichtete bei den anderen beim Abschied auf sämtliche Höflichkeitsfloskeln und ging strammen Schrittes aus dem Gerichtssaal.

Er hatte eine weitere Entscheidung getroffen. Und er hatte keine Zeit, diese zu bereuen. Als er an der frischen Luft war, atmete er tief durch. Einen Moment hatte er gedacht, seine und Jessicas Pläne würden einstürzen wie ein Kartenhaus. Dieser Gerichtssaal war für ihn unsicheres Terrain, er war froh, dieses gegen sicheres einzutauschen. Bei einem Verbrechen wusste er nämlich, was zu tun war. Das war sein Fachgebiet.

***

»Wo warst du denn?«, empfing Amadea Georg, als er zur Ferienwohnung hereinkam. »Du hast ja nicht einmal frische Brötchen dabei«, fügte sie enttäuscht hinzu.

Auf dem Frühstückstisch standen benutzte Schüsseln und Tassen. »Wir haben in der Zwischenzeit alle Porridge gegessen.«

Valentina und Henry spielten mit einem überdimensional großen Bagger, den die Dechert-Kinder ihnen ausgeliehen hatten. Auf dem Boden sah es aus, als hätte es in der Ferienwohnung geschneit. Eine leere Rolle Toilettenpapier lag in der Ecke und zeigte, woher die Schnipsel kamen, die die Kinder aufschaufelten und auf die andere Seite des Wohnzimmers fuhren.

»Ich wurde aufgehalten«, sagte er knapp. »Ich gehe schnell duschen, dann muss ich auch wieder weg.«

Er streifte das Chaos einen kurzen Augenblick, bevor er das Wohnzimmer verließ.

»Wohin denn?«

Als Georg ihr keine Antwort gab, folgte Amadea ihm ins Badezimmer. Sie half ihm aus den nass geschwitzten Klamotten und bemerkte, dass er völlig ausgekühlt war. »Du bist ja richtig kalt. Nicht, dass du krank wirst. Was hast du denn so lange gemacht?«

Er stieg unter die Dusche und stellte das heiße Wasser an. »Ich habe einen Toten gesehen und die Polizei gerufen.«

»Was?«, platzte sie heraus, bevor sie sich die Hand auf den Mund presste.

Ihren Kindern predigte sie, dass es nicht »Was?« hieß, sondern »Wie bitte?«, und nun rutschte es ihr einfach heraus. Hoffentlich hatten die beiden sie nicht gehört.

»Eine Leiche. Unten am Strand. Sie wurde angespült.«

»Ach du Schande. Ist es Dechert?«

In Amadeas Kopf wirbelten die Gedanken herum wie Blätter während eines Sturms. Nachdem sie sich gestern Abend mit de Vries getroffen hatte, hatte sie die halbe Nacht durchgearbeitet. Zunächst hatte sie sich eine Story zusammengesponnen und diese mit den Fakten, die sie kannte, belegt. Herausgekommen war eine Reportage, die Norderney zwar als attraktive Ferieninsel zeigte, aber doch die Nachteile vom Inselleben in den Vordergrund stellte.

»Ja, es handelt sich dabei um den Vermissten. Tjaden war gerade am Fundort und hat das bestätigt. Warum denn?«

»Na ja, warum? Weil ich heute früh bereits meine Reportage ans Magazin geschickt habe.«

»Ja, und was hat das mit dem Toten zu tun?«

»Wenn der Vermisste nun tot ist, stimmt die ganze Geschichte nicht mehr. Ich habe doch die These aufgestellt, dass die Leute, die hier wohnen und arbeiten, über kurz oder lang einen Inselkoller bekommen.«

»Ach, Amadea«, sagte Georg mit einer wegwerfenden Geste, bei der der Schaum gegen die Duschwand spritzte. »Ist das nicht ziemlich anmaßend von dir? Du kannst doch nicht einfach über die Menschen urteilen, die hier leben.«

»Ich urteile doch gar nicht. Das ist das Ergebnis aus meinen Recherchen. Wie würdest du dich fühlen, wenn du jeden Tag denselben Menschen über den Weg liefest?«

»Das tue ich. Ich bekomme aber keinen Koller deswegen.«

»Natürlich nicht. Du kannst dich auch einfach ins Auto setzen und einige Kilometer weit wegfahren. Dort kennt dich keiner mehr.«

»Das können die Norderneyer auch, nur eben mit der Fähre.«

»Mensch, Georg. Das können sie eben nicht. Wenn sie den ganzen Tag irgendwo arbeiten, können sie nicht einfach verschwinden. Außer freitags geht die letzte Fähre um Viertel nach sechs. Die können nicht irgendwo essen gehen, wo sie niemand kennt.«

»Aha, und du meinst, irgendwo essen gehen, ohne Bekannten zu begegnen, ist das Maß aller Dinge? Sorry, das ist mir echt zu schlicht.«

Er stellte das Wasser aus und trocknete sich ab. »Warum sprichst du nicht mit mir im Detail über die Story, bevor du sie wegschickst? Noch dazu, wenn es um unsere Lieblingsinsel geht. Muss ja nicht sein, dass du es dir hier mit den Menschen verscherzt, weil du irgendwelche wilden Phantasien hast.«

»Das mache ich doch sonst auch nicht. Du hast genügend mit dir und deinem Job zu tun.«

»Ja, aber hier wäre es ja möglich gewesen. Ich bin im Urlaub.«

»Georg, ich wollte schnell fertig werden, damit wir unsere kostbare freie Zeit miteinander genießen können. Was mache ich denn jetzt? Ich muss nachdenken.«

»Du ziehst die Geschichte zurück. Das machst du.«

Amadea gestikulierte wild. »Ja, du hast recht. Die Leiche! Sie verändert alles. Bernhard Dechert ist mit an Sicherheit grenzender Wahrscheinlichkeit nicht freiwillig verschwunden. Dann kann ich das auch so nicht schreiben.«

»Und was gedenkst du jetzt zu tun?«

Sie verzog das Gesicht. »Das, was ich immer tue, natürlich. Ich sitze den Polizisten auf dem Schoß und versuche möglichst viel in Erfahrung zu bringen.«

Georg zog seine Boxershorts an und drehte sich um. Er schüttelte den Kopf, während er sarkastisch lachte. »Nein. Nein. Und nochmals nein. Du mischst dich nicht in die Ermittlungen ein. Auf gar keinen Fall.«

»Was soll das?«, fragte sie irritiert, als hätte ihr jemand statt eines Kaffees einen Whisky eingeschenkt. »Ich verstehe dich nicht. Das ist doch mein Job.«

»Nein, das ist nicht dein Job, sondern der der Polizei. Außerdem bist du nicht allein. Wir sind dabei. Ich werde nicht zulassen, dass du dich in diesen Fall vergräbst, während auf dieser Insel ein Mörder frei herumläuft.«

»Steht etwa bereits fest, dass der Tote umgebracht wurde? Er könnte doch auch ertrunken sein, oder?«

»Amadea, noch mal: Du unternimmst hier gar nichts. Du sorgst dafür, dass unsere Kinder sicher sind. Ich muss jetzt zur Polizei.«

»Was machst du denn dort? Sag bloß, du willst dich in die Ermittlungen einmischen. Das lehne ich genauso ab wie du. Und zwar aus denselben Gründen.« Amadea rauschte wütend aus dem Badezimmer und knallte die Tür hinter sich zu.

Was sollte sie tun? Sie konnte sich nicht einfach so raushalten aus dieser Geschichte. Schon gar nicht, wenn sich diese in unmittelbarer Nähe abspielte und sie darüber hinaus eine Reportage über Norderney abgeben musste. Aber das Schlimmste war, dass sie genau wusste, dass Georg recht hatte mit seiner Forderung. Sie musste sich zurückhalten um der Kinder willen. Aber eine falsche Story durfte auch nicht gedruckt werden. Sie musste ganz schnell bei der Redaktion anrufen.

***

De Vries stand in Norddeich-Mole und blickte auf die digitale Anzeigetafel, die normalerweise die Abfahrt der nächsten Fähre ankündigte. Doch anstatt einer konkreten Uhrzeit zeigte sie lediglich vier rote Nullen, in der Mitte von einem Doppelpunkt getrennt. Einzig der einfahrende IC gab ihm Zuversicht, dass es in Kürze weitergehen müsste. Er ging in die Halle, um sich zu erkundigen, als er Christoph Onken, den Leiter des fünften Fachkommissariats, mit seinem Team sah.

»Hallo, Alexander«, begrüßte ihn dieser auch schon mit einem Schlag auf die Schulter. »Was machst du denn hier? Solltest du nicht schon längst bei der Leiche sitzen und Spuren verfolgen?«

»Bisher ist Nina das Trüffelschwein. Konnte ich ja nicht ahnen, dass der Vermisste gleich ins Wasser springt und als Wasserleiche wieder auftaucht.«

»Na, na. Nun mal nicht so voreilig mit den Äußerungen, was die Todesursache angeht. Nicht wahr?«

»Du, wir haben saftige Rechnungen gefunden, die an ihn adressiert sind.«

»Das passt vorne und hinten nicht zusammen. Die Leiche spricht nun nicht für die These Abhauen«, entgegnete Onken.

»Richtig, die Teile greifen noch nicht ineinander. Aber sag mal, wann geht denn nun die nächste Fähre?«, wollte de Vries wissen.

»Keine Ahnung.« Onken schüttelte den Kopf. »Es ist Niedrigwasser, zu wenig Wasser unter dem Kiel«, erklärte er. »Dazu noch die Hitze. Die Fähre könnte stecken bleiben. Dann fahren die lieber gar nicht.«

»Verdammt. Wir haben doch keine Zeit.«

»Keine Sorge, du bekommst die Leiche trotzdem zu Gesicht. Mein Mitarbeiter organisiert bereits einen Hubschrauber.«

De Vries fluchte innerlich weiter. Seit Jessica bei ihm lebte, wollte er einfach keine Toten mehr sehen. Denn seither dachte er jedes Mal, wenn er eine Leiche gesehen hatte, darüber nach, wie es wäre, wenn es ihn träfe. Was würde aus Jessica werden? Wer würde für sie sorgen? Sie war zwar kein kleines Kind mehr, aber dennoch brauchte sie jemanden, der die Verantwortung übernahm, bis sie volljährig wurde. Jemanden, der für sie da war und ihr Nähe gab. Er drängte den Gedanken von sich, wie immer, obwohl er wusste, dass er bald diese Dinge regeln musste. Auf keinen Fall durfte ein Vormund bestimmen, was aus ihr wurde, so wie damals bei ihm, nach der Sache mit seinen Eltern.

»Wann ist der Hubschrauber da?«

»Müsste bald kommen. Er sucht wohl nach einem geeigneten Landeplatz.« Der Wind trug bereits das Rotorengeräusch in ihre Richtung.

Als de Vries und die Kollegen vom fünften Fachkommissariat um die Mittagszeit am Weststrand ankamen, wirkte der Ort wie ausgewechselt. Die Flut hatte ganze Arbeit geleistet, als wäre es ihre Aufgabe gewesen, alles im Meer Befindliche an Land zu spülen. Jede Menge Treibgut und Algen bildeten eine lange Linie, eine natürliche Grenze zwischen Meer und Insel. Oder die Grenze zwischen Leben und Tod. An der Promenade hatte sich bereits eine Menschentraube gebildet, die sich um das rot-weiße Absperrband versammelte. Die Zuschauer streckten sich und standen auf Zehenspitzen, um besser sehen zu können, doch die Inselpolizei hatte längst ein Zelt um den Toten aufgebaut. Der sonst so friedliche Ort wirkte auf einmal ganz anders, das Blaulicht des Polizeiautos und das flatternde Absperrband machten das mehr als deutlich. Nun war etwas eingetreten, das der Insel ihre Ruhe und Unschuld nahm. Sie mussten erbarmungsloser Ermittlungsarbeit weichen.

»Gut, dass du da bist«, begrüßte Nina ihn, drückte ihm einen Schutzanzug und Handschuhe in die Finger.

Ungeduldig wartete sie, bis er sich angezogen hatte und sie ihn zu der Leiche führen konnte, wo bereits Tjaden und Linda Misser auf ihn warteten. Der Tote lag unter dem Zelt wie eine ausrangierte Schaufensterpuppe.

»Linda«, sagte de Vries zu der Notärztin, die seit einigen Jahren auf Norderney arbeitete. »Bist du immer noch hier?«

Demonstrativ streckte sie ihm den goldenen Solitärring, der an ihrem Ringfinger blitzte, unter die Augen und lächelte. »Wie du siehst, habe ich mich gut eingelebt. Und du? Immer noch auf der Suche nach der Richtigen?«, fragte sie sarkastisch.

Offenbar hatte sie seine damalige Zurückweisung trotz einer neuen Liebe nicht vollständig verwunden.

»Nein. Ich habe sie gefunden. Sie ist vierzehn Jahre alt und heißt Jessica«, meinte er mit einem Achselzucken.

Nina schaute ihn erstaunt an. Sie hätte wohl nicht erwartet, dass er so freizügig mit seinem Privatleben umging.

»Alexander. Du bist Polizist. Das kannst du doch nicht machen.« Mit ernstem Blick schaute Linda ihm direkt in die Augen.

Er konnte förmlich ihr Entsetzen und Unverständnis lesen. »Sie ist meine Tochter.«

»Du hast eine Tochter? Das wusste ich nicht.«

»Jetzt schon. So, was haben wir?« Er kniete sich neben den Mann, dessen Finger stark aufgequollen waren.

»Das ist Bernhard Dechert, den wir seit Sonntag suchen«, sagte Tjaden trocken.

»Das weiß ich bereits. Und weiter?« De Vries schaute Linda an.

»Bei einer Wassertemperatur von ungefähr sechzehn Grad tippe ich darauf, dass er seit zwei bis drei Tagen im Wasser liegt«, stellte sie fest.

»Das würde also zum Zeitpunkt seines Verschwindens passen«, bemerkte de Vries.

»Richtig.« Sie nickte.

»Irgendwelche Spuren, die auf Fremdverschulden hinweisen?«

»Bisher konnte ich nichts erkennen. Aber die Kollegen aus der Rechtsmedizin werden das schon richten.« Sie erhob sich und klopfte de Vries auf die Schulter. »Nichts für ungut. Bis zum nächsten Mal.«

»Mhm.« Er nickte nur, bevor er sich Tjaden zuwandte. »Wo genau ist er ins Wasser gegangen?«

»Das wissen wir noch nicht.«

»Können wir es irgendwie herausfinden?«

Nina mischte sich ein. »Ja. Ich habe bereits mit dem Hafenmeister gesprochen. Der kann uns das relativ genau berechnen. Allerdings können wir das Zeitfenster, wann der Tote hier angespült wurde, lediglich grob eingrenzen. Was zwischen gestern Abend und heute früh passiert ist, ist reine Spekulation.«

»Die Urlauber könnten hilfreich sein. Es ist warm, da sind die Menschen bis in die Nacht draußen unterwegs. Bezieh doch bitte die ›Norderneyer Badezeitung‹ mit ein. Wir müssen rausfinden, wer um welche Uhrzeit hier war.«

»Gute Idee.«

»Was habt ihr sonst noch unternommen?«, wollte de Vries wissen.

»Das volle Programm, de Vries, das volle Programm.«

Tjaden drehte sich bereits weg, als de Vries nachhakte: »Was heißt das?«

»Wir sind dabei, die Daten von der Schifffahrt auszuwerten. Welches Boot hat den Hafen von Norderney angefahren, und wann ist es wieder ausgelaufen? Wir untersuchen die Kameras auf den Fähren auf Unregelmäßigkeiten. Meine Mitarbeiter putzen bereits die Klinken, sie befragen die Nachbarn sowie die Angestellten von Bernhard Dechert. Kurzum: Wir drehen jedes Sandkorn auf der Insel um.«

»Sehr gut.« De Vries nickte zufrieden. Sie hatten trotz seiner Abwesenheit keine Zeit verloren. »Was ist mit der Identität des Toten? Sind wir absolut sicher, dass es sich um Bernhard Dechert handelt?«

»Ganz sicher. Auch Hillmann und Frau Misser haben ihn erkannt. Er war ja Norderneyer. Man begegnet sich oft genug auf der Insel.«

»Das heißt, seine Frau muss ihn nicht mehr identifizieren?«

»Nein.«

»Gut.« Er wandte sich an Nina. »Weiß sie schon Bescheid? Was ist noch zu tun?«

Sie schüttelte den Kopf. »Das steht uns noch bevor. Ansonsten läuft alles.«

»Den Täter finden«, rief Onken dazwischen, der sich die Leiche kurz angesehen hatte und nun dabei war, die Utensilien aus seinem Koffer auszubreiten.

»Das musst du mir erklären«, sagte de Vries.

»Ich zeige es dir.« Onken kniete sich neben den Toten und leuchtete ihm hinter das Ohr. »Hier«, sagte er, bevor er sich das andere vornahm, »auf beiden Seiten das gleiche Bild.«

»Wie von einem Knebel?«

»Höchstwahrscheinlich. Ziemlich stramm gezogen. Kleinste Äderchen sind dabei geplatzt.«

»Und den hat man entfernt, bevor man ihn ins Wasser geworfen hat, damit es wie ein Unfall aussieht.«

Onken nickte. »Deine Kombinationsfähigkeit ist unschlagbar, de Vries.«

»Raubmord?«

»Wohl kaum. Er trägt seinen Geldbeutel und sein Handy noch immer bei sich.«

Tjaden räusperte sich. »Ich weiß jetzt nicht, ob das zu weit hergeholt ist, aber das hier erinnert mich an einen ähnlichen Fall. Ein Junge ist damals auf einer Buhne ausgerutscht, mit dem Kopf aufgeschlagen und dann bewusstlos ertrunken. Nach einigen Tagen wurde er auf der anderen Seite der Insel angespült.«

»Sie meinen, ähnlich, was die Todesursache angeht?«, vergewisserte sich de Vries.

»Natürlich, und das Auffinden. Es ist eins zu eins das gleiche.«

»Wann war das?«, wollte de Vries wissen.

»Vor einigen Jahren.«

»War das damals wirklich ein Unfall, oder gab es etwas Ungeklärtes?«

»Ganz klar ein Unfall. Damals gab es keine geplatzten Äderchen oder einen anderen Hinweis auf ein Fremdverschulden.«

»Hatte Bernhard Dechert etwas damit zu tun?«

»Nein. Zu der Zeit war er noch nicht wieder zurück auf der Insel. Ich glaube, er hat damals in der Nähe von Dresden gearbeitet.«

»Bitte suchen Sie mir trotzdem die Akte heraus. Wir sehen uns um sechzehn Uhr zur weiteren Besprechung auf dem Revier.« De Vries drehte sich zu Nina. »Ich geh dann mal zu Lea Dechert.«

Er verabschiedete sich von Onken. »Hervorragende Arbeit, Christoph. Ich weiß, dass du dich nicht voreilig zu irgendwelchen Aussagen hinreißen lässt, es wäre aber gut, wenn du die Obduktion so schnell wie möglich durchführen könntest.«

»Keine Frage. Wir fliegen die Leiche mit dem Hubschrauber direkt nach Oldenburg. Wer von euch kommt mit?«

»Nina. Übernimmst du das, bitte?«

De Vries wusste zwar, dass auch sie diesen Teil hasste. Doch er konnte jetzt nicht weg. Er musste das große Ganze im Blick behalten, Gespräche führen und über den Täter nachdenken.

»Mir bleibt ja wohl keine Wahl. Wann fliegt ihr?«

Onken überlegte einen Moment. »Wir müssen den Fundort zwar gründlich absuchen, aber die Leiche soll schnellstmöglich in die Rechtsmedizin. Ich denke, nach der Besprechung müssten wir so weit sein.«

De Vries fuhr wie die meisten auf Norderney mit dem Fahrrad. Er stellte das Inselfahrrad vor Decherts Haus ab und verzichtete darauf, es abzuschließen. Er öffnete das quietschende Gartentor und ging zur Haustür, dabei sah er trotz des schönen Wetters weder Amadea noch irgendwelche Kinder im Garten. Auch Lea war nicht vor dem Haus beschäftigt. Er klingelte, doch niemand öffnete. Wenige Sekunden später klingelte er erneut. Er schaute auf die Uhr, überprüfte auf seinem Telefon, ob er eine weitere Nachricht von Jessica bekommen hatte, und drückte ein drittes Mal, diesmal länger. Doch die Tür blieb verschlossen.

War Lea in das Lokal gefahren, um dort ihren Mann zu ersetzen? Durch die nach außen gewölbten gläsernen Einsätze spähte er nach drinnen. Ihm war es, als hätte er verschwommen einen Schatten gesehen. Nun wurde er ungeduldig. Er drückte auf die Klingel und ließ den Knopf nicht mehr los. Wer schlich da im Haus herum? Es war doch nicht etwa wieder Amadea König, die der Polizei erneut einen Schritt voraus sein wollte?

Er drückte seine Nase an das Glas und verfluchte den Erfinder blickdichter Glastüren. Er konnte lediglich Umrisse erkennen. De Vries hämmerte an die Tür. Als sich wieder nichts tat, schlich er um das Haus herum. Zum Teufel mit den Vorschriften. Er wollte nun wissen, was hier vor sich ging. Und vor allem, wer sich in Decherts Heim zu schaffen machte.

Als er auf der anderen Seite angekommen war, blickte er durch die Terrassentür hinein. Was er dort sah, hatte er so nicht erwartet. Eine ihm unbekannte Frau hockte auf dem Boden. Sie sah zwar aus wie Lea Dechert, doch ihre Haltung war eine andere. Sie machte einen wütenden Eindruck. Es schien ihr gleichgültig zu sein, ob er sie sah.

De Vries klopfte vorsichtig und schaute ihr dabei direkt in die Augen. Er erkannte sofort, dass es sich um Lea Decherts Schwester handeln musste, so groß war die Ähnlichkeit. »Machen Sie auf. Das bringt doch nichts.«

Sie erhob sich langsam, wischte sich über die feuchten Augen und öffnete ihm. »Was wollen Sie?«, fragte sie schniefend. »Lassen Sie mich in Ruhe.«

»Was ich will? Verdammt noch mal, was machen Sie hier? Warum haben Sie mir die Tür nicht geöffnet?«, wollte er wissen.

Er trat ein und überblickte die Situation: Papierkram, Fotos, Spielzeug. Alles lag wild auf dem Boden verteilt, und überall standen Schubladen offen. Sie schien ganze Arbeit geleistet zu haben.

»Wo ist Bernhard?«

»Können Sie mir jetzt bitte erst einmal sagen, wer Sie sind und was Sie hier machen?«

»Nein. Das tue ich nicht.« Sie verschränkte die Arme vor der Brust.

»Dann machen wir es eben auf die harte Tour.« De Vries zog seinen Ausweis aus der Tasche. »De Vries, Kripo Aurich. Kommen Sie bitte mit zum Polizeirevier. Dort können Sie mir alles in Ruhe erzählen.«

Sie sah ihn an und holte tief Luft. »Polizei? Das verstehe ich nicht. Was soll das denn?«

»Bitte klären Sie mich doch erst mal über Ihren Besuch hier auf.«

»Na gut. Bernhard hat sich am Freitag bei mir gemeldet und um ein Treffen gebeten.«

»Woher kennen Sie Bernhard Dechert?«, hakte de Vries nach.

»Er ist mein Schwager.«

»Dann ist Lea Ihre Schwester?«

»Natürlich, das sieht man doch.«

»Worüber wollte Bernhard mit Ihnen sprechen?«

»Das weiß ich nicht.«

»Und warum stellen Sie dann das Wohnzimmer hier auf den Kopf? Wonach haben Sie gesucht?«

»Nach Geld.« Sie zuckte mit den Schultern.

»Geld?«

»Ja. Lea hat mich beklaut, bevor sie vor Jahren nach Norderney abgehauen ist.«

»Geht das auch genauer?«

»Unsere Ähnlichkeit hat sie damals schamlos ausgenutzt. Sie ist zur Bank gegangen, hat mein Konto abgeräumt und hat sich dann auf Nimmerwiedersehen verabschiedet. Da ist es doch klar, dass ich nicht gerade positiv gestimmt bin.«

»Und warum tauchen Sie gerade jetzt auf?«

»Ich wusste doch nicht, wo sie wohnt. Sie hat den Kontakt abgebrochen, nachdem sie mir damals Bernhard weggeschnappt hat.«

»Das müssen Sie mir erklären«, sagte de Vries.

»Wir haben ihn fast gleichzeitig kennengelernt. Ich war in ihn verliebt, Lea wusste das. Sie hat ihm schöne Augen gemacht, und er hat sich für sie entschieden.« Sie fuhr sich durch die lockigen Haare und seufzte. »Bernhard geht nicht ans Telefon und meldet sich überhaupt nicht mehr. Wo steckt er?«

»Das kann ich Ihnen genau sagen.«

»Ach ja? Er wollte doch unbedingt mit mir sprechen. Seinetwegen bin ich den langen Weg hierhergefahren. Dann hat er hoffentlich eine gute Erklärung, dass er mich versetzt hat.«

»Die hat er. Glauben Sie mir.«

Sie zog die Augenbrauen hoch. »Ja, und? Nun sagen Sie schon.«

»Bernhard Dechert ist tot. Geben Sie mir bitte Ihren vollständigen Namen, Anschrift und Ihre Mobilnummer? Damit ich Sie erreichen kann, falls notwendig.«

Geistesabwesend hielt sie ihm ihr Portemonnaie hin.

»Frau Mürjan«, sagte er, nachdem er einen Blick auf ihren Personalausweis geworfen hatte. »Können Sie bitte das Chaos hier wieder aufräumen? Ihre Schwester muss jetzt nicht auch noch erfahren, dass Sie ein falsches Spiel spielen und bei ihr eingebrochen sind. Der Tod ihres Mannes ist tragisch genug.«

»Ich? Ich spiele kein falsches Spiel. Es ist Lea, die das falsche Spiel spielt. So war sie schon immer«, rief sie ihm hinterher.

»Wir werden sehen. Halten Sie sich bitte zu unserer Verfügung.«

Mit diesen Worten verließ de Vries das Haus durch die Eingangstür und radelte zur Seeklinik an die Promenade. Vielleicht hatte er Glück, und er würde Lea im Dienst antreffen. Sie musste schnellstmöglich hören, was mit ihrem Mann geschehen war, bevor sie es anderweitig erfuhr.

***

Von der Diskussion zwischen de Vries und Leas Schwester hatte Amadea nichts mitbekommen. Sie war mit einem viel emotionaleren Thema beschäftigt. Amadea fasste es einfach nicht. Wie konnte ihr Mann, der sie immer und überall unterstützte, geradezu ermunterte, weiterzumachen, nun sagen, dass sie sich aus diesem

Fall heraushalten sollte? Einem Fall, der direkt vor ihrer Haustür geschah. Er, der sie vor fast zwei Jahren dazu gedrängt hatte, ihr altes Netzwerk anzuzapfen, um sich endlich wieder in die Riege der Top-Journalisten einzureihen.

Jetzt hatte sie es geschafft. Ihre Leser erwarteten von ihr, dass sie hautnah am Geschehen war, dass sie Verdecktes öffnete und Missstände aufspürte. Sie konnte jetzt nicht einfach stillhalten und zusehen, wie an einem der schönsten Orte der Welt ein Verbrechen aufgeklärt wurde. Sie wollte ganz nah dran sein. Zur Not musste Georg mit den Kindern eben abreisen, wenn es zu gefährlich werden würde.

Im Wohnzimmer spielten Valentina und Henry ausnahmsweise mal gemeinsam und friedlich ein Brettspiel. Sie erklärte ihm hilfsbereit, wie es ging, wenngleich er es noch nicht wirklich verstand und die Klötzchen nur von A nach B schob. Georg saß auf dem Sofa und las in seiner Lieblingszeitschrift, in der es um Triathlon ging.

Sie schlich sich durch die Küche davon und wollte gerade die Wohnungstür öffnen, als Georg vor ihr stand.

»Wohin gehst du?«

»Ich?« Sie tippte mit dem Zeigefinger auf ihr Dekolleté.

»Ja. Oder siehst du hier sonst noch jemanden?«

Was sollte sie tun? Wenn sie keinen Ehestreit hervorrufen wollte, blieb ihr keine Wahl. Sie entschied sich für eine Notlüge. »Ich muss Windeln besorgen. Im Drogeriemarkt. Geht auch ganz schnell.«

»Aber das können wir doch später gemeinsam machen«, schlug er vor.

»Dann ist es vielleicht schon zu spät. Henry braucht dringend welche. Du weißt doch, dass ich das nicht leiden kann, wenn er mit einer vollen Windel durch die Gegend läuft.«

Sie griff nach ihrer Sonnenbrille, die auf der Ablage im Flur lag. »Ich bin gleich wieder da. Versprochen.«

»In Ordnung. Bringst du mir noch alkoholfreies Bier mit? Das gibt's da doch auch, oder?«

»Ich schaue mal«, rief sie ihm zu, bevor sie die Tür hinter sich zuzog und die knarzigen Stufen nach unten polterte.

Sie schwang sich auf das Fahrrad und fuhr den Verbindungsweg von der Nordhelmsiedlung entlang auf die Promenade, vorbei am Januskopf, dem Strandhotel Georgshöhe, der Milchbar, immer weiter an verschiedenen Cafés und Restaurants vorbei bis zum Weststrand.

Amadea konzentrierte sich so sehr auf ihre Gedanken, dass sie überhaupt nicht bemerkte, dass der Himmel nicht mehr blau war, sondern sich in eine graue Suppe verwandelt hatte, die am Horizont scheinbar mit der Meereskante verschmolz. Als sie das Zelt hinter dem Spielplatz und den Trampolinen sah, stieg sie ab und schob ihr Fahrrad langsam weiter. Sie konnte weder Tjaden noch de Vries am Fundort erspähen. So gesellte sie sich zu den Gaffern, die sich an der Absperrung versammelt hatten.

»Was ist denn hier passiert?«, fragte sie neugierig einen älteren Herrn, dessen Hund größer war als ihr Sohn.

»Da ist anscheinend ein Toter angeschwemmt worden«, informierte er sie.

»Ein Insulaner etwa?«

Der Mann kniff die Lippen zusammen. »Genaueres weiß ich nicht.«

Amadea sah den Männern einige Zeit zu, wie sie in ihren weißen Schutzanzügen sämtliche Spuren sicherten, bevor sie sich umdrehte.

War es Bernhard Dechert, und wenn ja, warum war er getötet worden? Sie hatte nicht die geringste Ahnung. Des Geldes wegen? Oder handelte es sich doch um eine Beziehungstat?

Sie hatte das Gefühl, dass sie das Puzzle aus der falschen Perspektive betrachtete. Allerdings stand für sie fest, dass sie hier an keine weiteren Informationen gelangen würde.

Wenn sie herausfinden würde, wer ein Motiv hätte, käme sie der Lösung bestimmt näher. Sie wollte zuerst den Rand und dann die inneren Teile finden.

***

Lea Dechert eilte geschäftig im Schwesternzimmer umher. In ihrer weißen Uniform unterschied sie sich nicht von den anderen Frauen und Männern auf der Station. Einzig die dunklen Ränder unter ihren Augen verrieten, dass sie sich derzeit in einer besonderen Situation befand.

»Sie arbeiten wieder?«, fragte de Vries, nachdem er angeklopft hatte.

»Ja. Diese ewige Warterei macht mich verrückt. Ich kann so gar nichts tun. Lieber helfe ich, wo ich kann.« Sie nickte lächelnd einem Patienten zu, der einen Schlauch in Mund und Nase hatte.

»Kennen Sie einen Ort, an dem wir kurz ungestört sind?« De Vries sah in den Gang, das war nicht der passende Ort für das, was er vorhatte. Er wollte nicht riskieren, dass Lea Dechert vor ihren Kollegen und Patienten zusammenbrach.

»Kommen Sie«, sagte sie und führte ihn in die Kantine, die zu dieser Zeit geschlossen war. Noch waren sie die Einzigen, die den freien Blick auf die Nordsee genießen konnten. Lea setzte sich ans Fenster, de Vries nahm ihr gegenüber Platz.

Mit Bedacht wartete er einen Moment, bevor er fast flüsterte: »Wir haben Ihren Mann gefunden.« Hoffnungsvoll schaute sie ihn an, doch er redete schnell weiter. Schüttelte den Kopf. Nahm ihr jede Hoffnung. »Er ist tot. Er wurde ermordet.«

»Was?«, waren die einzigen Worte, die sie herausbrachte, bevor sie in einen Weinkrampf verfiel, der jegliche Unterhaltung unmöglich machte.

De Vries verzichtete darauf, ihr auch mitzuteilen, dass sie gemeinsam mit ihren Kindern alles erben sollte und sie damit nun eine wohlhabende Frau war. Das wusste sie vermutlich ohnehin.

De Vries gab Lea einige Minuten Zeit, bevor er sich erkundigte: »Frau Dechert, es tut mir leid, aber ich muss Ihnen trotzdem einige Fragen stellen.«

Sie sah ihn erstaunt an. »Jetzt?«

»Ja, jetzt.« Das hasste er an seinem Job.

Sie biss sich auf die Unterlippe und nickte.

»In Ihrer Ferienwohnung wurde eine Tasche voller Geld versteckt. Woher stammt das?«

Sie verdrehte die Augen und verfiel in ihren herrischen Ton. »Ich weiß nichts von einer Tasche. Was für Geld soll das denn sein?« Sie wischte sich die Tränen weg und stand auf.

»Frau Dechert, ich bin noch nicht fertig. Setzen Sie sich bitte wieder.«

»Sie haben mir gerade eröffnet, dass mein Mann gestorben ist. Ich möchte jetzt allein sein. Bitte entschuldigen Sie mich. Ihre Fragen laufen Ihnen nicht davon.«

Der Mörder aber schon, ergänzte de Vries im Stillen.

***

Als Amadea den Schlüssel in das Schloss der Ferienwohnung stecken wollte, wurde die Tür vor ihrer Nase aufgerissen.

»Da bist du ja. Wir haben dich gesucht«, warf Georg ihr vor.

»Was ist denn? Alles in Ordnung?«

»Wo warst du?«

»Unterwegs.«

Amadea wollte und konnte Georg nicht schon wieder belügen. Sie war still, hoffte, dass er es dabei beließ. Doch Georg kannte sie. Er kannte ihre Macken, die positiven und die negativen. Er kannte sie in- und auswendig. Er wusste, wie es um ihre Stimmung bestellt war, wenn sie nur »Hallo« sagte. Es brachte nichts, ihm etwas vorzuspielen.

»Amadea, sag mir, was los ist«, forderte er sie auf.

»Ich möchte nicht darüber reden.«

»Das musst du aber. Du warst am Weststrand, stimmt's?«

Sie verdrehte nur die Augen.

»Du brauchst gar nicht so zu tun. Ich finde das nicht in Ordnung. Du kannst hier nicht die Heldin spielen, wenn unsere Kinder dabei sind. Denk daran: Für die bist du bereits eine Heldin. Und *die* haben dann auch die Windeln dabei, die sie besorgen wollten«, blitzte er sie an.

»Was soll ich denn nun tun?«

»Nichts. Hör mal, Amadea. Normalerweise ist es nicht schwarz und nicht weiß. Aber hier, in diesem Fall, ist das so.«

»Wie meinst du das?«

»Es ist schwarz. Im Klartext heißt das, du gefährdest unsere Kinder, wenn du dich in diesen Kriminalfall einmischst. Du bist hier nicht allein, und du bist für sie verantwortlich. Tag und Nacht, auch hier im Urlaub. Selbst wenn ein Fall vor der Haustür liegt und du darüber eine wunderbare Reportage schreiben könntest.« Er verschränkte die Arme. »Du bist jetzt nicht dran.«

»Ach, Mensch, Georg. Ich bin nie dran. Alles, was ich tue, ist entweder für das Magazin, für die Kinder oder für dich.«

»Nun übertreib nicht so.«

Sie steigerte sich immer mehr hinein. »Doch. Genauso ist es. Diese ewige Diskussion über Frauen, die sich entscheiden müssen. Für die Karriere oder für ein Kind. Das ist doch lächerlich. Es geht beides. Aber eben nicht zu hundert Prozent.« Sie prustete wütend aus. »Als Mutter musst du dich damit abfinden, dass du nicht jeden Tag in der Champions League spielst, und wenn du es doch tust, dann leiden deine Kinder. Denn dann gibst du ihnen nicht so viel Liebe, Nähe und Geborgenheit, wie sie brauchen. So einfach ist das. Wir Frauen sind gefangen zwischen diesen beiden Welten.«

»Bitte. Du lenkst total ab. Wir führen nun keine Grundsatzdiskussion über arbeitende Frauen. Wir finden es alle super, dass du arbeitest. Aber eben nicht an einem Kriminalfall. Wir sind auf einer Insel. Der Mann wurde vermutlich ermordet, und der Mörder läuft noch frei hier herum. Das geht doch nicht.« Georg kam einen Schritt auf sie zu. »Vielleicht sogar in diesem Haus«, flüsterte er. »Wenn du das nicht einsiehst, reisen wir ab. Entscheide dich.«

Amadea starrte aus dem Fenster. Sie sah, wie sich der Strandhafer im Wind bewegte und wie ein Kaninchen ein anderes verfolgte. Wie sehr wünschte sie sich die Leichtigkeit, die dieses Tier in sich trug, in ihr Leben zurück. Vielleicht war dies der erste Schritt dazu.

Sie drehte sich um. »In Ordnung. Du hast recht. Ich ziehe meine Geschichte nicht zurück. Es bleibt alles, wie es war. Ich mische mich nicht in diesen Fall ein.«

Der Zwiespalt, den sie seit Monaten in sich trug und den sie nicht zu beherrschen glaubte, hatte sich mit einem Mal aufgelöst. Einfach so. Sie hatte dem Magazin eine aussagekräftige Reportage über die Enge des Insellebens geliefert, einen nachvollziehbaren Bericht, den sie in aller Eile umgeschrieben hatte. Nun hatte er nichts mehr mit dem Lokalbesitzer zu tun und auch nichts mit dem Toten. Es ging einfach nur um die Probleme des Insellebens.

Jetzt hatte sie Urlaub. Sie war frei – und fühlte sich gut dabei. Zumindest glaubte sie das, bis ihr der tote Bernhard Dechert wieder einfiel.

***

De Vries setzte sich Nina gegenüber an den Tisch. Er legte sein Kinn auf seine gefalteten Hände und sah aus, als wollte er beten. Dann nickte er Nina zu, die sich erhob und an das Flipchart ging.

Sie malte ein Kreuz neben den Namen des Toten und drehte sich um. »Es ist Dienstagmittag. Willkommen zur ersten offiziellen Einsatzbesprechung im Mordfall ›Neptun‹. Wir haben die Akte umbenannt, da uns ›Lokalheld‹ unpassend erschien. Denn es ist nun traurige Gewissheit, dass der Vermisste nicht mehr lebt.«

Nina trank einen Schluck Wasser aus ihrem Glas und fuhr fort: »Er wurde heute Morgen von einem Spaziergänger mit Hund gefunden. Ein Polizist aus Karlsruhe hat dann den Notruf gewählt. Der Hundebesitzer war total durch den Wind.«

»Karlsruhe?«, hob Tjaden den Kopf. »Das ist aber nicht etwa der Mann von dieser Journalistin, die hier die Insel auf Trab hält, oder?«

»Georg König. Doch, das ist er«, stimmte de Vries zu.

»Diese Frau taucht doch nicht einfach zufällig andauernd auf? Und jetzt auch noch ihr Mann. Wenn ihr mich fragt, das stinkt.«

»Das mag sein. Wir behalten sie im Auge, und ich spreche nochmals mit ihr, wenn das Ihr Gewissen beruhigt, Herr Tjaden. Schreibst du ihren Namen mal bitte an die Wand?«

Für de Vries ging es jetzt noch nicht darum, Motive zu veranschlagen oder nachvollziehbare Thesen aufzustellen. Sie mussten die Fakten strukturieren. Das Umfeld des Toten sondieren. Dazu zählte auch Amadea König. Schließlich war sie mit ihm auf Norderney verabredet gewesen.

Nina erledigte es, ohne mit der Wimper zu zucken.

»Was ist eigentlich mit dem Geld, das sie mir gegeben hat? Wissen wir da schon etwas Neues?«, erkundigte sich de Vries.

»Außer ihren Fingerabdrücken und denen ihrer Kinder gibt es unzählige Spuren, auf die der Computer aber leider nicht anspricht. Geld wechselt schließlich häufig den Besitzer«, meinte Tjaden.

»Ich bin jedenfalls dafür, dass wir Amadea König noch mal auf Lea Dechert ansetzen. Vielleicht bekommt sie was raus«, schlug Hillmann vor.

De Vries war nicht wohl bei dem Gedanken, Amadea als Köder zu benutzen. Was, wenn Lea Dechert wirklich etwas mit dem Todesfall zu tun hatte? Würde sie dann so weit gehen und auch Amadea aus dem Weg räumen?

»Ich überlege mir das. Ich werde hier keine unschuldigen Menschen in eine Ermittlung hineinziehen. Infos von ihr anzunehmen ist das eine, sie gezielt einzusetzen ist eine ganz andere Dimension.«

»Aber wenn sie doch einen guten Draht zu Lea Dechert hat? Warum sollten wir das nicht nutzen, um an weitere Informationen zu kommen?«

»Weil wir uns überhaupt nicht sicher sein können, dass es sich dabei um wertvolle Neuigkeiten handelt.« Kaum hatte de Vries den Satz ausgesprochen, hörte er Amadeas Stimme draußen auf dem Flur.

Er erhob sich und öffnete die Tür. »Lassen Sie sie. Das ist schon in Ordnung«, sagte er zu dem Inselpolizisten, der versucht hatte, Amadea abzuweisen.

Er wandte sich ihr zu. De Vries musste sich konzentrieren, damit er sich nicht von dem hellgrauen T-Shirt mit den Glitzersteinchen oder von den gebräunten Beinen, die in Jeans-Shorts steckten, ablenken ließ. »Was wollen Sie hier?«

»Nur ganz kurz. De Vries, mir ist noch etwas eingefallen.« Sie linste aus dem Fenster hinaus. »Ich muss mich beeilen. Mein Mann steht da draußen. Der darf von meinem Besuch hier nichts mitbekommen.«

»Aha. Verstehe. Weil er auch mal Urlaub machen möchte?«

»Ja«, stimmte sie zu. »Und weil er uns aus dem Fall heraushalten möchte. Er ist Polizist, er sieht in jedem einen potenziellen Verbrecher. Er möchte uns nicht in Gefahr bringen«, flüsterte sie hinterher.

»Sehr vernünftig«, sagte de Vries.

»Aber das bin ich doch schuldig: meinen Lesern und auch Ihnen hier«, sagte sie, während sie ein weiteres Mal nach draußen schaute. »Dechert war krank, also zumindest vermute ich das. Er war am Freitag bei irgendeinem Arzt auf dem Festland.«

»Aha. Bei welchem denn?«

»Das weiß ich nicht. Aber seine Tochter hat das erzählt. Vielleicht ist das ja ein wichtiger Hinweis?«

»Das werden wir überprüfen, Frau König. Mit Sicherheit. Und nun gehen Sie wieder hinaus zu ihrer Familie.«

Er wollte ihr sagen, dass er den Abend mit ihr genossen hatte, und sie fragen, ob sie sich noch mal mit ihm treffen wollte. Verabredet, nicht zufällig.

Doch er sagte nichts von alldem. Stattdessen meinte er: »Lassen Sie uns unsere Arbeit tun. Sie können uns vertrauen.« De Vries hielt ihr die Tür auf. »Ihr Mann hat nämlich recht: Wenn auf der Insel ein Mörder frei herumläuft und wir sein Motiv nicht kennen, dann ist die Lage sehr ernst.«

»Ich weiß. Danke«, sagte sie und streifte beim Hinausgehen kurz seinen Arm. Sie beeilte sich zwar, das Revier zu verlassen, schaute aber dabei nochmals über ihre Schulter.

Als de Vries zur Besprechung zurückkehrte, war sie noch immer in vollem Gange. Die anderen unterhielten sich gerade über die Strömungen, die an verschiedenen Stellen lebensgefährlich sein konnten.

»Laut Hafenmeister ist der Tote mit auflaufendem Wasser am Weststrand angeschwemmt worden. Es kann aber durchaus sein, dass der Leichnam am Nordstrand ins Wasser geworfen und von der Unterströmung auf die offene Nordsee getrieben wurde«, vermeldete Tjaden. »Die kreuzenden Strömungen machen eine exakte Berechnung komplex.«

»Sobald wir wissen, wann genau Dechert gestorben ist, können wir auch die Stelle ausfindig machen, an der er ins Wasser geworfen wurde, richtig?«, vergewisserte sich Nina.

Tjaden nickte. »Das ist korrekt. Der Hafenmeister kann das anhand des Windes und der Strömung ziemlich genau ausrechnen.«

»Was es nicht alles gibt«, sagte de Vries. »Na, dann kommen wir ja Stück für Stück weiter. Prima. Gibt es sonst noch etwas?«

Die Kollegen schüttelten den Kopf.

De Vries hakte nach: »Was ist mit der Überprüfung der Fahrgäste? Was ist mit der Fangschaltung?«

»Da gibt es nichts. Hier läuft niemand herum mit einem Schild um den Hals, dass er ein Mörder ist«, meinte Tjaden trocken. »Der Staatsanwalt sieht bisher keine Notwendigkeit«, fügte er hinzu.

»In Ordnung. Dann habe ich nun eine Sonderaufgabe für Sie, Tjaden.« De Vries zeigte mit dem Zeigefinger auf ihn. »Amadea König hat gerade gesagt, dass Bernhard Dechert beim Arzt gewesen sein soll. Sie wusste nicht, bei welchem oder warum, nur dass es am Freitag war. Checken Sie das bitte?«

»Puh. Wird nicht einfach, aber das ist wohl eine Fleißaufgabe.«

»Stimmt.« De Vries stand auf. »Aber wenn Sie es geschafft haben, schlage ich Sie als Mitarbeiter des Monats vor.«

Die Kollegen lachten, doch de Vries war nicht nach Lachen zumute. Er befürchtete vielmehr, dass dieser Fall, der von Anfang an mysteriös begonnen hatte, immer schwieriger wurde. Der Vermisste war tot. Seine Ehefrau war nicht besonders mitteilsam, und seine Kinder wussten noch überhaupt nicht, dass er tot war. Und dann gab es noch Leas Schwester, die behauptete, Lea hätte sie vor Jahren bestohlen. Doch warum kam sie erst jetzt damit an? Und vor allem, konnte er ihr glauben?

De Vries starrte auf das Bild, das Nina aufgemalt hatte. Von Decherts Namen gingen einige Pfeile ab, einer zu seiner Frau, einer zu seinen Kindern. Es gab noch einen Pfeil zu den dubiosen Schutzgelderpressern und einen zu Herbert Schuster, den ehemaligen Pächter des Lokals, den sie inzwischen wieder gestrichen hatten. Jetzt stand da noch Kerstin Mürjan, die Schwester von Lea Dechert. Was war ihre Rolle in dieser Geschichte?

Nina sah auf ihre Uhr und sprang auf. »Sorry, Leute. Ich muss los. Die Kollegen vom fünften FK brechen gleich nach Oldenburg auf. Ich verpass sonst die Obduktion.«

»Was ist mit den Telefonverbindungen? Ich möchte wissen, mit wem Bernhard Dechert in den letzten Tagen telefoniert hat.«

»Läuft bereits. Aber die Telekommunikationsunternehmen brauchen immer Zeit.«

»Auswertung der Internetverbindungen?«

»Läuft auch«, rief ihm Nina zu und stürmte los.

De Vries nickte, bevor er sich wieder auf das Flipchart konzentrierte. Hatte der Arztbesuch, den Amadea König vor wenigen Minuten ins Spiel gebracht hatte, etwas mit Decherts Tod zu tun? De Vries stand auf und schrieb »Arzt« auf das Flipchart. Wer von diesen Personen hätte ein Motiv, Bernhard umzubringen? Schenkte man Lea Dechert Glauben, führten die beiden eine gute Ehe mit einer soliden Basis. Sie hatten sich gemeinsam dazu entschlossen, dieses Lokal zu eröffnen, obwohl sie wussten, dass dadurch viel Arbeit auf sie zukäme. Eine Affäre passte überhaupt nicht dazu. Hatte Lea etwa erfahren, dass Bernhard sie betrog, und ihn daraufhin umgebracht?

Sie mussten unbedingt etwas über die finanziellen Verhältnisse der Decherts herausfinden. Hatte er vielleicht eine hohe Lebensversicherung abgeschlossen, in der sie die Begünstigte war? Das wäre ein mögliches und zugleich naheliegendes Motiv. Warum sollten denn die Geldeintreiber ihn umbringen, wo er ihnen doch lebend mehr einbrachte?

Was war hier passiert? De Vries musste es zugeben: Sie hatten kaum etwas, das sie für ihre Ermittlungen gebrauchen konnten, lediglich Spekulationen, Vermutungen und Äußerungen. Aber keine belastenden Fakten. Dann fiel sein Blick auf den Pfeil, der zu Amadea König führte. Sie war so präsent, dass ihm fast schwindelig wurde.

***

Amadea verbrachte den restlichen Tag mit ihrer Familie im Freien. Dieses Mal war Georg mitgekommen und hatte sich nicht hinter Aktenbergen versteckt. Amadea wusste zwar, dass sie sich einen anstrengenden Abend einbrockten, nachdem sie den Mittagsschlaf ihres Sohnes ausgelassen hatten und nun den Nachmittag draußen verbrachten, doch sie musste ihre Gedanken zuerst sortieren. Sie durfte nicht weiter an dieser Reportage arbeiten. Sie musste sich zurückziehen.

Doch sie konnte nicht anders. Sie musste an de Vries denken und dabei unweigerlich an diesen Fall. Könnte sie ihm irgendwie helfen? Dann würde sie ihn wiedersehen. Doch schnell schüttelte sie den Kopf. Es war besser, sich über den Fall Gedanken zu machen, als ihr Kopfkino auf einen Wunschfilm mit de Vries einzulassen.

Wer hatte alles ein Interesse an Bernhards Tod? Auf den ersten Blick kamen einige in Frage: Lea Dechert, weil Amadea überzeugt davon war, dass die beiden keine gute Ehe geführt hatten. Ihr kam es höchst verdächtig vor, dass die Schwester von Lea aufgetaucht war. Die beiden schienen sich gar nicht gut zu verstehen. Und was war eigentlich mit diesem Mann, der am Samstagmittag vor dem Haus herumgelungert hatte? War er vielleicht ein wichtiger Zeuge? Oder war er sogar an der Tat beteiligt?

Amadea kniete sich nieder und klopfte den Sand fest, den Henry auf die Sandburg geschüttet hatte. Es sah zwar nicht mehr wie eine Burg aus, sondern eher wie ein Riesenkrater, doch ihm machte es Spaß.

Hatte sie de Vries das mit dem Mann erzählt? Sie schüttelte den Kopf. Mist. Dachte sie etwa, sie sei eine Hobbyermittlerin à la Miss Marple?

»Amadea, was ist los?«, fragte Georg sie, der an einem Eis schleckte, das Valentina aus Sand und Meeresschaum kreiert hatte.

»Ich muss noch mal zur Polizei«, sagte sie verhalten.

»Warum?«

»Weil ich möglicherweise Informationen habe, die sie für ihre Ermittlungen gebrauchen können.«

»Ich hoffe nur, dass es auch wirklich wichtige Dinge sind. Du kannst die Polizisten nicht aufhalten mit irgendeinem Hirngespinst, ja?«

»Natürlich nicht.« Amadea erhob sich und ging zu Georg. »Danke, dass du mich verstehst.«

Sie drückte ihm einen Kuss auf den Mund und beeilte sich, wegzukommen. Nicht, dass er es sich noch mal anders überlegte. »Ich bin bald wieder da. Treffen wir uns später und essen eine Waffel?«

Georg lachte. »Damit du währenddessen Bernhards Kneipe beobachten kannst?«, rief er ihr hinterher. »Ist gut. In einer halben Stunde?«

Sie nickte und warf ihm eine Kusshand zu, bevor sie am Riffkieker und am Minigolfplatz vorbeilief. Die Menschen drängten sich in Grüppchen um die Stehtische herum, jeder hatte ein Glas oder eine Flasche in der Hand. Manchmal sehnte sie sich nach der Freiheit, die diese Menschen ausstrahlten. Wie sie da standen und miteinander sprachen, so locker, ungebunden und zwanglos. Doch Amadea wusste natürlich, dass auch sie nicht frei waren. Sie waren gefangen in einer anderen Welt, ihrer Welt.

Als Amadea sah, wie de Vries gerade die Polizeistation verlassen wollte, verfiel sie in einen Sprint. »Halt«, rief sie. »Ich muss Ihnen noch etwas sagen.«

De Vries schaute sich um, bevor er sie entdeckte und die Hände vor dem Oberkörper verschränkte. »Was gibt's denn noch?«

»Mir ist noch etwas eingefallen«, rief sie völlig außer Atem.

»Scheint Ihr Standardspruch zu sein, richtig?«

»Ist es nicht«, verteidigte sie sich. »Aber jetzt grad schon.«

»Was ist Ihnen denn so Wichtiges eingefallen?«

»Ich habe gehört, dass in Decherts Lokal nicht der Alkohol ausgeschenkt wird, den man bestellt hat.«

»Soll das etwa heißen, er zockt die Leute bereits wenige Tage nach der Neueröffnung ab? Und steckt die Differenz in seine eigene Tasche?«

»Davon weiß ich nichts. Ich sage Ihnen nur, was ich weiß. Keine Spekulationen. Also, das mit dem Alkohol hat mir ein Mann erzählt, und ich habe mit der Kellnerin darüber gesprochen. Sie deutete nur an, dass die Leute das in angetrunkenem Zustand nicht mitbekämen. Aber sie hat das weder bestritten noch zugegeben.«

»Mhm. Steht denn auch hochpreisiger Alkohol auf der Karte?«, wollte de Vries wissen, der sich nicht nur in der Küche, sondern auch bei Getränken als Feinschmecker bezeichnete.

»Ich kenne mich nicht gut aus, aber es gab schon Whisky für zwanzig Euro das Glas.«

»Danke für den Hinweis, das werden wir uns genauer ansehen.«

»Da ist noch was. Ich habe Ihnen nicht von Leas Schwester erzählt, die am Tag nach Bernhards Verschwinden aufgetaucht ist und über deren Besuch Lea nicht gerade begeistert war.«

»Und das sagen Sie mir erst jetzt? Was, wenn diese Frau eine

Schlüsselrolle spielt? Vielleicht hat sie das Geld in der Ferienwohnung platziert? Mein Gott, Amadea.«

Es war das erste Mal, dass er sie beim Vornamen nannte, und entschädigte sie für den Wortschwall, den er vor lauter Aufregung über sie gegossen hatte.

Amadea starrte auf den Boden. Sie wusste ganz genau, dass de Vries recht hatte.

»Es reicht mir bald mit Ihnen.«

Sie blickte ihn erstaunt an.

»Sie tauchen auf und geben hier Häppchen für Häppchen weiter. Wir sind hier nicht bei einem Empfang, Amadea.« Er kickte mit seinem Fuß einen imaginären Ball weg. »Was, verdammt noch mal, wissen Sie noch?«

Langsam schaute Amadea wieder hoch. »Da ist tatsächlich noch etwas.«

»Raus mit der Sprache«, knurrte er.

»Am Samstagmittag habe ich einen Mann gesehen. Er lungerte vor dem Haus der Decherts herum.«

»Können Sie ihn identifizieren?«

»Ich weiß es nicht. Er hatte eine kurze Hose und ein grünes Poloshirt an.«

»So wie ungefähr die Hälfte der Männer hier?«

»Na ja. Gesichter kann ich mir nicht so gut merken.«

»Und was ist mit der Haarfarbe?«

»Auch nicht, ich glaube, der trug eine Kappe«, stammelte sie. »Tut mir leid. Details sind nicht so mein Ding.«

»Sie sind Journalistin!«

»Ja. Aber ich befasse mich nicht mit Kleinzeug. Ich bearbeite wichtige Themen. Dabei ist es egal, wie jemand aussieht. Auf die innere Haltung kommt es an.«

»Was soll das? So langsam glaube ich, dass Sie mit uns Katz und Maus spielen.«

»Ich?«, fragte sie verwundert.

Sie war bisher nicht auf die Idee gekommen, dass man ihr Verhalten negativ auslegen konnte. Doch so abwegig schien das nicht. »Inwiefern?«

»Sie befeuern damit Ihre Karriere«, stellte er fest. »Weil Sie mal wieder zur richtigen Zeit am richtigen Ort waren. So langsam glaube ich hier nicht mehr an Zufall.«

»Nur damit ich es richtig verstehe: Sie meinen jetzt ernsthaft, dass ich etwas mit seinem Tod zu tun habe?«

»Nein, das denke ich nicht, aber Sie gehen auf Ihre Art über Leichen. Hauptsache, Sie haben genug Stoff für Ihre Artikel. Und jetzt erzählen Sie mir, was es mit der Schwester auf sich hat und wie das mit diesem Mann war, den Sie beobachtet haben.«

Amadea beschrieb ihm die beiden Situationen, so gut sie konnte. Sie ließ dabei nichts aus. »Aber bitte, de Vries. Vielleicht haben die beiden Menschen mit Bernhards Tod überhaupt nichts zu tun.«

»Möglich. Aber zunächst müssen wir das überprüfen.« Mit diesen Worten drehte de Vries sich um und eilte zurück in die Polizeistation.

***

Als Nina ihn in der Nacht zu Mittwoch telefonisch kurz über die Ergebnisse der Obduktion informierte, saß de Vries noch immer in der Einsatzzentrale und grübelte über den Kontoauszügen der Decherts. Bernhard Dechert hatte von seinem Tagesgeldkonto mehrere tausend Euro auf sein Girokonto transferiert und diese in bar abgehoben. Die Summe würde ungefähr zu dem Geld passen, das Amadea in der Ferienwohnung gefunden hatte.

Hatte Bernhard vorgesorgt und das Schutzgeld bereitgehalten? Für alle Fälle sozusagen? Oder hatte er doch geplant, die Insel zu verlassen, jemand war ihm auf die Schliche gekommen und hatte sein Vorhaben beendet?

An Schlaf war nicht zu denken. Außerdem lag die Akte des kleinen Jungen vor ihm, der vor einigen Jahren auf Norderney ums Leben gekommen war. Im Obduktionsbericht stand, dass er eindeutig bewusstlos war, bevor er ertrank. Er war vermutlich ausgerutscht und hatte sich eine Platzwunde am Hinterkopf zugezogen.

»Ist sich der Kollege sicher?«, fragte de Vries.

»Absolut. Bernhard Dechert hatte Wasser in der Lunge. Die Atemluft verbindet sich damit, und es entsteht ein Schaum. Infolgedessen fallen die Lungenbläschen zusammen«, erläuterte Nina. »Die eigentliche Todesursache ist der Sauerstoffmangel.«

»Kann es sein, dass man seinen Kopf einfach unter Wasser gedrückt hat?«

»Nein. Denn dann wäre ein Krampfstadium mit Zwerchfellzittern eingetreten. Das konnte Onken nicht feststellen.«

»Also muss er bewusstlos gewesen sein? Wie ist das passiert?«, sagte de Vries mehr zu sich selbst. »Gibt es denn Hinweise auf ein Betäubungsmittel?«

»Ja. Es befanden sich Spuren von Dormicum in seinem Blut. Das ist ein Benzodiazepin, das einen schläfrig macht und die Muskeln entspannt.«

»Etwas mehr davon und man schläft so tief und fest, dass man es eventuell nicht einmal bemerkt, wenn man ins Wasser geworfen wird«, meinte de Vries.

»Vielleicht«, sagte Nina. »Wie auch immer, sicher ist, dass Bernhard Dechert nicht bei Bewusstsein war.«

»Zurück zu diesem Benzo-Irgendwas.«

»Benzodiazepin«, korrigierte Nina ihn.

»Von mir aus. Wo bekommt man das, und wie viel braucht man, um einen Mann von Decherts Statur k.o. zu bekommen?«

»In der Apotheke, hauptsächlich vor medizinischen Eingriffen. Ich muss erst klären, wie viel man braucht. Ich bin ja keine Ärztin oder Apothekerin.«

»Da haben wir es. Wissen wir bereits, bei welchem Arzt Dechert war?«, wollte de Vries wissen.

»Nein. Noch nicht. Tjaden ist da dran, aber es gibt so viele Ärzte auf dem Festland. Wir haben ja keinen einzigen Anhaltspunkt.«

»Wir sollten vielleicht doch seine Frau Lea damit konfrontieren. Möglicherweise weiß sie, wo er war.«

»Am Montag hat sie davon nichts gesagt«, erinnerte Nina ihn.

»Ja, stimmt. Gab es denn bei der Obduktion noch etwas, das ich wissen sollte?«

»Ja, ein interessantes Detail. Bernhard Dechert war unfruchtbar. Er hatte eine beidseitige Samenleiteraplasie, eine von Geburt an bestehende Fehlbildung.«

»Wie bitte?« De Vries glaubte, sich verhört zu haben.

»Onken wollte noch einige Tests machen, aber das ist wohl möglich. Die Aplasie der circa fünfzig Zentimeter langen Samenleiter betrifft offenbar nicht die hormonelle Funktion der Hoden, also die Produktion von Testosteron. Eine hormonell bedingte Potenzstörung ist somit ausgeschlossen.«

»Und das wusste Bernhard nicht?«

»Nein. Wie auch? Er hat ja zwei Kinder.«

»Eine unbemerkte Unfruchtbarkeit?«, wiederholte de Vries ungläubig. »Ich kann das kaum glauben. Das wirft nun ein ganz neues Licht auf unseren Fall. Lass uns bis morgen warten. Dann haben wir vielleicht mehr Klarheit. Es ist mitten in der Nacht. Da werden wir keinen Arzt mehr antreffen.«

»Geschweige denn ihn überreden können, den Hormonstatus des Toten zu überprüfen. Onken kümmert sich darum. Ich fahre jetzt nach Hause.«

»Mach das.«

»Ich bin froh, dass ich nach einer solchen Obduktion unter meiner eigenen Dusche stehen kann. Morgen früh nehme ich die erste Fähre nach Norderney.«

»Ist gut. Dann schlaf gut, Nina.«

»Du auch, de Vries. Du auch.«

Beide wussten nur allzu gut, dass de Vries erst wieder ein Auge zumachen würde, wenn der Mörder gefasst war.

»Was war eigentlich heute mit deiner Verhandlung?«, wollte Nina zum Schluss noch wissen.

»Du hast mich mit deinem Anruf aus einer prekären Situation gerettet. Jessica wurde noch allein befragt. Aber da weiß ich ja ungefähr, was sie gesagt hat. Es war schließlich ihre Idee. Meine Anwältin hat mir in einer E-Mail geschrieben, dass Jessica ihre Wünsche sehr überzeugend dargestellt hat. Insgesamt bewertet sie den Tag sehr positiv. Das Ganze wird aber erst fortgesetzt, wenn dieser Fall abgeschlossen ist.«

»Klingt doch nicht schlecht!«

»Ja und nein. Auch da heißt es abwarten.«

Mittwoch

Nina hatte recht behalten. Pünktlich um acht Uhr saß sie bei der Morgenbesprechung im Polizeirevier auf Norderney. Es war mittlerweile die dritte Einsatzbesprechung, seit sie die Leiche gefunden hatten. Zwar war Nina nicht das blühende Leben wie sonst, doch das störte niemanden. Jeder hing seinen eigenen Gedanken nach, während sie für die anderen die Obduktionsergebnisse zusammenfasste. Als sie zu dem Medikament kam, das Onken bei dem Toten nachweisen konnte, sah Tjaden auf.

»Wann benutzt man denn dieses Dormicum? Das könnte ja ein Hinweis auf den Arzt sein, den wir suchen.«

Nina nickte. »Richtig. Dormicum wird häufig eingesetzt vor einer Magenspiegelung, einer Blasenspiegelung oder einer Darmuntersuchung.«

»Das reduziert die Ärzteschaft doch um ein Vielfaches. Heißt im Klartext«, er wandte sich an Hillmann, »wir suchen einen Gastroenterologen, einen Urologen oder einen Internisten«, glänzte Tjaden mit Fachwissen. Mit der rechten Hand fuhr er sich über seinen kleinen Pferdeschwanz, als wollte er überprüfen, dass er noch dran war.

»Respekt, Sie kennen sich ja gut aus. Onken meinte, dass Bernhard unfruchtbar gewesen sein muss. Er hatte keine Samenleiter.«

»Gut, Frau Gläser. Dann sollen die Kollegen zunächst die Urologen abklappern«, meinte Tjaden und machte sich eine Notiz auf einem Blatt Papier.

»Was haben wir sonst noch?«, fragte de Vries. »Wir müssen schneller vorankommen.«

»Das ist doch seit gestern Abend eine ganze Menge«, widersprach Nina.

»Aber nicht genug, um diesen Fall zu lösen«, meinte de Vries, der Jessica gegenüber ein unendlich schlechtes Gewissen hatte. Sie war nun bereits seit zwei Nächten ohne ihn. Obwohl seine Schwester ihn unterstützte, brauchte er für solche Fälle einen Plan B. Er kam nicht länger ohne jemanden aus, der immer da war.

»Was ist mit den Telefonverbindungen? Haben wir in der Zwischenzeit die Auswertung?«, wollte de Vries wissen.

»Ja, wurde gerade gefaxt.« Hillmann verteilte Kopien an die Kollegen. »Er hat in den letzten Tagen mehrmals mit seiner Frau telefoniert und mit Frau Hemer. Das letzte Mal war sein Telefon am Freitagabend in einer Funkzelle hier auf Norderney registriert. Danach hört es auf.«

»Gibt es irgendwelche E-Mails oder WhatsApps? Was ist mit Facebook? Irgendetwas, das uns weiterhilft?«

»Die Facebook-Seite hat seine Mitarbeiterin für ihn übernommen. Er hat am Freitagnachmittag eine WhatsApp an diese Frau Hemer geschickt.«

»Es ist nicht außergewöhnlich, dass er mit seiner Angestellten kommuniziert. Sonst noch was?«, fragte de Vries.

»Mehrere Nachrichten gingen auch an Kerstin Mürjan.«

»Leas Schwester.« De Vries sah erstaunt auf.

»Ja«, antwortete Hillmann. »Sie ist drei Jahre älter und hat damals wohl Lea und Bernhard verkuppelt.«

»Na ja, Kerstin Mürjan hat mir was anderes erzählt, als ich sie gestern in Decherts Haus erwischt habe. Anscheinend hat Lea sie damals ausgebootet und ihr dann auch noch das Geld direkt vom Konto geklaut.«

»Wie hat sie das denn geschafft?«, wollte Nina wissen.

»Frau Mürjan sagte, Lea hätte dem Bankangestellten vorgegaukelt, sie sei Kerstin. Lea hatte ihren Ausweis und ihre Karte aus ihrem Portemonnaie entwendet. Bei der Ähnlichkeit war es anscheinend kein Problem, das Konto leer zu räumen.« De Vries schüttelte ungläubig den Kopf.

»Und jetzt möchte sie das Geld zurück. Wir sollten ihre Geschichte überprüfen. Aber wenn das stimmt, kann ich verstehen, dass sie einen Groll gegen ihre Schwester hegt«, meinte Tjaden.

»Ich kümmere mich darum.«

»Danke, Nina. Kommen wir wieder zu den Telefondaten. Mit Lea selbst hat Bernhard am Freitag nicht kommuniziert?«

»Nein.«

»Komisch. Wenn er tatsächlich erfahren hat, dass er unfruchtbar ist, hätte er dann nicht sofort seine Frau angerufen?«, fragte de Vries.

»Nein.« Nina schüttelte den Kopf. »Er wäre nach Hause gegangen und hätte ihr die Hölle heißgemacht.«

»Aber was hat dann ihre Schwester damit zu tun? Warum vertraut er sich ihr an? Was genau hat er denn geschrieben?«

»Nichts Konkretes, nur dass er mit ihr reden will, persönlich und schnellstmöglich.«

»Zu mir sagte sie, dass sie nach Geld suchte. Vielleicht hat sie sich auch wieder Hoffnungen gemacht, als Bernhard sich nach Jahren erneut bei ihr gemeldet hat. Was ist mit den Daten von Lea Dechert? Haben wir die auch überprüft?«

»Die Anfrage liegt beim Staatsanwalt«, bemerkte Nina. »Ihm hat bisher eine glaubwürdige Erklärung gefehlt, warum ihr Handy gecheckt werden sollte.«

»Mit der Unfruchtbarkeit sollten wir die nun aber bekommen«, meinte de Vries. »Immerhin hält die Frau uns offensichtlich zum Narren. Oder sie verschweigt uns etwas.«

»Oder sie wusste es selbst nicht«, widersprach Nina.

»Ist das möglich?« De Vries wandte sich an Tjaden. »Finden Sie diesen Arzt und klären das mit ihm ab. Schnell. Übrigens habe ich die Kontobewegungen überprüft. Es gab in den vergangenen Tagen einige Abbuchungen, die zu dem Geld passen würden, das in der Wohnung gefunden wurde.«

»Vorher werde ich noch bei den Decherts in der Mülltonne stochern«, sagte Nina. »Onken wollte unbedingt die Mülltüten haben«, erklärte sie.

»Gut. Ich komme mit und spreche Lea Dechert auf die Unfruchtbarkeit ihres Mannes an.« De Vries klopfte zum Zeichen, dass die Besprechung beendet war, auf den Tisch, bevor er sich erhob. »Wir sehen uns heute Nachmittag. Pünktlich um sechzehn Uhr.« Er war schon bei der Tür, als er sich umdrehte. »Lösen wir diesen Fall!«

Anschließend würde er auch in seinem Privatleben Lösungen finden. Für Jessica. Und für Amadea König.

***

Amadea war euphorisch. Euphorisch, dass sie Zeit hatte, einfach nur so ein Buch zu lesen. Zum Vergnügen, ohne Zeitdruck und ohne Hintergedanken einer Recherche. Auch Georg hatte angeboten, einen Tag Pause zu machen von seinen Akten. Er wollte den Tag ausschließlich mit den Kindern verbringen. Sie konnte sich in dieser Zeit erholen. Zur Ruhe kommen.

Direkt nach dem Frühstück hatte sie in ihrem Lieblingsbuchladen in der Strandstraße ein Buch gekauft. Nun saß sie im Strandkorb und hielt die Komödie »Mini Shopaholic« von Sophie Kinsella in der Hand. Genau wie Amadea war die Heldin aus den Bestsellern Mutter geworden. Und auch ihr wuchs alles über den Kopf. Amadea grinste. Sie schlug das Buch auf und begann zu lesen, während Georg irgendwo auf der Insel mit den Kindern die größte Sandburg Norderneys baute.

Nachdem Amadea mehr als drei Stunden ununterbrochen gelesen hatte, bekam sie Hunger. Sie ging auf dem Weg in die Ferienwohnung bei der Inselloft-Bäckerei vorbei und kaufte sich ein Stück Käsekuchen. Sie nahm sich vor, das Buch am Nachmittag zu Ende zu lesen. Aber erst, nachdem sie sich eine Weile hingelegt, Talkshows geschaut oder irgendetwas anderes Sinnloses getan hatte. Mit einem breiten Lächeln im Gesicht schlenderte sie mit ihrem Kuchen nach Hause.

***

Nina entschied sich dafür, den Müll schnellstmöglich in die kriminaltechnische Untersuchung nach Aurich schicken zu lassen. Außerdem wollte sie nochmals bei dem Provider wegen der Auswertungen der Internetverbindungen nachhaken. Sie verabschiedete sich deshalb von de Vries, bevor er auf den Klingelknopf drückte.

Als Lea die Tür öffnete, schaute sie de Vries mit verweinten Augen an. »Was wollen Sie noch von mir? Können Sie mich nicht einfach in Ruhe trauern lassen?«

Im Hintergrund tobten ihre beiden Kinder auf dem Sofa herum. Sie schienen von dem ganzen Drama noch nichts mitbekommen zu haben.

»Frau Dechert, es gibt einige Ungereimtheiten in diesem Fall«, sagte de Vries, während er sich an ihr vorbei in den Flur schob. »Ich darf doch, nicht wahr?« Seine rhetorische Frage duldete keinen Widerspruch. »Es wäre übrigens besser, die Kinder würden uns nicht hören. Können wir irgendwohin gehen?«

»Ich schließe die beiden Türen«, meinte Lea, bevor sie ins Wohnzimmer rief: »Ich muss schnell mit dem Mann etwas Wichtiges besprechen. Ihr dürft mich nicht stören, ja?«

»Ja«, riefen die beiden zurück.

Lea folgte de Vries in die Küche. Sie setzte sich ans Kopfende und faltete die Hände, als wollte sie beten. »Was ist los, Herr de Vries?«

Lea schien ernsthaft betroffen, und de Vries zweifelte kurzzeitig an seiner Theorie, dass sie etwas mit dem Tod von Bernhard zu tun haben könnte. De Vries saß ruhig neben ihr und wartete.

»Ich muss Ihnen jetzt einige Fragen stellen«, sagte er, nachdem sie sich ein wenig beruhigt hatte. »Das kann nicht warten.«

Sie zog die Nase hoch und nickte. »Ist gut.«

»Bernhard war nicht der leibliche Vater Ihrer Kinder«, begann de Vries und beobachtete sie genau.

Lea wurde kreidebleich, sie rieb nervös ihre Finger aneinander. Sie starrte auf die Kratzer, die auf dem Holztisch zu sehen waren. »Das … das kann nicht sein. Das darf nicht sein«, stammelte sie mit Tränen in den Augen. »Lieber Gott, mach, dass das nicht wahr ist.«

De Vries legte seine Hand auf ihre Schulter. »Wollen Sie mir verraten, wer der Vater Ihrer Kinder ist?«

»Wie kommen Sie denn überhaupt auf diese aberwitzige Theorie?«

»Lea«, sprach de Vries sie mit ihrem Vornamen an. »Wir haben Ihren Mann obduziert. Außerdem war er beim Arzt. Das wird er Ihnen doch sicher gesagt haben, nicht wahr?«

Lea schniefte erneut, bevor sie sich mit einem Taschentuch die Augen betupfte. »Oh mein Gott.«

»Nun sagen Sie bloß nicht, dass Sie nicht wissen, von wem Ihre Kinder sind.«

»Ich weiß es wirklich nicht. Das müssen Sie mir glauben«, beharrte sie.

De Vries lehnte sich zurück und wählte seine nächsten Worte mit Bedacht. »Es ist schon seltsam, dass Ihr Mann einen Tag, nachdem er erfahren hat, dass er nicht der leibliche Vater Ihrer Kinder war, ermordet wurde. Finden Sie nicht?«

Sie schwieg und starrte abwesend ins Leere.

»Was war denn am Freitagabend, als er nach Hause gekommen ist? Haben Sie sich da gestritten?«

Sie sagte nichts.

»Wir haben Ihre Konten überprüft. Und die Ihres Mannes«, fügte de Vries hinzu. »Sie haben kein Geld in die Ehe eingebracht. Was wäre passiert, wenn er erfahren hätte, dass er nicht der leibliche Vater Ihrer Kinder ist?«

Lea schluchzte. »Ich habe Bernhard geliebt.«

»Hätte er sich von Ihnen getrennt?«, bohrte de Vries weiter.

»Nein. Natürlich nicht.«

»Sind Sie sicher? Wenn es zu einer Scheidung gekommen wäre, hätten Sie alles verloren.«

»Aber das ist doch noch lange kein Grund, jemanden umzubringen«, protestierte sie.

»Ach nein? Ich habe in meiner Vergangenheit bereits viele Menschen kennengelernt, deren Motive ähnlich waren. Sagen Sie mir jetzt bitte den Namen des richtigen Vaters Ihrer Zwillinge.«

»Es kann nur Larry Groteloh sein«, flüsterte sie. »Aber«, sie hielt de Vries am Arm fest, »die Kinder dürfen es nie erfahren. Versprechen Sie mir das?«

»Das kann ich nicht.« De Vries ging zur Küchentür. »Frau Dechert, ich muss Sie bitten, die Insel nicht zu verlassen.«

***

Als Amadea die Treppe zur Ferienwohnung hochging, zögerte sie einen Moment. Die Tür stand sperrangelweit offen. Wahrscheinlich wieder Lea, die irgendetwas austauschen wollte. Sie hatte ihr das letzte Mal unmissverständlich klargemacht, dass sie nicht ohne ihre Zustimmung die Wohnung betreten solle. War das etwa nicht klar und deutlich genug?

Amadea betrat die Wohnung wutentbrannt und rief: »Lea! Wo sind Sie?« Sie hörte ein Geräusch aus dem Kinderzimmer und ging hinein. »Hey, was soll das?« Amadea sah, wie Lea gebückt aus dem Verschlag hinter der Kommode herauskroch. »Was zum Teufel suchen Sie hier?«

»Die Tasche. Wo ist sie?«

»Welche Tasche?«, gab sich Amadea zunächst ahnungslos.

»Nun tun Sie doch nicht so scheinheilig. Ich weiß genau, dass hier eine Tasche war. Wo ist sie?« Leas Ton wurde bestimmter.

Sie stürmte an Amadea vorbei aus dem Kinderzimmer in die Küche und griff nach einem Messer, das auf der Arbeitsplatte lag. »Nun sagen Sie schon«, forderte Lea. Als Amadea nicht reagierte, berührte Lea mit der Messerspitze ihre Bluse und damit ihren Bauch.

»Ist ja schon gut.« Amadea schob die Klinge weg und hielt schützend ihre Hand dazwischen. »Ich sage Ihnen, wo die Tasche ist, aber nur, wenn Sie mir dieses Ding hier geben.« Sie zeigte auf das Messer.

Wo zum Teufel waren die Kinder? Wo war Georg oder de Vries? Niemand war da, der ihr helfen konnte.

Amadea überlegte krampfhaft, wie sie heil aus dieser Situation herauskommen sollte. Diese Situation, in der sie nun war, weil sie Journalistin war. Weil sie arbeiten und in der Champions League spielen wollte. Weil sie sich immer in alles einmischen musste. Was hatte sie nun davon? Nichts als Ärger. Amadeas Angst schlug in Wut um.

»Und wenn Sie mir verraten, woher das Geld stammt.«

»Sie haben die Tasche geöffnet?«

»Natürlich. Und zur Polizei gebracht. So, nun sind Sie dran. Was haben Sie mit diesem Geld zu tun? Gehen wir doch ins Wohnzimmer. Meine Familie ist gerade nicht da.«

»Was soll das werden, ein Verhör?«

»Wie wäre es mit einem Interview? Nehmen Sie mich als Sprachrohr«, schlug Amadea vor. Lea schaute sie an und zog dabei die Stirn kraus. Amadea half ein wenig nach. »Ich könnte aus Ihrer Geschichte eine Reportage machen. Und Ihnen damit bei der Polizei helfen«, fügte sie hinzu, obwohl sie noch nicht wusste, wie sie das anstellen sollte.

War Lea nun eine kaltblütige Mörderin? Auf Amadea wirkte sie wie eine Frau, die kurz vor einem Nervenzusammenbruch stand.

Als Amadea sich auf das Sofa setzte, nahm sie ihr Notizbuch

in die Hand, um sich die Fakten gewissenhaft zu notieren. Lea dagegen tigerte mit dem Messer in der Hand in dem Zimmer herum wie ein aufgescheuchtes Huhn.

»Fangen wir an. Woher stammt das Geld?«

»Das Geld ist von Bernhard. Er hatte es von seinem Konto abgehoben, um diese Schutzgelder bezahlen zu können. Er wollte nicht, dass eine seiner Angestellten Verdacht schöpfte, wenn er nach und nach größere Summen Bargeld aus den Einnahmen mitnahm. Schließlich war Cordula Hemer für die Verwaltung des Kontos zuständig.«

»Warum haben Sie dann die Tasche in der Ferienwohnung versteckt?«

»Damit die Polizei es bei einer Durchsuchung nicht beschlagnahmt. Aus heiterem Himmel ist doch meine Schwester hier aufgetaucht. Vor Jahren habe ich ihr Geld gestohlen. Das wollte ich ihr zurückgeben. Damit die Vergangenheit endlich ruhen kann.«

***

De Vries und Nina standen im Besprechungsraum und schauten auf die Uhr.

»Du kennst doch den Staatsanwalt. Den interessiert das hier alles nicht. Der braucht wasserdichte Beweise. Nicht Indizien, wie wir sie uns zusammenreimen«, sagte Nina genervt.

Tjaden und Hillmann kamen herein, beide sahen so aus, als kämen sie von einem siegreichen Tennisturnier.

»Legen wir los?«, fragte de Vries, der neugierig auf die neuesten Erkenntnisse war. »Herr Tjaden, Sie sehen so aus, als hätten Sie etwas für uns.«

Tjaden nickte, während er sich an der Kaffeemaschine zu schaffen machte. »Dechert hatte tatsächlich eine Blasenspiegelung. Ich habe mit dem Urologen in Norden gesprochen.«

»Sehr gut. Was wurde dabei festgestellt? Warum hat er denn überhaupt eine Blasenspiegelung gemacht?«

»Er hatte wohl vor einigen Tagen Blut im Urin.«

»Hat der Urologe etwas entdeckt?«

»Nichts, was das Blut im Urin erklären würde. Das kann aber

auch mal vorkommen, wenn man zu viel trainiert hat. Zu lange auf dem Fahrrad gesessen oder so.«

»Vielleicht wollte er am Triathlon teilnehmen. Der findet ja am Wochenende hier statt«, brachte Hillmann sich in die Besprechung ein.

Tjaden fuhr fort: »Der Urologe hat jedenfalls festgestellt, dass Bernhard Dechert unfruchtbar war.«

»Wie bitte? Wie soll er das denn bei einer Blasenspiegelung herausgefunden haben?«

»Nicht dadurch«, belehrte Tjaden ihn. »Bei der Tastuntersuchung hat er bemerkt, dass Dechert eine Krampfader im linken Hoden hatte.«

»Das hat Onken ja auch bei der Obduktion festgestellt«, erinnerte Nina. »Hat der Arzt die Einnahme von Dormicum vor dem Eingriff empfohlen?«

»Ja, das hat er. Besser gesagt, und jetzt wird es interessant«, Tjaden hielt unterstützend den Zeigefinger nach oben, »er hat Dechert ein Rezept für das Medikament ausgestellt. Der Urologe meinte, dass er es nicht genommen hatte. Dechert war wohl bei vollem Bewusstsein.«

»Aha. Wie kommt dann das Dormicum in sein Blut?«, wollte Nina wissen, die die Details in dem Obduktionsbericht nachlas.

»Das weiß ich nicht. Aber ich lasse gerade prüfen, in welcher Apotheke das Rezept eingelöst wurde. Und natürlich auch, von wem. Allerdings ist das so eine Sache mit den Krankenkassen. Die rücken die Informationen nicht ganz so schnell heraus.«

De Vries nickte. »Trotzdem, sehr gut. Vielen Dank für Ihren Einsatz.« Er wandte sich an Nina. »Was ist denn mit diesen Rechnungen, die Lea Dechert uns mitgegeben hat? Gibt es dazu etwas Neues? Wissen wir in der Zwischenzeit, wer die geschickt hat?«

»Ja, ich habe über die Kontonummer den Empfänger ermitteln können.«

»Und? Nina, jetzt mach es nicht so spannend.«

»Da gibt es nichts. Die Rechnungen kommen von der Firma, die die Unterkunftsvermittlung für die Ferienwohnungen der Decherts übernimmt.«

»Verstehe ich nicht. Warum sollten die eine so hohe Rechnung stellen?«, wollte de Vries wissen.

»Die haben eine neue Auszubildende. Das war ein Versehen.« Sie schlug sich mit der Hand auf die Stirn.

»Echt jetzt? Hätten wir auch gleich drauf kommen können. Auf dem Brief stand ja nicht einmal ein Absender«, meinte Tjaden.

»Wäre auch zu schön gewesen, wenn uns das Konto zum Mörder geführt hätte. Nina, hast du mittlerweile diesen Larry Groteloh überprüft?«

De Vries sah bei Hillmann und Tjaden in fragende Gesichter und erklärte: »Das ist anscheinend der leibliche Vater der Kinder von Lea Dechert. Ich war heute Vormittag noch mal bei Lea und habe sie auf die Unfruchtbarkeit ihres Mannes angesprochen. Es blieb ihr nichts weiter übrig, als zuzugeben, dass sie vor der Zeit mit Bernhard mit einem anderen zusammen war.«

»Ja, den habe ich überprüft. Er wohnt in der Nähe von Freiberg bei Dresden.« Nina tippte auf die Unterlagen in ihrer Hand.

»Aha. In Sachsen hat Lea Dechert auch gewohnt, bevor sie nach Norderney gekommen ist, nicht wahr?«, vergewisserte sich de Vries.

»Richtig. Und ihre Schwester wohnt noch immer dort. Die sächsischen Kollegen haben bei den Nachbarn angefragt und rausgefunden, dass Herr Groteloh seit einigen Tagen verreist ist. Die haben auch mit seinem Arbeitgeber gesprochen. Er ist am Montag nach seinem Urlaub einfach nicht zur Arbeit erschienen. Das war vor gut einer Woche.«

»Sehr gute Arbeit, Nina«, bemerkte de Vries.

»Da ist noch etwas: Leas Schwester ist seit Samstag im Thalassohotel Nordseehaus gemeldet. Sie scheint tatsächlich harmlos zu sein. Der Bankangestellte von damals hat ihre Geschichte bestätigt. Kerstin Mürjan hat Lea aber nicht angezeigt, sie wollte das persönlich mit ihr klären und verzichtete darauf, zur Polizei zu gehen.«

»Sie will natürlich ihr Geld zurück. Verständlicherweise.«

»Larry Groteloh hat übrigens gestern am Geldautomaten in der Jann-Berghaus-Straße Geld abgehoben. Von Larry wissen wir nicht, wo er wohnt.«

»Sie müssen dran denken, dass Hochsaison ist. Für die Meldung lassen sich die Hotels und die Besitzer von Ferienwohnungen dann oft mehr Zeit, weil sie so viel um die Ohren haben«, versuchte Tjaden die Betriebe zu entschuldigen.

»Sie ist also hier, seit Bernhard vermisst wurde«, sagte de Vries mehr zu sich selbst. »Ich will mit Larry Groteloh sprechen. Und zwar schnell.«

»Das glaube ich«, sagte Nina. »Bisher haben wir ihn leider nicht finden können. Wir haben aber gute Fotos vom Geldautomaten. Sämtliche Gastgeber und Lokalbesitzer werden bereits auf ihn angesprochen.«

»Frau Gläser, ich brauche das Foto auch. Ich werde sofort einem Kollegen Bescheid geben, dass der jeden Abreisenden beim Fährterminal überprüft«, sagte Tjaden.

»Und wenn das alles nichts nützt, können wir sein Bild immer noch in den sozialen Medien verbreiten«, stimmte Nina zu. »Bei der Schwester sollte es nur eine Frage der Zeit sein, bis sie wieder im Hotel auftaucht. Immerhin ist ihr Gepäck noch dort und all ihre persönlichen Sachen.«

»Norderney ist zwar klein, aber ganz so klein auch wieder nicht. Man kann sich hier wunderbar verstecken, wenn man möchte«, gab Tjaden zu bedenken.

»Das ist mir egal. Finden Sie diesen Mann, bevor ich ihn zur Fahndung ausschreiben lasse«, meinte de Vries, bevor er ungeduldig mit den Fingern auf die Tischplatte klopfte. Ein Zeichen höchster Anspannung.

»De Vries«, sagte Tjaden. »Der Müll von den Decherts.«

»Was ist mit dem?«

»Die KTU hat darin Glasscherben gefunden.«

»Wissen wir, wovon?«

»Von einer Bierflasche, Marke Jever. Das Spannende ist, dass an den Scherben Reste von Dormicum nachgewiesen werden konnten.«

»Sehr gute Arbeit. Weiter so.« De Vries ballte die Hand zur Faust. »Haben wir in der Zwischenzeit die Auswertungen der Internetverbindungen?«

»Nein. Leider noch nicht.«

Auch Amadea König musste unbedingt das Foto von diesem

Groteloh sehen. Vielleicht war er ja der Mann, den sie vor Decherts Haus gesehen hatte.

***

Einige Straßen weiter saß Amadea noch immer auf dem Sofa ihrer Ferienwohnung. Sie wagte kaum, zu atmen. Sie wusste jetzt, warum sie ihr Misstrauen Lea gegenüber nicht abgelegt hatte. Lea umklammerte noch immer das Messer wie einen letzten Halt und hielt Amadea damit in Schach. Die verfluchte sich.

Warum, verdammt noch mal, hatte sie sich heute Nachmittag gegen einen Besuch im Badehaus entschieden? Dort könnte sie jetzt mit den Kindern im Meerwasserschwimmbad planschen oder im heißen Außenpool entspannen und dabei den Leuten zuwinken, die daran vorbeiliefen.

Sie hatte gedacht, dass sie Zeit für sich bräuchte. Aber das war nicht so. Im Gegenteil. Erst wenn sie diese Situation heil überstanden hätte, dann würde sie Zeit für sich brauchen. Sie mochte ganz gute Geschichten schreiben, die eine breite Leserschaft fesseln konnten, aber für eine derartige Situation, in die sie nun ohne Zutun hineingeraten war, war sie nicht ausgebildet.

Wozu war Lea fähig? Amadea rief sich Georgs Besonnenheit ins Gedächtnis. Was wären seine nächsten Schritte? Worauf würde er achten? Amadea versuchte, die Nerven zu bewahren und die Situation zu analysieren. Seit mittlerweile fast einer Stunde ging Lea rastlos auf und ab und erzählte wirres Zeug. Amadea hörte ihr nur halb zu. Schließlich musste sie sich überlegen, wie sie sich befreien konnte.

»Nun setzen Sie sich doch endlich. Und beruhigen Sie sich.«

»Wissen Sie, wie es ist«, begann Lea und folgte Amadeas Aufforderung, »wenn man die ganze Zeit beobachtet wird? Stunde für Stunde, Tag für Tag und Nacht für Nacht? Jahrein, jahraus?«

Amadea schüttelte den Kopf.

»Es ist grausam.« Lea sah durch Amadea hindurch. »Obwohl ich mich in Freiheit befand, fühlte ich mich wie hinter Gittern.«

»Wovon sprechen Sie?«, fragte Amadea, weil sie nicht verstand und nicht sicher war, ob Lea von der Gegenwart sprach. Schließlich hatte sie ungefähr bei A angefangen zu erzählen und war in der Zwischenzeit bei I wie »Inselkoller« angelangt. »Von der Enge auf Norderney?« Vielleicht sollte sie ihr sagen, dass es in ihrer Reportage um genau dieses Thema ging. Den Inselkoller, den Menschen bekommen konnten, wenn sie auf der Insel lebten. Doch Amadea entschied sich dagegen. Sie wollte ihren Trumpf nicht aus der Hand geben, ihren Job als Journalistin.

»Fühlen Sie die Enge auf der Insel? Können Sie nachvollziehen, welche Gedanken in mir toben?«

»Ja, das kann ich«, gab Amadea vor. »Aber Sie müssen mir mehr erzählen. Mit diesen Angaben kann ich mir keine Geschichte ausdenken.«

»Sie sollen sich auch nichts ausdenken. Sie sollen die Wahrheit schreiben«, rief sie. »Über mich und über Bernhard. Und über diesen gottverdammten Larry, damit das anderen Frauen nicht passiert.«

Amadea hörte wieder aufmerksam zu. »Larry? Das müssen Sie mir näher erklären.«

Sie verschränkte die Arme vor sich. »Ich hatte einen Freund. Das war vor Bernhard. Er hat mich auf Schritt und Tritt beobachtet. Er hat mich erdrückt.«

»Wann war das?«

»Früher.«

»Wann genau?«

»Bis ich hierherkam. Er war der letzte Auslöser, warum ich meine Heimat, meine Familie und meine Freunde verlassen habe. Es war wie eine Flucht. Ich dachte, auf Norderney sei ich sicher vor ihm. Na ja«, sie stand auf, »jahrelang ist es auch gut gegangen. Und dann das.«

»Was ist passiert?«

»Bei der Neueröffnung des Lokals habe ich ihn gesehen. Hier in meiner sicheren Welt, in meiner Idylle. An jedem Ort hätte ich diesen Mann erkannt. Ihn, der mein Leben zerstören wollte und der mich noch immer bis in meine Alpträume verfolgt.«

»Hat er Sie auch gesehen?«

»Ja, leider.« Sie wandte sich ab. »Er hat mich erkannt. Es war wohl reiner Zufall, dass er hier auf Norderney war. Es war so lange gut. Ich war frei, hatte mein Leben. Es war gut hier auf der Insel. Ich hatte es geschafft, mein Leben zum Positiven zu wenden. Keine Fehltritte mehr, keine Depressionen und auch keine Selbstmordgedanken.«

Sie stockte und holte tief Luft. »Und dann? Mit einem Mal Schluss, aus und vorbei. Ich habe gebetet, dass er wieder verschwinden würde, doch er war nun ständig in meiner Nähe. Mal tauchte er direkt vor dem Haus auf, mal trank er ein Bier im Lokal. Und dann sah ich ihn in der Cafeteria der Klinik. Er hat mein Leben durchleuchtet. Er weiß, wann ich wo bin, mit wem ich spreche und was ich tue.«

»Was haben Sie getan? Sind Sie zur Polizei gegangen? Es gibt doch dieses neue Gesetz, wonach Stalking-Opfer besser geschützt werden.«

»Stalking, mit diesen neumodischen Wörtern kann ich nichts anfangen.« Sie schüttelte den Kopf. »Aber ich verfluche mich noch heute, dass ich ihn damals nicht angezeigt habe. Dann hätte er sich mir nicht weiter als hundert Schritte nähern dürfen. Doch ich habe geschwiegen, habe alles hinuntergeschluckt, was er mir angetan hat. Jetzt ist er wieder da. Und es ist schlimmer als früher, so viel schlimmer.«

»Wie?«, fragte Amadea, die nicht alles verstand, was Lea sagte.

»Ich bin nicht mehr allein. Ich habe Kinder, trage Verantwortung. Ich darf nicht einfach so in Depressionen verfallen und mit meinem Leben hadern. Ich werde hier gebraucht.« Lea beugte sich vor. »Zusätzlich musste ich auch noch alles geheim halten. Bernhard hätte niemals von Larry erfahren dürfen.«

»Warum denn nicht? Warum haben Sie sich ihm nicht anvertraut?«

»Ich war schwanger damals, als ich nach Norderney gekommen bin. Ich habe immer gehofft, dass die Kinder von Bernhard sind. Aber ich war mir nicht sicher, wer wirklich der Vater war.«

Hatte Bernhard irgendwie erfahren, dass sie ihm die Kinder untergejubelt hatte? Hatte Lea ihren Mann deswegen beseitigt? Doch welche Rolle spielte dabei dieser Stalker? Amadea tappte immer noch im Dunkeln.

»Haben Sie ihn deshalb umgebracht?«, wagte Amadea vorsichtig den Versuch, mehr herauszufinden.

»Ich habe Bernhard nicht umgebracht«, rief Lea empört, griff erneut nach dem Messer und sprang wieder auf.

Was hatte sie vor? Wollte sie sie umbringen, weil sie jetzt zu viel von ihr wusste? Amadea kauerte sich ganz in die Ecke des Sofas. In ihr ratterte es wie in einer Dampfmaschine. Wie konnte sie Lea bloß entkommen? Sie fragte sich, ob, und falls ja, wie lange sie mit einem Messer im Bauch überleben könnte. Würde sie es noch schaffen, zum Telefon zu robben und Hilfe zu rufen?

***

»Herr Groteloh, schön, dass Sie von sich aus zu uns gekommen sind«, sagte de Vries.

»Was hätte ich denn tun sollen? Beim Bäcker, beim Metzger, alle haben mich darauf angesprochen, dass ich gesucht werde. Sie haben ja überall auf der Insel mein Foto herumgezeigt. Lang hätte ich nicht untertauchen können.« Groteloh setzte sich auf den Stuhl. Breitbeinig und lässig. Als säße er auf seinem Sofa und nicht auf der Polizeiwache auf Norderney.

»Sie wissen, warum wir Sie suchen?«, erkundigte sich de Vries, als Hillmann das Aufnahmegerät startete. Nina war nicht mehr da, sie hatte sich auf den Weg zu Amadea König gemacht, mit einem Foto von Groteloh in der Tasche.

»Nein. Ich habe keine Ahnung.« Als er den Kopf schüttelte, flogen die dunklen Locken um seinen Kopf wie bei Costa Cordalis während seiner besten Auftritte.

»Dann will ich Sie gern aufklären. Bernhard Dechert, der Besitzer der Partykneipe SelfBar, wurde gestern Morgen tot am Weststrand angespült.«

»Und was hat das mit mir zu tun?«

»Langsam. Alles der Reihe nach. Dazu kommen wir gleich. Wir ermitteln hier in einem Mordfall.«

»Mord? Warum denn? Der wird ertrunken sein. Besoffen oder bekifft.«

»Sicher nicht. Er hatte Spuren eines Medikaments im Blut, das ihn bewusstlos gemacht hat. Also, wo waren Sie am Freitagabend?«

»Muss ich Ihnen das sagen?«

»Sie würden uns sehr helfen. Andererseits kann Ihnen Ihr Schweigen negativ ausgelegt werden. Also?«

Groteloh schaute sich gelangweilt im Besprechungsraum um. »Ich glaube, ich sage jetzt gar nichts. Ich möchte einen Anwalt sprechen.«

De Vries sah auf die Uhr. Es war bereits nach achtzehn Uhr. Er fluchte innerlich. Wenn Groteloh nun auf einen Anwalt pochte, konnten sie die Befragung frühestens morgen früh fortsetzen. Und sie hatten keinerlei Beweise, um ihn auf der Wache festzuhalten, geschweige denn festzunehmen.

»Herr Groteloh, wir möchten herausfinden, was mit Bernhard Dechert passiert ist. Das ist hier kein Verhör, sondern ein Gespräch. Wollen Sie es nicht erst mal ohne Anwalt versuchen?«

»Und dann drehen Sie mir das Wort im Mund um. Habe ich oft genug im ›Tatort‹ gesehen.« Er verschränkte die Arme vor der Brust. »Nö.«

Obwohl de Vries noch einiges versuchte, um ihn zum Reden zu bringen, sprach Groteloh kein Wort mehr.

***

Wie lange würde es denn noch dauern, bis Georg zurückkäme? Mittlerweile war es bereits Abend. Die Kinder hatten Hunger. Was würde Lea tun, wenn sie Georg und die Kinder die Treppen hinaufkommen hörte? Würde sie durchdrehen und dem Ganzen ein Ende bereiten? Amadeas größte Sorge war, dass Lea sie mit dem Messer direkt in ihr Herz treffen könnte.

Sie hatte doch auf Georg gehört und sich dagegen entschieden. Sie wollte nicht mehr an diesem Fall beteiligt sein. Sie hatte überhaupt kein Interesse mehr, über diesen unsäglichen Mord zu berichten. Das Jammern würde ihr nicht helfen. Sie musste sich konzentrieren. Sie musste Lea hinhalten und sie weiterhin zum Reden bewegen. So konnte Amadea kostbare Minuten gewinnen.

»Wie ist Bernhard umgekommen?«

Lea erzählte weiter, doch ohne die Frage zu beantworten. »Ich schämte mich. Schämte mich für den Fehler, den ich damals begangen habe. Ich war zu jung, doch das gilt nicht als Entschuldigung. Ich habe Larry zu sehr an mich herangelassen, ihm vertraut.« Sie hielt inne, wirkte verwirrt.

»Was ist dann passiert?«, fragte Amadea.

»Ich frage mich immer noch, ob er mich zufällig hier gefunden hat oder absichtlich hier war. An einem Ort, den ich für sicher gehalten hatte, an den er niemals hätte kommen dürfen. Ich wollte nicht, dass er erneut in meinen Alltag eindringt und ihn zur Hölle macht. Ich werde es nicht dulden. Nie mehr. Ich musste mir nur eine einzige Frage beantworten: Er oder ich, also Mord oder Selbstmord?«

»Sie haben sich gegen den Selbstmord entschieden, denn Sie haben Kinder, die Sie brauchen«, sagte Amadea verständnisvoll, doch Lea hing in ihren Gedanken fest. »Wie ging es weiter? Lea, Sie müssen mir schon mehr erzählen, wenn ich daraus eine gute Geschichte machen soll.«

»Ich habe nachgedacht, wie ich ihn loswerden könnte. Ich habe mich schlaugemacht und verschiedene Szenarien durchgespielt. Mich sogar mit ihm getroffen. Die Distanz zwischen uns abgebaut. Ich habe ihm vorgespielt, dass wir bald für immer zusammen wären. Wie sonst hätte ich ihn überwältigen sollen? Alles war bereit.«

»Was heißt das?«

»Ich hatte jeden Schritt geplant. Am Samstag wollte ich ihm in der Kneipe dieses Medikament geben. Das, das ich für meinen Mann besorgt hatte. Er hätte es vor der Blasenspiegelung einnehmen sollen, aber Bernhard wollte es nicht. Aber es war für meine Zwecke perfekt, deshalb habe ich es versteckt. Die Tabletten habe ich natürlich fein zermahlen. Die sind überhaupt nicht aufgefallen in dem Bier.«

»Aber Sie haben Larry das Bier nicht gegeben. Was ist stattdessen passiert?«, wollte Amadea wissen.

Unten klingelte jemand an der Haustür. Doch Lea schien es nicht zu hören und war zu sehr mit ihren Gedanken beschäftigt. Amadea war hin- und hergerissen, ob das Klingeln nun gut oder schlecht für sie war.

»Die Flasche stand im Kühlschrank. Bernhard hat das Bier getrunken.«

»Aus Versehen?«

Es klingelte erneut. Nun fordernder.

Hatte Georg etwa schon wieder seinen Schlüssel vergessen?

Lea neigte den Kopf zur Seite. »Ich wollte ihn nicht umbringen, wirklich nicht. Aber nachdem er am Freitag erfahren hat, dass er zeugungsunfähig ist, hat er mich wüst beschimpft. Er wollte sich scheiden lassen.«

»Das hätten Sie nicht zulassen können«, schlussfolgerte Amadea.

»Es ging alles ganz schnell. Ich habe ihm die falsche Flasche in die Hand gedrückt. Ich habe ihn nicht aufgehalten. Er hat das Bier mit den Tabletten getrunken. Ich war so verwirrt, ich habe nicht nachgedacht. Ich war nur so wütend, weil er alles kaputtmachen wollte, unsere ganze Familie. Kurz darauf ist er in einen komaartigen Tiefschlaf gefallen.«

Amadea notierte sich »Affekt« und versah das Wort mit einem Fragezeichen. »Wie haben Sie Ihren Mann ins Wasser bekommen? Er war doch schwer.«

»Ich habe mit seinem Tod nichts zu tun. Es war Larry, mein Exfreund. Er hat mir wieder aufgelauert, weil ich mich an dem Abend erneut mit ihm treffen wollte. Von draußen hat er wohl die ganze Szene beobachtet und entsprechend gehandelt. Er hat mich überrumpelt.«

»Ich verstehe nicht ganz«, sagte Amadea.

Lea liefen die Tränen über die Wangen, doch sie beachtete sie nicht. »Ich habe noch versucht, ihn daran zu hindern, aber er war stärker. Er hat mich weggestoßen und Bernhard einfach mitgenommen.« Sie vergrub ihr Gesicht in den Händen und schluchzte laut. »Ich hätte die Polizei rufen müssen.«

***

Nina wunderte sich, warum ihr trotz mehrfachen Klingelns niemand öffnete. Das Fenster im ersten Stock stand offen, es war bestimmt jemand da. Sie schlich einmal um das Haus herum, doch sie fand im Erdgeschoss keinen Eingang. Sie kletterte auf die gegenüberliegende Düne, um besser in das Zimmer sehen zu können.

Als sie oben angekommen war, sah sie die beiden Frauen auf

dem Sofa sitzen. Sie schienen in eine Unterhaltung vertieft zu sein, öffneten sie deshalb die Tür nicht?

Nina rief de Vries an. Sie flüsterte: »Amadea König sitzt mit Lea Dechert in der Ferienwohnung. Sie machen die Tür nicht auf. Was soll ich tun?«

»Siehst du Amadeas Mann?«

»Nein. Von ihm und von den Kindern keine Spur.«

»In Ordnung, wir kommen. Wir müssen da rein. Ich rufe Cordula Hemer an. Wir brauchen einen Schlüssel. Du behältst die beiden im Auge.«

»Alles klar. Bis gleich, Alexander.« Dieses Mal waren ihre schweißnassen Hände nicht das Resultat ihrer Nervosität, sondern Ausdruck von Angst.

***

De Vries überlegte nur kurz, ob er Groteloh gleich zu dem Haus der Decherts mitnehmen sollte. Dann trat er in den Besprechungsraum und bat ihn, mitzukommen. Dieser Mann hatte vermutlich am Samstag vor Decherts Haus gestanden, was Amadea König bezeugen konnte. Lea hatte ihn einwandfrei als ihren Exfreund bezeichnet. Es konnte nur von Vorteil sein, wenn er auf Lea traf und die beiden sich in die Augen schauten.

Mit Tjaden und Hillmann fuhr er im Polizeiauto in die Emsstraße. Währenddessen telefonierte de Vries mit Decherts Mitarbeiterin und Untermieterin Cordula Hemer, die versprach, in wenigen Minuten auch dort zu sein.

Kurz darauf erwartete sie die Polizisten einige Meter vom Haus entfernt. »Was ist denn passiert?«, wollte sie wissen.

»Später, Frau Hemer. Später«, beruhigte de Vries sie. »Gehen Sie bitte weg hier. Wir sprechen uns dann.«

Sowohl de Vries als auch Tjaden zogen ihre Pistolen heraus und entsicherten sie.

Cordula Hemer drehte sich zu ihm um. »Herr de Vries«, sie zögerte einen Moment, »ich muss Ihnen etwas sagen.«

»Jetzt?« Selbst die unsensibelste Person musste sehen, dass die Situation denkbar ungünstig war für einen Plausch.

»Jetzt oder später.«

»Was ist denn?«

»Wir haben das nicht mit Absicht gemacht«, stammelte sie.

»Was denn, um Himmels willen?«

»Das mit dem Alkohol. Wir haben günstigen für teuren verkauft. Aber nur dieses eine Mal, weil uns der gute Whisky ausgegangen ist«, gab sie zu.

»Ach das. Davon habe ich gehört. Aber im Augenblick interessiert mich nicht im Geringsten, ob und was Sie gepanscht haben. Gehen Sie jetzt bitte.«

De Vries wandte sich an Hillmann. »Sie und Herr Groteloh bleiben bitte im Auto sitzen, bis das hier vorbei ist. Passen Sie auf ihn auf.«

»Geht klar, Chef.« Der militärische Gruß hätte gerade noch gefehlt, doch Hillmann unterließ ihn.

De Vries und Tjaden liefen zum Gartentor. Sie bedeuteten Nina, auf ihrem Beobachtungsposten zu bleiben, während sie leise das Haus betraten.

***

Amadea hielt es nicht mehr länger aus. Sie wollte raus hier. Ans Meer gehen, ihren Ärger und ihre Angst hinausbrüllen. Da hörte sie es. Das Knarren der einzigen Stufe im Treppenhaus. Kam endlich die ersehnte Hilfe? Auch Lea hatte das Geräusch gehört. Sie war einen winzigen Moment unaufmerksam. Doch Amadea war bereit. Sie musste nur einige Sekunden überbrücken, bis jemand sie retten würde. Sie sprang auf, stürzte sich auf Lea, packte das Messer und brüllte: »Hilfe! Hilfe! Ich bin im ersten Stock! Die rechte Tür!«

Sie wollte nach ihrem iPhone greifen, das bisher unerreichbar auf dem Wohnzimmertisch gelegen hatte. Doch Lea hatte sich wieder gefangen. Sie warf sich auf Amadea und rief: »Ich bin unschuldig. Geben Sie her.«

»Polizei!«, hörte Amadea das erlösende Wort, das sie sich so sehr gewünscht hatte. Sie sah sich um. De Vries stand in der Tür, die Pistole auf Lea gerichtet. In seinem Blick lagen Anspannung und Erleichterung zugleich.

»Gott sei Dank«, sagte Amadea, bevor sie auf die Knie sank.

Während Tjaden Lea Handschellen anlegte, atmete Amadea tief durch. Ihre Gedanken rasten wild durcheinander. Sie hatte so viel Angst gehabt wie noch nie zuvor in ihrem Leben. Aber jetzt war es vorbei. Sie lebte.

»Alles in Ordnung?«, fragte de Vries.

Georg rannte vollkommen außer Atem die Treppe nach oben. »Was ist denn hier los? Ich habe von Weitem das Blaulicht auf der Straße gesehen und bin hierhergesprintet.« Er stürzte auf sie zu und drückte sie fest.

Amadea schloss die Augen und wusste in diesem Moment, dass es für sie nur diesen Mann gab.

Als Tjaden Lea abführen wollte, erhob sich Amadea. »Was werfen Sie Lea vor?«

»Frau König«, begann de Vries, »das ist unser Fall. Wir haben ihn gelöst. Sie hat Bernhard umgebracht.«

»Nein. Das hat sie nicht«, widersprach Amadea. »Sie hat mir alles ganz genau erzählt. Was sie getan hat, war nicht in Ordnung. Aber es ist gefährliche Körperverletzung, nicht Mord. Glauben Sie mir.«

»Wie meinen Sie das?«, wollte de Vries wissen.

»Das war ein Unfall. Lea wollte ihren Exfreund umbringen, nicht ihren Mann.« Amadea gab kurz wieder, was Lea ihr anvertraut hatte.

De Vries wusste nicht so recht, was er von der ganzen Sache halten sollte. War es so, wie Lea Dechert es Amadea anvertraut hatte? Ein unglücklicher Unfall? Denn Lea hatte nicht die Polizei gerufen, als Groteloh sich um den bewusstlosen Bernhard gekümmert hatte. Sie musste doch wissen, dass dieser nichts Gutes im Schilde führte. Sie hatte in Kauf genommen, dass Bernhard starb.

De Vries ging zügig zum Polizeiauto, das noch immer vor der Tür stand. Hillmann starrte in den blauen Himmel, während Groteloh selbstgefällig über seinen Dreitagebart strich.

De Vries riss die Tür auf. »Steigen Sie aus.«

»Was soll das?«

»Herr Groteloh, es gibt überraschende Wendungen in diesem Fall.«

»Ja, und?«

»Lea Dechert hat ausgepackt. Sie beschuldigt Sie des Mordes.«

Grotelohs Selbstbewusstsein bröckelte wie Rauputz von einer Hauswand. »Was sagen Sie da? Mich? Das kann nicht sein.«

In diesem Moment kam Tjaden mit Lea aus dem Haus.

»Lea?«, rief Groteloh. »Lea!«

Doch sie würdigte ihn keines Blickes.

Er versuchte es ein weiteres Mal. »Lea, ich liebe dich. Du liebst mich doch auch! Ich habe das doch für dich getan. Für uns!«

»Ach, Larry. Lass mich in Ruhe. Ich hätte dich schon vor Jahren vor einen Richter schleppen sollen. Dann wäre das alles hier nicht passiert.«

»Wie bitte? Aber wir sind doch zusammen. Wir führen doch eine Beziehung.«

»Hinter Gittern sollst du verrecken.«

»Aber das war doch alles deine Idee«, protestierte er. »Ich habe alles getan, was du von mir wolltest. Ich habe vor eurem Haus gewartet wie die letzten Tage auch. Als dein Mann endlich bewusstlos war, hast du verlangt, dass ich ihn ans Meer bringe.« Groteloh raufte sich verzweifelt die Haare. »Du hast gesagt, dass wir dann beide frei sind. Füreinander. Für immer.«

»Und das haben Sie ihr geglaubt?«, fragte de Vries.

»Natürlich.«

Lea widersprach: »Das ist doch alles völliger Blödsinn. Der Typ ist ein Lügner. Er hat meinen Mann umgebracht.«

»Lea. Ich bitte dich.« Groteloh war nun blass geworden. »Das glaube ich alles nicht. Du hast es mir versprochen. Du hast mich geküsst und mir gesagt, dass du mich liebst.«

»Du bist ein Spinner. Du hast mich verfolgt. Ich hatte Angst vor dir.«

De Vries ging zwischen die beiden. »Frau Dechert, Herr Tjaden bringt Sie jetzt zum Revier. Wir sehen uns dann später dort.«

Tjaden führte Lea zum Auto und fuhr davon.

De Vries drehte sich zu Groteloh um. »Wollen Sie mir vielleicht jetzt etwas sagen?«, forderte er ihn auf, als er Amadea aus dem Fenster winken sah.

»Warten Sie. Ich komme runter«, rief Amadea.

De Vries ignorierte sie und redete weiter auf Groteloh ein. »Lea Dechert hat Sie vielleicht nur benutzt.«

»Aber warum? Ich verstehe das nicht.«

»Ich fürchte, Sie hat Ihnen die ganze Zeit etwas vorgespielt. Sie hat Sie nicht geliebt. In Wahrheit wollte Lea *Sie* für immer loswerden. Ihr Ziel hat sie nun mit einem perfiden Plan erreicht.«

Groteloh sank nunmehr in sich zusammen.

De Vries wartete einen Augenblick, doch er zeigte keinerlei Regung mehr. »Sie werden des Mordes angeklagt. Ist Ihnen das bewusst?«

»Lea hatte die Idee. Sie hat mich an dem Abend ganz kurzfristig zu sich bestellt. Ich hatte doch keine Ahnung«, protestierte er. »Ich habe damit nichts zu tun.«

»Ja, sie hat ihm ein Medikament gegeben, das ihn bewusstlos gemacht hat. Aber Sie haben die Drecksarbeit erledigt. Oder etwa nicht? Sie haben Bernhard ins Wasser geworfen, obwohl sie wussten, dass er bewusstlos war und ertrinken würde. Sie haben dem Mann den Rest gegeben. Bei Ihnen geht es um Mord. Hinterhältigen Mord aus Eifersucht oder Habgier, vielleicht beides zugleich«, sagte de Vries.

De Vries ahnte, dass sie wohl nie die ganze Wahrheit herausfinden würden. Lea würde etwas aussagen und Groteloh etwas anderes. Aussage gegen Aussage. Jeder hatte seine eigene Wahrheit der Dinge. Lea trug auf jeden Fall eine Mitschuld an Bernhards Tod. Wie diese sich auf das Strafmaß auswirken würde, musste ein Richter entscheiden. Bei Groteloh gab es weniger Diskussionsbedarf.

In der Zwischenzeit war Amadea bei ihnen angekommen. Sie platzte zwischen die beiden und streckte Groteloh ihre Hand entgegen. »Amadea König. Journalistin. Freut mich, Sie kennenzulernen.« Entschuldigend zuckte sie mit den Schultern. »Na ja, wenn ich darüber nun eine Reportage schreiben soll, dann brauche ich auch Ihre Sicht auf die Ereignisse. Sie glauben doch bestimmt, dass Lea Dechert ein böses Spiel mit Ihnen gespielt hat, oder?«

»Frau König, beim besten Willen«, unterbrach de Vries sie empört. »Kümmern Sie sich bitte wieder um Ihre eigenen Probleme. Wir brauchen Sie hier nicht mehr.«

»Also gut«, sagte sie, während sie aus ihrer Hosentasche eine

Visitenkarte zog. »Hier. Herr Groteloh, ich bin an Ihrer Geschichte interessiert. Exklusiv, versteht sich. Melden Sie sich bei mir, sobald Sie können.«

Amadea strahlte über das ganze Gesicht. Es schien ihr gleichgültig zu sein, was de Vries und Groteloh über sie dachten.

»Ohne Worte, diese Frau«, meinte de Vries kopfschüttelnd, als sein Telefon klingelte. Er nahm den Anruf an und kümmerte sich nicht weiter um Amadea König.

»Ja, Herr Tjaden?« Er hörte einen Augenblick zu, während er auf die Dünen schaute. »Ja, ich bin noch bei den Decherts.« Er nickte. »Das ging jetzt aber doch schnell. Sind Sie sicher?« Er atmete hörbar aus. »In Ordnung. Danke.«

De Vries steckte das Telefon in seine Hemdtasche, drehte sich wieder um und runzelte die Stirn. »Nina, ich glaube, wir kriegen sie doch.«

»Wie meinst du das?«, fragte sie, die gerade von der gegenüberliegenden Straßenseite zu ihnen stieß.

De Vries sagte erst zu Hillmann: »Bringen Sie Herrn Groteloh bitte aufs Revier?«

»Selbstverständlich. Bitte kommen Sie«, wandte der sich an Groteloh.

De Vries sah Nina an. »Tjaden hat gerade angerufen. Die Auswertung der Internetverbindungen ist da. Lea Dechert hat sich ausführlich informiert, wie verschiedene Mittel und Gifte wirken.«

»Echt? Das ist ja ein starkes Stück. Allerdings ist sie Krankenschwester. Sie arbeitet in einer Klinik. Sie hat mit Medikamenten zu tun. Es ist ja nicht strafbar, wenn man sich erkundigt, wie gefährlich Medikamente sein können.«

»Das ist richtig.«

»Bei ihr könnte ich mir sogar vorstellen, dass sie an einer Fortbildung zu diesem Thema teilnimmt und deshalb recherchiert hat. Sie scheint ja wohl alles perfekt geplant zu haben.«

»Stimmt. Dann bin ich aber gespannt, wie sie erklärt, warum sie im Internet auch nach Mordmethoden gesucht hat. Und warum sie sich über das Strafmaß informiert hat.«

»Tja, de Vries. Wir leben in einem digitalen Zeitalter. Nichts bleibt geheim. Auch nicht die Korrespondenz mit deiner Tochter.«

»Dann kannst du mir ja jetzt bitte mal verraten, warum du Hillmann nicht einmal die Hand gegeben hast. Das war echt unhöflich«, wies er sie zurecht.

»Nein, das ist etwas, das durchaus geheim bleiben kann.«

»Nun sag schon, ich verrate es auch niemandem.«

»Schwitzhände. Ich habe Schwitzhände. Zufrieden, dass du nun auch ein Detail kennst, das mir echt peinlich ist?«

De Vries legte den Arm um sie. »Muss es doch nicht. Da kannst du schließlich nichts dafür.«

Valentina und Henry kamen die Straße entlanggerannt und bewunderten das sich entfernende Blaulicht. Groteloh saß im Wagen und wurde von Hillmann zum Revier gebracht. Georg, der gerade herausgekommen war, nahm Amadea in den Arm und streichelte ihr über die Wange.

»Ach, Mensch, Mama«, rief Valentina. »Warum hast du das Polizeiauto nicht aufgehalten? Henry wollte es unbedingt aus der Nähe betrachten.«

»Das können wir sicher auch ein anderes Mal«, beruhigte Amadea ihre Kinder.

»Dich kann man nicht mal guten Gewissens einen Nachmittag allein lassen. Schon steht die Polizei vor der Tür. Was ist denn eigentlich passiert?«, wollte Georg wissen.

»Nichts«, sagte Amadea betont locker.

»Amadea. Ich hatte dich gewarnt. Warum hast du nicht die Finger davongelassen? Sei froh, dass die Kinder nicht da waren«, sagte Georg vorwurfsvoll.

De Vries stand nachdenklich daneben und sah die beiden unergründlich an.

»Nein, Herr König. Ganz so war es vermutlich nicht. Ihre Frau hat sich nicht eingemischt. Das war unsere Schuld«, sagte Nina. »Herr de Vries war vorher bei Lea und hatte ihr etwas offenbart, mit dem sie nicht gerechnet hat.«

Zu gern hätte Amadea gewusst, ob es sich dabei um einen Beweis handelte, dass Bernhard nicht der Vater der Zwillinge war, doch sie hielt sich zurück.

»Wahrscheinlich hat sie daraufhin Panik bekommen und wusste

nicht, wohin mit sich. Ihre Frau war lediglich zur falschen Zeit am falschen Ort«, meinte de Vries.

»Dann bin ich ja beruhigt«, sagte Georg, bevor er Amadea ins Ohr flüsterte: »Valentina hat mir übrigens von deinem Zusammenbruch am Strand erzählt. Es klang wie eine Panikattacke.«

Amadea presste die Lippen zusammen und sagte nichts.

»Norderney ist zwar immer eine Reise wert, aber die Verbrechen häufen sich doch gewaltig«, sagte Georg lächelnd.

»Na ja, vielleicht ziehen Sie beide das Verbrechen an. So könnte man das auch sehen«, sagte Nina scherzhaft.

»Aber Sie haben mich doch nicht ernsthaft als Tatverdächtige in Betracht gezogen, oder?«, fragte Amadea, die bereits eine neue Geschichte witterte. Sie blickte von de Vries zu Nina.

»Ein bisschen schon«, sagte Nina schmunzelnd. »Aber de Vries hat sie in Schutz genommen wie eine verletzte Robbe.«

De Vries sah Nina tadelnd von der Seite an.

»Das hoffe ich doch«, sagte Amadea lachend. »Nicht auszudenken, wenn der erste Kommissar, mit dem ich zusammen einen Fall gelöst habe, an meiner Kompetenz zweifelte.«

»An Selbstbewusstsein scheint es Ihnen nicht zu mangeln. Aber keine Sorge, Frau König. Meine Tochter ist einer Ihrer größten Fans, ich bekomme also dauernd mit, was Sie tun.« De Vries wandte sich an Nina. »Wir müssen jetzt los.« Er nickte Amadea kurz zu und machte sich mit Nina auf den Weg.

Amadea sah den beiden hinterher, in diesem Moment wusste sie, dass sie angekommen war. Im Hier und Jetzt.

»Ich bete, dass wir im nächsten Jahr keine Leiche aufspüren. Die beschauliche Insel hat mit diesen ganzen Verbrechen auch arg gelitten«, meinte Georg.

»Komm, wir gehen zum Leuchtturm.« Amadea lachte. »Und vorher essen wir ein Lachsbrötchen.« Sie nahm die Kinder an der Hand.

Zu viert bildeten sie eine Reihe. Eine Einheit, die sich durch nichts verändern ließ. Weder durch einen Mord noch durch einen Flirt.

Danksagung

Zuallererst möchte ich mich bei Ihnen bedanken – meinen Lesern. Ohne Leser wäre Schreiben nur halb so spannend und Veröffentlichen nahezu sinnlos. Sie fordern mich heraus, und das ist gut so. Vielen Dank für Ihre Briefe und E-Mails. Ich freue mich über jedes Feedback.

Großen Dank sagen möchte ich dem Team vom Emons Verlag. Auch meiner Lektorin Christine Derrer möchte ich sehr danken. Sie hat den Finger in die Wunden gelegt und kreative Lösungen entwickelt.

Besonderer Dank gilt den Mitarbeitern der Polizei auf Norderney und in Wittmund/Aurich. Außerdem danke ich dem Bürgermeister von Norderney, Frank Ulrichs, sowie dem Marketingleiter Herbert Visser und dem Urologen Dr. Albert Keller. Ebenso meinen Testlesern Jens, Jan, Micha, Renate und Julia, die bereitwillig innerhalb kürzester Zeit das Manuskript bewertet haben. Euer Feedback war wieder einmal sehr hilfreich!

Wie immer möchte ich mich bei meiner Familie und bei meinen Freunden bedanken. Die Dreifachbelastung war eine wirkliche Herausforderung. Aber die vielen kurzfristig abgesagten Termine holen wir nach – versprochen. Dieses Mal war ich während der Entstehung des Buches noch unausstehlicher. Es tut mir sehr leid. Schön, dass ihr trotzdem noch da seid!

Eure Helen Kampen